Ein Mörder auf einem sehr persönlichen Rachefeldzug:

Jetzt werde ich mich für ihren Tod rächen und ihnen dabei zusehen, wie sie für ihre Sünde sterben müssen, ohne dabei um Gnade flehen zu können. Weil ich es so bestimmt habe.

Impressum:
Noahfitz@gmx.de
Adresse:
Noah Fitz
Postfach 12 10
97962 Bad MGH

SIE IST TOT

PSYCHOTHRILLER

NOAH FITZ

EIN JOHANNES-HORNOFF-THRILLER

Prolog

„Oh mein Gott, zweitausend Klicks“, rief Lena Martins und hüpfte mit klatschenden Händen und zerwühltem Haar durch ihr Schlafzimmer. „Und vierzig neue Follower habe ich auch noch!“ Lena scrollte nach oben und nach unten, dann schaute sie auf ihrer YouTube-Seite, was sich da tat. Auch hier sah alles sehr gut aus. Sie verengte die Augen zu schmalen Schlitzen, fuhr mit Daumen und Zeigefinger über das Display, das seit gestern einen Riss hatte, und vergrößerte das Fenster, weil sie immer noch nicht glauben konnte, dass das letzte Video so erfolgreich war. Sie war letzte Nacht bis halb zwei auf gewesen und hatte so lange an dem dreiminütigen Video gefeilt, bis es perfekt war.

Die Mühe und das Aufbleiben haben sich also gelohnt, freute sie sich. Immer noch wie im Rausch lief sie schlaftrunken ins Bad und betrachtete ihr Spiegelbild, dem sie ihre Zunge rausstreckte. Auf der linken Seite war ihr Gesicht zerknautscht, und sie konnte darauf einen vagen Abdruck ihres Kissens erahnen, das sie sich gestern erst bei Ikea besorgt hatte, weil das alte nach alten Federn gemieft hatte. Nachdenklich legte sie ihre beiden Hände flach aufs Gesicht und zog ihre Haut glatt.

Lena war erst dreiundzwanzig, aber die vielen Zigaretten, der Missbrauch von Kaffee, das tägliche Frühaufstehen und die monotone Arbeit hatten schon viele Spuren hinterlassen.

Als ihr Blick auf die Armbanduhr fiel, die neben dem kleinen Becher lag, fluchte sie: „So ein Mist!“ Sie griff hastig nach der Zahnbürste und drückte sich etwas Zahnpasta auf die weißen Borsten, die an den Rändern ausgefranst waren. Der scharfe Minzgeschmack ließ ihre Zunge taub werden. Als sie an ihr Video auf Facebook und YouTube dachte, schlug ihr Herz erneut schneller. Vielleicht, in der nahen Zukunft, werde ich nicht mehr arbeiten müssen, sinnierte sie und verzog ihren Mund zu einem selbstzufriedenen Grinsen. Schaum bedeckte ihre schmalen Lippen und brachte sie noch mehr zum Lachen. Sie fühlte sich für eine Sekunde losgelöst, als sie in der Vorstellung schwelgte, wie es wohl wäre, reich und berühmt zu sein. Sie rieb sich noch einmal gründlich über die Backenzähne und spuckte den weißen Schaum in das Waschbecken. Als sie den Kopf wieder hob, fiel ihr auf, wie fettig ihr kastanienbraunes Haar schon war. Auch hatte es keinen gesunden Glanz mehr an den Spitzen, es war stumpf und ausgeblichen. Aber für einen Besuch beim Frisör fehlte ihr das nötige Kleingeld. Ich werde es wieder zu einem Pferdeschwanz binden müssen, dachte sie mit etwas getrübter Laune und spülte sich den Mund aus. Danach wusch sie ihr leicht angeschwollenes Gesicht mit kaltem Wasser und tupfte die Haut schnell mit einem kratzigen Handtuch ab, das leicht modrig roch.

Zurück im Schlafzimmer fand sie ihre Sachen auf dem Stuhl – ein dunkles T-Shirt mit einem Affen, der sich den Mund zuhielt, ausgewaschene Jeans von H&M und Skechers von Galeria

Kaufhof, die waren im Angebot gewesen. Sie zog ihr Schlafhemd aus, warf es aufs Bett, wechselte das Höschen und zog sich in Windeseile an.

Für eine Tasse löslichen Kaffee blieb ihr keine Zeit mehr. Sie schnappte nach ihrem Handy, lief durch die viel zu kleine Wohnung, weil sie ihre Zigaretten schon wieder verlegt hatte, und fluchte leise vor sich hin. Die Schachtel lag auf dem Fenstersims, neben einer verwelkten Blume, welche Lena schon seit Wochen durch eine Orchidee aus Plastik ersetzen wollte. Das Vorhaben war auf ein „Demnächst“ verschoben worden - zum dritten Mal in dieser Woche. Mit einer Kippe im Mundwinkel lief sie schnell durchs Treppenhaus nach unten und weckte wahrscheinlich alle ihre Nachbarn auf, weil ihre Schuhe so laut klatschten, aber das war ihr egal.

Ihr kleiner Polo stand zwischen zwei alten Bäumen, ob es Eichen oder Ahornbäume waren, wusste Lena nicht, sie waren alt und knorrig.

Als Regaleinräumerin musste sie so etwas ja auch nicht wissen. Alles, was man von ihr verlangte, waren Pünktlichkeit und Zuverlässigkeit. Sie stieg in ihr altersschwaches Auto, zündete sich schnell die Zigarette an, fuhr behände aus der Parklücke auf die holprige Fahrbahn und fuhr Richtung Berlin-Marzahn. Sie warf einen schnellen Blick auf die Uhr. Sie hatte noch eine halbe Stunde Zeit. „Das wird wieder knapp“, murmelte sie und trat das Gaspedal durch, weil sie wusste, dass auf dieser Strecke nicht geblitzt wurde.

Am nächsten Stoppschild trommelte sie ungeduldig mit den Fingern gegen das Lenkrad.

Das nervtötende Blinken der roten Lampe ging ihr zusätzlich aufs Gemüt. Die Schranke versperrte ihr den Weg, doch ein Zug war nirgends zu sehen. „Mach schon“, knurrte sie und steckte eine zweite Zigarette an. Der schwere Rauch waberte an der Decke und floss wie dichter Nebel durch die kleine Öffnung in der Fahrertür. Draußen herrschten jetzt schon achtzehn Grad, aber es regnete. Die Klimaanlage funktionierte nicht, darum musste sie sich mit einem schmalen Schlitz in der Fensterscheibe begnügen.

Plötzlich wurde Lena gewahr, wie jemand an das Beifahrerfenster klopfte. Ihre ganze Aufmerksamkeit war so sehr auf die Schranke fixiert, dass sie das plötzliche Auftauchen des dunklen Wagens hinter ihrem Auto nicht bemerkt hatte. Als der Fremde erneut gegen die Scheibe klopfte, zuckte sie heftig zusammen. Der Rauch blieb ihr nach einem tiefen Zug im Hals stecken. Die Aufdringlichkeit des Fremden lähmte sie. Lena hustete. Sie war von der Situation so überrumpelt, dass sie zu keinem rationalen Gedanken mehr fähig war. Sie war in Panik geraten und starrte mit tränenden Augen auf die Hand, die jetzt flach auf der Scheibe lag. Er trägt OP-Handschuhe, stellte Lena fest und spürte, wie ihre Nackenhaare sich aufstellten. Über ihre nackten Unterarme kroch eine Gänsehaut. Die Gestalt war wie ein Schatten, der Typ trug auch schwarze Klamotten. Er war groß. Weil Lena nur seinen Oberkörper sah, konnte sie im rechten Seitenspiegel sein Gesicht nicht erkennen. Sie warf einen hastigen Blick in den Rückspiegel, dort stand ein schwarzer Wagen, er war leer, also war der Typ allein unterwegs.

„Entschuldigung?" Der Mann klopfte erneut, jetzt etwas heftiger, gegen die nasse Scheibe.

Lena griff mit zittrigen Fingern nach dem Schlüssel und startete den Wagen. Doch der Motor würgte ab. Ihr Hals kratzte, der Rauch trieb ihr Tränen in die Augen. „Nein. Nein. Nein", stammelte sie. Der Zigarettenstummel fiel ihr aus dem Mund und blieb auf ihrem linken Oberschenkel liegen. Die Glut brannte sich durch den festen Stoff der Jeans bis zu ihrer Haut durch, doch sie ignorierte den heftigen Schmerz.

Der Mann, dessen Gesicht sie nicht sehen konnte, lief um den Wagen herum und riss die Fahrertür auf. Lena schrie mit heiserer Stimme und flehte um Hilfe. Aus purer Verzweiflung krallte sie sich mit beiden Händen an der Tür fest, doch nichts half. Der Mann war viel stärker als sie. Er packte sie an den Haaren und zerrte sie aus dem Wagen. In diesem Moment rauschte der Zug vorbei. Lena schrie erneut, doch ihr Schrei ging in dem Gepolter des Zuges unter. Erst letzte Woche hatte sie einen Selbstverteidigungskurs für Frauen erfolgreich absolviert, aber ihr fiel keiner der Griffe mehr ein.

„Jetzt ist deine Zeit gekommen", hörte sie seine Stimme wie durch einen Wasserfall. Etwas Hartes flog ihr ins Gesicht. Sie hob abwehrend die Hände, doch seine Faust brach ungehindert durch ihren abwehrenden Block. Der verzweifelte

Versuch, sich zu schützen, hatte ihr nichts genützt. Danach wehrte Lena sich nicht mehr. Ihr Körper sackte schlaff in sich zusammen. Blut rann aus ihrem Mund und ihrer Nase. Ihr Kopf hing tief im Nacken, die Arme baumelten wie bei einer Puppe beinahe lose an beiden Seiten herunter, die Finger - leicht gekrümmt - berührten den nassen Asphalt. Ihr wehrloser Körper wurde über die Schulter geworfen und davongetragen. Immer noch bewusstlos landete sie auf einem Rücksitz. Dicke Kabelbinder fesselten sie an Armen und Beinen. Daumen und Zeigefinger drückten ihr fest gegen die Wangen. Ein schmutziger Lappen wurde grob in ihren Mund gestopft, doch von alldem bekam sie nichts mit.

Kapitel 1 (Johannes)

An solchen Tagen wie heute, wenn der Himmel von grauen Wolkenmassiven bedeckt ist, die Luft morgens nach feuchter Erde riecht, und gegen Mittag die Temperaturen einen lebendig verbrennen, will ich eigentlich nur meine Ruhe haben.

„Ich weiß nicht, ob du dir das überhaupt ansehen möchtest“, brummt Karl und hält sich ein parfümiertes Taschentuch vor Mund und Nase. „Ich weiß, ich habe dir versprochen, nicht mehr mit toten Menschen und ihren Mördern bei dir aufzuwarten, vor allem dann nicht, wenn du deiner Frau versprochen hast, einen großen Bogen um das Morddezernat zu machen, aber wir haben es hier mit einem Psychopathen zu tun, und du bist schließlich ein Psychologe, was in meinen Augen keinen großen Unterschied macht.“ Karl Breuer grinst mich schelmisch an, doch seine müden Augen sind ernst. Der Polizeihauptkommissar ist ein Schrank von einem Mann. Auch wenn wir beide gleich groß sind, so bringt er bestimmt zwanzig Kilo mehr auf die Waage. Er kratzt sich nachdenklich über die vernarbte Wange, das Überbleibsel einer Explosion, die Karl fast das Augenlicht gekostet hätte. Er schluckt trocken und steckt sich eine Zigarette an. Er lässt mir Zeit zum Nachdenken. Sein raspelkurzes Haar, das nicht mehr so dunkel ist wie noch vor zehn Jahren, glänzt feucht in der Sonne, die hinter den grauen Wolken hervorgekrochen ist.

Wir befinden uns vor einer der Parzellen in einer kleinen Gartenanlage von nicht mehr als zwanzig Schrebergärten.

„Können wir wieder gehen?“ Zwei Männer um die Vierzig beäugen uns unschlüssig, einer der beiden hält ein Klemmbrett in den Händen, das Statussymbol eines Kleinbürgers. Vielleicht ist er hier derjenige, der für Ordnung sorgt und alles überwacht. Vereinsvorstand und sein Vertreter oder so, mutmaße ich und verkneife mir ein Lächeln.

„Darf ich bitte erfahren, wer die beiden Herren sind?“, wende ich mich an Karl.

„Hobbygärtner und Vereinsmitglieder der Gartenanlage ‚Zur Sonne‘, ich bin der Stellvertreter, das hier ist Herr Kleinbein, unser Vorsitzender“, stammelt der rechte, der kein Klemmbrett hat, dafür eine Glatze und eine Fahne. Von seinem Mundgeruch kann man an einer Alkoholvergiftung sterben, denke ich mir und mache einen kleinen Schritt zur Seite.

„Wir haben die Polizei gerufen, ich habe ein Handy“, sagt der mit dem Klemmbrett und kramt in seiner Tasche nach einem alten Ding, welches er uns dann präsentiert. Auch seine Nase, die fleischig und von dunklen feinen Äderchen umwoben ist, verrät mir viel über seine Trinkfestigkeit. „Wir haben gestern unser Jubiläum gefeiert“, fügt er etwas leiser hinzu.

„Und wer hat die Leiche entdeckt?“, brummt Karl und lässt den blauen Rauch durch die Nase entweichen.

„Mein Parzellen-Nachbar, er hat sie gefunden. Wir haben aber nichts damit zu tun.“ Der mit der Glatze schüttelt entschieden den Kopf.

„Können wir bitte gehen?“, will der mit dem vollen Haar, das jetzt noch mehr zerzaust ist, wissen, und klemmt sein Statussymbol unter die linke Achsel.

„In diesem Zustand?“

„Ich kann die beiden mitnehmen.“ Die Nachricht hat sich zwischen den Hobbygärtnern scheinbar wie ein Lauffeuer verbreitet, denn immer mehr Menschen versammeln sich vor dem Absperrband und versuchen einen Blick zu erhaschen. Die hinteren drücken die vorderen und recken die Hälse. Einige empören sich lautstark, die anderen ignorieren sie einfach.

„Und Sie sind wer?“, fragt Karl kurz angebunden.

„Ich wollte mir ausgerechnet heute das Grundstück anschauen, jetzt ist mir aber die Lust vergangen“, entgegnet der Mann kühn. Ich sehe, wie er die ganze Zeit, so denkt er zumindest, unbemerkt die Kamera seines Smartphones auf den Tatort hält. Seine Augen wandern kurz zum Display, um zu kontrollieren, ob er die Szenerie mit all den Männern in Uniform und weißen Overalls auch komplett auf seinem Bildschirm hat.

„Lassen Sie den Scheiß.“ Auch Polizeihauptkommissar Breuer ist das nicht entgangen, doch der Typ lässt sich von Karls rauem Ton nicht einschüchtern. Der Mann ist mit Abstand der jüngste, er ist nicht groß, hat eine sportliche Statur und sieht nicht unbedingt so aus wie einer, der sich für Tomaten, Gurken und Dahlien interessiert. „Hinterlassen Sie Ihre

Telefonnummer, und Sie können die beiden mitnehmen. Und schalten Sie Ihr Handy aus, verdammt." Karl nickt einem der Beamten zu. Der Mann mit dem Handy schüttelt provozierend mit einem schiefen Grinsen den Kopf und zwängt sich weiter zurück durch die Menge. Laute des Unmuts kommen auf. „Pass doch auf, Mensch", fährt ihn ein Mann mit einem stattlichen Bauch lautstark an und rückt seinen Strohhut zurecht. Der Störenfried ignoriert sie alle. „Darauf kann ich wirklich gern verzichten", ruft er Karl über die Schulter zu, ohne sich umzudrehen, und entfernt sich immer weiter.

„Steffen, halte den Mann auf. Seine Daten müssen aufgenommen werden", gibt Karl schnelle Anweisungen. Wie auf Kommando gibt der sportliche Kerl Fersengeld und hüpft leichtfüßig über eine der Hecken, dann verschwindet er ganz aus meinem Sichtfeld. Steffen breitet unschlüssig die Arme aus und sieht rüber zu Karl. Steffen hat einen Körperbau wie Danny DeVito. „Lass gut sein", grummelt Karl und beißt sich auf die Unterlippe. „Ihr beiden, ihr geht mit Steffen. Du bringst sie beide nach Hause, und schreib ihre Telefonnummern auf", herrscht Karl den fettleibigen Polizisten an und dreht sich wieder zu mir um.

„Der bestialische Geruch nach Verwesung ist einem älteren Herrn aufgefallen. Sein Garten befindet sich direkt daneben, also hier." Karl deutet auf ein gut gepflegtes Stück Land mit einem Häuschen, auf dessen Fensterbrett zwei Blumenkästen mit roten Geranien angebracht sind. „Der süßliche Geruch, der seit Tagen von dem Nachbargrundstück ausging und mit jedem Tag unerträglicher wurde, weckte seine Neugier und trieb ihn dazu, dort mal vorbeizuschauen, was eigentlich nicht seine Art ist, lautet seine Aussage gegenüber der Polizei“, spricht Karl mit monotoner Stimme und zieht erneut an seiner Zigarette, bevor er fortfährt: „Seine Schilderungen wurden ins Protokoll aufgenommen, und der Leichenfund hat seine Aussage mehr als bestätigt, dort stinkt es tatsächlich bestialisch.“ Polizeihauptkommissar Breuer hält sich wieder das Tuch vor die Nase. „In fremde Gärten schaut man nicht rein, dieser Satz ist sogar unterstrichen, darauf hat der senil wirkende Gartenbesitzer bestanden.“ Karl steckt das parfümierte Tuch weg und knetet die Hände. Etwas bereitet ihm Sorgen. „Das kleine Stück Land hat seit Monaten keinen Besitzer mehr“, beendet Karl seine Zusammenfassung des Geschehens.

Auch steht das schiefe Häuschen abseits von allen anderen und ist durch eine hohe Hecke abgetrennt, füge ich in Gedanken hinzu.

Wir schweigen. Im Hintergrund höre ich, wie die Polizisten die Schaulustigen lautstark und mit drohenden Worten auseinander treiben.

„Traust du dich jetzt vielleicht doch nicht, Doc? Ich warne dich, der Gestank haut dich von den Socken, ich hoffe für dich, du hast heute noch nicht gefrühstückt“, zieht mich Karl auf und stupst mich mit seiner linken Schulter leicht an. Er zieht ein letztes Mal an der Zigarette und hält kurz die Luft an, so als wolle er auf diese Weise den unsichtbaren, giftigen Nebel für einen Augenblick von sich fernhalten.

„Mir bereitet die Enge mehr Sorgen als der Anblick und der Verwesungsgeruch“, antworte ich trocken.

Karl lacht freudlos auf und bläst den Rauch durch die Nase. „Du und deine Phobien“, murmelt er und sieht mich ernst an. „Du weißt, wenn du dort reingehst, kannst du keinen Rückzieher mehr machen.“ Er hebt seine beiden Pranken schützend vor die breite Brust und mimt den Unschuldigen. Er weiß ganz genau, wie ich mich entschieden habe. Mit einer fahrigen Bewegung stecke ich die Hand in meine helle Baumwollhose und fingere darin nach einem Taschentuch.

„Die hier ist besser, Doktor Hornoff“, meldet sich eine mir wohlbekannte Stimme. Mein jüngerer Doppelgänger Edgar kommt über den schmalen Weg, der durch den von Unkraut überwucherten Garten führt, zu uns. Er steckt in einem weißen Overall und hält mir eine eingepackte Atemschutzmaske entgegen. Der junge Forensiker trägt blaue OP-Handschuhe, die dunkle Flecken haben und ihm nass an der Haut kleben.

„Warum bekommt der Doktor eine Maske und ich muss mich mit einem Taschentuch begnügen?“, empört sich Karl Breuer.

„Sie haben nicht danach gefragt“, entgegnet Edgar betont und zieht die Kapuze vom Kopf. Als ich ihm die Verpackung mit Mundschutz und dazugehörigen Schuhüberziehern und Gummihandschuhen abnehme, nimmt er erst dann seinen Mundschutz herunter. An seinen Wangen kann ich dunkle Abdrücke vom Gummiband ausmachen. Er ist ein junger und sehr guter Kriminaltechniker. Ich mag ihn, dennoch hat er einen Makel, der mir manchmal Sorgen bereitet. Er ahmt mich nach. Er hat zwar von Natur aus dunkles Haar so wie ich und auch eine schmale Nase, selbst sein Körperbau gleicht dem meinen, aber die anderen Nuancen wie die Frisur und die Art zu sprechen, nicht nur die Mimik, auch seine Gestik versucht er meiner, so gut es nur geht, anzupassen. Auch sein Hang zum Perfektionismus ist schon etwas krankhaft.

„Der Gerichtsmediziner Doktor Braunschweig bekommt bei der Hitze einen Herzinfarkt, die Unkosten für seine Beerdigung wird er auf Ihre Rechnung setzen." Edgar sieht dabei Karl an, weil er nicht weiß, wie der grobschlächtige Polizist reagiert, wartet er zuerst Karls Reaktion ab - auch der Sinn für schwarzen Humor fehlt Edgar ganz und gar. Karl verzieht seinen Mund zu einem Grinsen. „Das kann er sich abschminken", fügt er hinzu. „Wann können wir die Leiche inspizieren? Unser Doc brennt darauf, endlich mit den Ermittlungen anzufangen."

„Doktor Braunschweig ist gleich fertig, auch der Fotograf hat soweit alles im Kasten. Die Bude ist bis auf die Leiche leer", setzt er uns in Kenntnis und zieht die Gummihandschuhe wie eine zweite Haut von seinen schmalen Händen.

Tatsächlich laufen mehrere Beamte an uns vorbei, einige grüßen uns, die anderen sind mit dem, was sie gerade gesehen haben, zu sehr beschäftigt, sodass sie uns einfach ignorieren. Sie versuchen die Informationen neu zu ordnen, mutmaße ich, lasse noch zwei Beamten an mir vorbeihuschen, und ziehe mir die Maske über.

„Soll ich dich begleiten, Doc?“, fragt Karl, ohne es wirklich ernst zu meinen. Ich hebe die behandschuhte Hand in die Luft. „Wie du meinst“, grummelt Karl.

Kapitel 2 (Johannes)

Der Geruch, der mir entgegenschlägt, wirft mich beinahe von den Beinen, Karl hatte recht, der Gestank ist trotz der Maske bestialisch. Es ist ein Cocktail aus schalem Schweiß, altem, modrigem Holz und fauligem Fleisch, das sich zu zersetzen beginnt. Auch eine Note von Urin und Erbrochenem schwirrt in der Luft wie giftiger Nebel, der durch meine Nase kriecht und meinen Magen reizt, der sich rebellierend zusammenkrampft. Meine Augen brennen. Schweiß läuft mir in den Kragen. Das Hemd klebt unangenehm am Rücken. Der etwas stämmige Gerichtsmediziner mit dem stattlichen Bauchansatz tupft sich über die Stirn. Seine Hängebacken haben eine ungesunde Rötung angenommen. Er zwängt sich an mir vorbei nach draußen an die frische Luft. Ich höre seinen Assistenten würgen. Doch der junge Mann übergibt sich nicht. Er folgt seinem Vorgesetzten nach draußen und fächelt sich mit einer Schreibunterlage etwas Luft zu.

„Lassen Sie sich nicht zu viel Zeit da drin. Im Inneren wird der Gestank tausendmal schlimmer“, keucht der Pathologe, während er sich an dem rauen Baumstamm einer toten Eiche abstützt. Ich konzentriere mich auf die Atmung.

Ich hole ein letztes Mal tief Luft, bevor ich nur durch die Nase und sehr flach atme, erst dann begebe ich mich in das Innere des kleinen Häuschens.

Kopfüber hängt vor mir die Leiche einer nackten, noch nicht identifizierten Frau. Ihre Arme und Beine sind mit einem groben Strick gefesselt. Im schummrigen Licht sieht die Tote unecht aus. Wie eine der Wachsfiguren aus einem Gruselkabinett.

„Die Todesursache haben wir noch nicht feststellen können, dafür haben wir viel zu wenig an nötigen Informationen und Luft, die wir zum Atmen brauchen. Mit vagen Vermutungen einen Fall anzufangen entspricht nicht meiner Einstellung." Doktor Braunschweig hat sich wieder zu mir gesellt, ich höre, wie laut er schnauft und nach jedem Wort eine Pause macht. „Was ich jetzt mit Sicherheit sagen kann, ist folgendes …", der Gerichtsmediziner tupft sich erneut über die Stirn, seine Augen tränen, „… dem Opfer wurden Blutverdünnungsmittel verabreicht." Er schluckt geräuschvoll. „Die Frau ist voll damit, damit sie lange blutet, selbst nach ihrem Ableben." Doktor Braunschweig stockt, ringt um Atem, bleibt aber stoisch und deutet mit seinem fleischigen Finger auf die Unterarme der Toten. „Sehen Sie diese länglichen Hauteinschnitte?"

Ich nicke stumm, ohne ihn dabei zu unterbrechen.

„Er hat die junge Dame, ersten Einschätzungen nach ist sie Anfang bis Mitte zwanzig, also er hat sie ausbluten lassen bis zum letzten Tropfen."

Meine Augen werden eng, als ich den aufgehängten Leichnam genauer inspiziere. „Ich sehe aber nicht genug Blut, das hier ist nicht der Tatort", spreche ich den Gedanken laut aus, der mich bei dem bizarren Anblick stutzig macht.

„Er hat den Körper gewaschen, bevor er die Leiche hierher gebracht hat", bestätigt der Doktor meine Vermutung. „Die unzähligen Hämatome und Abschürfungen weisen darauf hin, dass der Täter mit äußerster Brutalität vorging. Sie hat mehrere Würgemale am Hals und an den Beinen."

„Wurde sie vergewaltigt?"

„Schwer zu sagen. Aber die Tat ist nicht sexuell motiviert."

„Was ist mit ihren Augen?" Ich gehe in die Knie und nehme das aufgedunsene Antlitz genauer in Augenschein.

„Der Täter hat ihre Lider mit einem handelsüblichen Nähgarn zusammengenäht", lautet die schlichte und nicht weniger erschreckende Antwort. „Aber einem sehr robusten, welches man beim Nähen einer Jeans oder ähnlichem Stoff verwenden würde."

Ich drehe mich um und sehe den Doktor von unten an. Sein Blick ist starr auf die Tote gerichtet.

„Wie perfide die Beweggründe für diese grausame Tat des Mörders auch sein mögen, derjenige, der das getan hat, war in Eile." Er schweigt nachdenklich, nicht lange. „Die Welt, in der wir leben, bietet auch für diese Kreatur einen Platz zum Verstecken. Wir werden sehen, wie lange noch. Die Einschnitte an den Armen können uns mehr über seine Motive verraten. Zu unregelmäßig, zu hektisch.“ Die Intonation in Doktor Braunschweigs Stimme verrät nicht, ob es sich um eine Feststellung oder eine Vermutung handelt. „Einige Charakterzüge treten deutlicher hervor als andere“, sagt er, immer noch ruhig, mehr zu sich selbst.

„Er hat die Leiche mit einem Mittel präpariert, welches das Ungeziefer davon abhält, über sie herzufallen“, höre ich meine Stimme.

Doktor Braunschweig zieht die Stirn kraus und richtet seinen immer noch fragenden, nein, überraschten Blick auf mich. Seine Stirn ist von gezackten Furchen durchzogen, die buschigen Augenbrauen fahren mehrere Millimeter nach oben. „Wie kommen Sie darauf?“

Ich stehe auf und deute mit dem linken Zeigefinger, dem das letzte Glied fehlt, auf mehrere tote Insekten, die neben dem dunklen Haar der Frau liegen. Die schwarzen Strähnen reichen bis an die abgetretenen Dielen.

„Warum hat er das gemacht?“, ertönt Karls Stimme. Seine Neugier hat die Abscheu besiegt. Er steht in der Tür, auch er trägt jetzt einen Atemschutz. „Wollte er damit etwas bezwecken? Du hast bestimmt eine Idee oder eine simple Erklärung dafür.“ Karl hält inne und legt den Kopf leicht schief. Er schaut über meine Schulter zum Leichnam.

„Er wollte, dass wir das Opfer so vorfinden, wie er es verlassen hat.“

„Gehe ich recht in der Annahme, dass diese Frau nicht die letzte ist?“

„Alles deutet auf einen Ritualmord hin, da bin ich ganz deiner Meinung. Karl, jetzt lass uns hier verschwinden“, sage ich und gebe mir Mühe, mich nicht zu übergeben. Mein Magen rumort. Draußen umweht mich eine sanfte Brise und kühlt meine Haut. Ich kann wieder normal atmen.

Kapitel 3 (Johannes)

Der tote Körper wird in einen schwarzen Leichensack geschoben und von zwei kräftigen Männern weggetragen. Ich sende alle Informationen an meinen Zwillingsbruder weiter, der zwar ab dem Hals abwärts gelähmt ist, dafür aber einen sehr scharfen Verstand hat und eine vorlaute Zunge.

Mein rechter Zeigefinger tippt auf das Display meines Smartphones. Mit Hilfe eines eigens für uns entwickelten Programms werden die wichtigsten Details mittels Morsecode aufgeschrieben und weitergeleitet. So kann Benjamin sie später wieder dechiffrieren und lesen.

Nach der letzten OP erfreut sich mein Zwillingsbruder an seiner neuen Errungenschaft - er darf in einem Rollstuhl die Welt erkunden, was ihm bisher all die Jahre nicht vergönnt war, da er ans Bett gefesselt war.

Mein Smartphone vibriert, ich werfe einen kurzen Blick darauf.

„Also sind wir beide wieder in einem Fall mit dabei, der uns alle auf die Probe stellen wird?“, will Benjamin wissen. Seitdem er nicht nur seinen Zeigefinger, sondern auch den Daumen bewegen kann, werden seine Nachrichten immer länger und ausführlicher. Manchmal schweift er sogar vom Thema ab, aber das wird sich demnächst wieder ändern, sobald er sich daran gewöhnt hat, dass er nun drei seiner Körperteile, die sich unterhalb seines Halses befinden, unter Kontrolle hat.

„Und, sind wir mit Karl Breuer in einem Team? LOL."

Ich tippe ein schlichtes ‚Ja' und verschicke die Nachricht, dann stecke ich das Telefon zurück in die Hosentasche.

„Hast du heute schon gefrühstückt?", scherzt Karl, während wir zurück zu seinem Wagen gehen. Zwei Beamte von der Spurensicherung und drei Uniformierte kommen uns entgegen.

„Irgendwie habe ich noch keinen Hunger", erwidere ich matt.

„Du bist ein Weichei", lautet Karls nächster Satz, bevor er sich an die Kollegen wendet. Er gibt ihnen knappe Anweisungen. Sie sollen den Ort weiträumig absichern und weitere Spuren markieren, falls sie noch welche finden, und spätestens bis morgen einen ausführlichen Rapport erstellen.

„Warum schickst du die Männer von der Spurensicherung erneut dahin?", will ich wissen. Dicht an dicht laufen wir den schmalen Weg entlang, flankiert von bunten Blumen, die von Bienen umschwärmt werden.

„Diese kleinen Biester jagen mir schon beim bloßen Ansehen eine Gänsehaut ein."

„Bist du gegen die allergisch?"

„Ich bin auf alles allergisch, was sein Gift versprüht, darum habe ich mich von Elisabeth getrennt", grummelt Karl, dann dreht er sich um und schreit den Männern hinterher: „Haltet Ausschau nach allem, was nicht wirklich hierher passt."

„Also, warum hast du sie wieder hierher beordert?"

„Reine Vorsichtsmaßnahme. Außerdem hat irgendein Schlaumeier etwas entdeckt, das keinem von uns aufgefallen ist. Aber das nenne ich Anfängerglück."

„Damit meinst du wohl das Insektenspray?"

„Natürlich, ich will wissen, ob wir diese verdammte Dose irgendwo finden können."

„Der Zeuge, der die Tote gefunden hat, lügt", sage ich trocken. Karl bleibt abrupt stehen. Seine fleischige Hand packt mich an der Schulter, um sofort wieder loszulassen.

„Du bist ja komplett nass, obwohl es nicht geregnet hat", wundert sich Karl und verzieht die Miene. Trotzdem kneift er die Augen zusammen und schaut prüfend zum Himmel.

„Darum möchte ich, dass du mich zu Hause absetzt, damit ich mich umziehen kann. Danach fahren wir zur gerichtsmedizinischen Abteilung. Auch möchte ich noch bei Benjamin vorbei schauen."

„Jetzt möchte ich doch gerne die Begründung zu deiner These hören bezüglich der Aussage von Herrn ..." Karl verzieht angestrengt sein Gesicht, weil ihm der Name nicht mehr einfällt. „Warum meinst du, dass der alte Kerl lügt?"

„Das Insektenspray ist eine giftige Mischung aus unterschiedlichen Chemikalien, die sich jedoch nach einem bestimmten Zeitabschnitt verflüchtigt und irgendwann ganz ihre Wirkung verliert. Da aber die Leiche von Insekten verschont blieb, vermute ich, dass die Tote nicht mehrere Tage lang hier gehangen hat."

„Und wie erklärst du den bestialischen Gestank?" Karl bemüht sich um einen provokativen Ton.

„Ich habe ja nicht behauptet, die Frau sei erst gestern ermordet worden, das habe ich nie gesagt, Karl. Lediglich der Umstand, dass selbst die Stubenfliegen einen Bogen um die Leiche machen, zwingt mich zu der Annahme, die Leiche wäre erst vor kurzem hier aufgehängt worden. Auch glaube ich, dass der Mörder über gute Ortskenntnisse verfügt. Wie ich heraushören und aus den Informationen meine Schlüsse ziehen konnte, verbringt der Herr Nachbar, der gern einen hinter die Binde kippt, viel mehr Zeit hier, als er zugibt."

Karl zündet sich eine weitere Zigarette an, den Rest des Weges legen wir schweigend zurück.

Kapitel 4 (Lena)

Lena wachte auf, weil etwas sie an den Füßen berührt hatte. Ihr Kopf tat höllisch weh. Im ersten Moment dachte sie, sie wäre blind und wollte schreien, doch ihr Schrei wurde zu einem dumpfen Stöhnen. Sie hatte eine düstere Ahnung beschlichen, weil sie ganz langsam zu begreifen glaubte, was mit ihr geschehen war. Die Ahnung artete mit jedem Atemzug zu einem Gefühl des bodenlosen Entsetzens aus. Der Lumpen, der in ihrem Mund steckte, roch nach altem Öl und Benzin. Sie war entführt worden! Bei diesem Gedanken lief ihr ein eisiger Schauer über den Rücken.

Das alles war nur ein böser Traum, versuchte sie sich die Situation zu erklären. Alles war nur ein böser Traum, sagte sie fortwährend zu sich selbst, und begann stumm zu weinen.

Lena war eigentlich froh darüber, endlich das Elternhaus verlassen zu haben, um ihr eigenes, selbständiges Leben zu führen. Um auf eigenen Beinen zu stehen. Doch würde sie noch im Haus ihrer Eltern leben, hätte ihre Mutter ihr Verschwinden sofort bemerkt und die Polizei informiert, aber jetzt? Erneut durchzuckte sie ein kalter Schauer. Entsetzt musste sie feststellen, dass sie auch noch komplett nackt war.

Der Grund für ihre Entscheidung, das traute Heim zu verlassen, war ihr Vater gewesen. Lange genug hatte sie seine Wutausbrüche über sich ergehen lassen. Er war eigentlich ganz okay, bis zu dem Tag, an dem er von einem vorbeifahrenden Motorrad erwischt und mehrere Meter mitgeschleift wurde, nur weil er einem Mann auf der Autobahn zur Hilfe geeilt war und der Motorradfahrer ihn übersehen hatte, weil er es nicht für wichtig befunden hatte, sich an die Geschwindigkeitsbegrenzung zu halten. Danach wurde ihr Vater ein anderer Mensch: jähzornig und sofort auf hundertachtzig, falls etwas nicht so lief, wie er sich das vorgestellt hatte. Seine geistigen Unzulänglichkeiten hatte Lena gelernt zu ignorieren, oft überspielte sie die zugespitzten Situationen mit einem frechen Witz oder tat seine dummen Bemerkungen mit einem sanftmütigen Lächeln ab. Doch nicht selten eskalierten die Gespräche und gingen in eine heftige Auseinandersetzung über, bei der es nicht nur bei verbalen Attacken blieb.

Ansonsten gab es keinen Menschen, mit dem sie sich nicht verstanden hätte. Wer mochte sie so gehasst haben und hatte sie gekidnappt, um sie in dieses Loch zu stecken?

Lena weinte stumm und zitterte wie Espenlaub bei der Vorstellung, was ihr noch bevorstand. Für einen Moment flammte vor ihrem geistigen Auge eine große, behandschuhte Hand auf, die sofort zu einer Faust wurde und ihr ins Gesicht flog, um ihr das Licht auszuknipsen. Sie wimmerte wie ein verletztes Tier. Doch dann vernahm sie Stimmen. JA, es waren tatsächlich Stimmen. Jeder Gedanke schien für ihr zermartertes Gehirn zu kompliziert zu sein, ihr Kopf dröhnte.

In diesem Raum, dessen Konturen sie nur schemenhaft zu erkennen vermochte, war die Luft trocken und roch nach Stroh. Mehr aus Verzweiflung als aus bewusstem Handeln zog sie an ihren Fesseln, und tatsächlich lockerte sich der Knoten an den wund gescheuerten Handgelenken allmählich. Ein Schwall Adrenalin schoss durch ihren Körper und ließ sie neue Hoffnung schöpfen. Der Nebel in ihrem Kopf löste sich mit jedem Atemzug, die Gedanken wurden klarer, deutlicher, selbst die Erinnerung kam langsam zurück.

Sie zerrte noch heftiger an dem Seil, und tatsächlich bekam sie eine Hand aus der Schlaufe gezogen. Sie richtete sich auf, doch die plötzliche Bewegung war zu viel für ihren geschwächten Körper. Eine heftige Schwindelattacke überkam Lena und ließ sie straucheln. Alles um sie herum begann sich zu drehen, die schemenhaften Konturen verschwammen zu einem einheitlichen Grau. Instinktiv stützte sie ihren Körper mit ausgestreckten Armen und dämpfte so den Sturz etwas ab. Sie lag wieder auf dem Boden, der staubig roch und schmerzhaft gegen Knie und

Rippen drückte. Die kleinen Steine waren wie spitze Dolche. Heftig schnaufend hob sie die rechte Hand zum Mund und bekam den schmutzigen Lappen zu fassen. Sie war zu schwach, als dass sie den Knebel zwischen ihren Zähnen herausziehen konnte. Es kostete sie eine gewaltige Anstrengung und raubte ihr die letzten Kräfte. Doch umso schöner fühlte es sich an, wieder frei atmen zu können. Ihre Kiefermuskeln taten höllisch weh, als sie den Mund vorsichtig schloss. Etwas knackte am rechten Ohr.

Sie wollte schon die Augen schließen, weil ihr die Situation mehr als ausweglos vorkam, doch dann bemerkte sie etwas, das ihr neue Kräfte verlieh. Obgleich sie am ganzen Körper zitterte, so war der Funke der Hoffnung in ihr noch nicht ganz erloschen. Ein kleiner, heller Streifen zog Lenas Augenmerk auf sich, wie das helle Licht einer Lampe die Motten. Auch wenn ihre Beine immer noch gefesselt waren, so machte sie sich ganz lang und streckte den rechten Arm so weit aus, wie es nur ging. Tatsächlich berührte sie mit den Fingern etwas Warmes. Es war eine Tür, vermutete sie. „Eine Tür", flüsterte sie und schmeckte das Wort. Eine Tür war eine Verbindung. Etwas, das einem neue Wege eröffnete, wenn man sie auftat. Ich werde nur kurz die Augen schließen, flüsterte sie in Gedanken, weil sie auf einmal sehr müde wurde. Sie senkte die bleischweren Lider und versank in einen traumlosen Schlaf. Auch hörte sie nicht die Schritte, die immer näher kamen.

Kapitel 5 (Der Henker)

Sie nennen mich der Henker. Im Internet bin ich jetzt schon ein Star. Mein Snuff-Video ist ein Riesenerfolg. Die Polizei wird in naher Zukunft nach einem Serienmörder fahnden, der junge Frauen ermordet. Ich aber bin kein Mörder. Ich bin ein Mann, für den die Gerechtigkeit an erster Stelle steht. Ich helfe einfach der Justitia dabei, ihre Waage in Balance zu halten, denn mit verbundenen Augen kann man schließlich schlecht sehen, und unseren Richtern sind oft auch noch die Hände gebunden. Ein Urteil zu fällen obliegt dem Gericht, welches sich an das Gesetz halten muss. Doch was sind Gesetze, die nicht eingehalten werden? Und die Urteile fallen zu milde, meist zugunsten der Schuldigen aus. Wo bleibt da die Gerechtigkeit?

Viele fragen sich, wie ein Mensch, der andere umbringt, Familie haben und mit reinem Gewissen weiter leben kann? Wie kann ein Killer sich liebevoll um seine Familie kümmern? Hat er auch Kinder, die er mit seinen blutverschmierten Händen umarmen und sie zur Schule bringen kann? Kann er mit dem Wort Liebe etwas anfangen? Kann ein blutrünstiger, gewissenloser Mörder mit Begriffen wie Empathie und Mitleid etwas anfangen?

Ja, ich kann das, weil ich kein Mörder bin, schreie ich im Stillen, denn ich möchte meine Frau nicht erschrecken. Sie steht in der Tür, das Gesicht noch müde vom Schlaf.

„Wie war dein Tag, Schatz? War die Nachtschicht wieder anstrengend?“, fragt sie mich, ohne den Satz laut auszusprechen, sie spricht mit ihren Augen.

Ich schenke ihr ein müdes Lächeln und hole tief Luft, sie duftet nach frischen Erdbeeren und etwas Leckerem aus dem Backofen. „Willst du später Liana aus der Schule holen?“ Sie drückt mir einen Kuss auf den Mund, runzelt die Nase, weil ich wieder nicht so gut dufte, und schiebt mich ins Bad. „Nur, wenn du alles von dir abgeschrubbt hast, darfst du an den Tisch kommen. Ich habe dir frische Sachen herausgelegt, sie liegen auf dem Regal neben den Handtüchern“, ruft sie durch die Tür. Ich schaue auf meine Hände. Die Fingernägel haben Trauerränder, der linke Daumen hat einen tiefen Kratzer, der Nagel ist bis ans Fleisch abgerissen. Die blöde Kuh hat sich zu sehr gewehrt und ist mir beinahe auch noch entwischt. Der Gedanke daran, was alles hätte passieren können, wenn ich sie nicht ausgeknockt hätte, bringt mich in Rage. Ein harter Klumpen in meinem Hals drückt mir gegen die Speiseröhre. Mein Magen rebelliert, sodass ich mich übergeben muss. Den Kopf in die nach Klostein duftende Toilette gesteckt, kotze ich mir die Seele aus dem Leib. Mein Magen verkrampft sich dermaßen, dass ich keine Luft bekomme.

Ob sie Luzia schon gefunden haben?

„Schatz? Ist bei dir da drinnen alles in Ordnung?", sorgt sich meine Frau um mein Wohlbefinden und klopft leise gegen das Türblatt.

„Ich glaube, ich habe mir einen Magen-Darm-Virus eingefangen", keuche ich und wische mir den Schleim von den Lippen.

„Kein Wunder, bei der Drecksarbeit, die du für die anderen erledigen musst... Dann hole ich Liana selbst ab. Du wäschst dich und gehst ins Bett. Du brauchst Ruhe. Etwas Schlaf hat ja bisher noch keinem geschadet. Ich fahre solange in die Apotheke und kaufe für dich Globuli und Kräuter zum Aufkochen." Und Whisky, füge ich in Gedanken hinzu, was für einen trockenen Alkoholiker wie mich so viel wie einen Gnadenschuss bedeutet. Aber ich bin mit meiner Mission noch nicht fertig. Ich habe noch weitere Objekte, denen ich das Gleiche antun will, weil sie ...

„Schatz, was soll ich dir noch mitbringen?"

„Nichts", stöhne ich und stemme mich auf die Füße.

„Dann bis später, ich hab dich lieb. Ich habe das Handy dabei, und pass schön auf dich auf, nicht dass du mir in der Badewanne ertrinkst. Deine Arbeit bringt dich noch irgendwann um."

Nein, sie schlägt mir nur zu sehr auf den Magen. Was mich kaputt macht, ist das Töten, reiße ich einen stummen Witz, während mein Magen wieder hart wie Stein wird. Und überhaupt befürchte ich, dass mein richtiges Leben nur ein beschissener Traum ist. Das Töten nimmt darin zu viel Platz ein. Hoffentlich ist alles bald vorbei und ich kann mich endlich voll und ganz auf meine Frau und mein Kind konzentrieren.

Ich lasse die Wanne volllaufen und quäle mich aus den immer noch klammen Klamotten. Der aufsteigende Dampf beschlägt den Spiegel. Ich starre darin mein Antlitz wie durch einen Nebelschleier an, bis es komplett vom weißen Dunst verschluckt wird. Mit geschlossenen Augen stehe ich zwei Sekunden lang einfach nur da. Ich vermisse meine Tochter, mein Kind, das ganz plötzlich aus meinem Leben herausgerissen wurde, ohne Vorwarnung und ohne Betäubung.

Unser Dasein beginnt mit der Geburt, um mit dem Tod zu enden. Beides gehört zum Leben dazu. Das sagen viele und akzeptieren das, aber wie so oft bestätigen die Ausnahmen die Regel, und diese Ausnahme ist der Tod des eigenen Kindes. Ich höre die Stimme eines Seelsorgers, einen von vielen, die ich aufgesucht habe.

Ich kann Sie verstehen, aber Sie müssen lernen, loszulassen, sagte er mit jenem unterschwelligen Ton, wenn einem etwas nicht behagt und er der verbalen Auseinandersetzung am liebsten aus dem Weg gehen möchte. Meine Finger umklammern das kalte, glatte Waschbecken. Ich höre, wie die Knöchel knacken. Die Polizei ist damals auf den Vorfall nicht näher eingegangen. Bei all den Hinweisen tat sie das Geschehen als einen tragischen Unfall ab und legte alles ad acta. Mein Kind starb, weil die Hilfe zwar rechtzeitig kam, aber nicht zum Unfallort vordringen konnte. Ich war dabei und musste zusehen, wie sie verblutete. Nur wegen eines dummen Fehlers konnte ich mein Kind nicht retten.

Als wäre das nicht schlimm genug, so haben einige von dem Tod meines Kindes profitiert, auf eine Weise, die in mir die Galle hochsteigen lässt. Wo bleibt die Moral? Ich werde alles zu Ende bringen, ich werde dafür sorgen, dass diesen Kreaturen eine gerechte Strafe widerfährt. Das Plätschern des Wassers reißt mich aus meinem Delirium. Ich steige in das eiskalte Wasser, nur so kann ich mich wieder zusammenreißen, um nicht verrückt zu werden, die Kälte tut meinem überhitzten Gemüt gut.

Kapitel 6 (Johannes)

Ich kann den Geruch von Desinfektionsmitteln, Latex und Talkpuder nicht mehr ausstehen. Auch darf in unserem Haushalt kein Reinigungsmittel verwendet werden, welches nach purem Spiritus riecht. Diesen Sinnesreiz verbinde ich mit unerfreulichsten Aspekten, die mich an die schrecklichen Fälle all der Getöteten erinnern, bei deren Aufklärung ich mitgewirkt habe.

Jedes Mal, wenn ich den Sektionssaal betrete, geht in mir ein olfaktorisches Alarmsignal an. Vor meinem inneren Auge tauchen die abartigsten Bilder auf, die ich nicht einfach so zur Seite schieben kann, so wie gerade eben. Ich spüre, wie jedes einzelne Härchen in meinem Nacken sich aufstellt. Karl und ich stehen einem Mann gegenüber, der allem Anschein nach von den Toten auferstanden ist, um über diese zu wachen. Stumm mustert er uns mit seinen wässrigen Augen, bis es hinter seiner Stirn klick macht. Endlich räuspert er sich und spuckt auf die Spitze seines knorrigen Zeigefingers, um geräuschvoll in einem großen Buch zu blättern. Er hält inne. Sein Nagel kratzt über das Papier, dann verharrt sein Finger über einem Eintrag, der mit Bleistift aufgeschrieben wurde. Alles in Großbuchstaben.

„Ich weiß, Doktor Braunschweig erwartet Sie, aber ich muss Ihr Erscheinen trotzdem protokollieren", flüstert er mit brüchiger Stimme. Der weiße Flaum auf seinem Kopf flattert in dem kühlen Luftzug. Der Mann streicht sein Haar wieder glatt, sodass es an seiner Kopfhaut kleben bleibt, und setzt zwei Häkchen hinter unsere Namen. Mit geschürzten Lippen vergleicht er die Zeit und schaut auf sein Handgelenk. In seinen Mundwinkeln klebt weißer Schaum, der zu einer Kruste vertrocknet ist. Dieser Anblick zwingt mich dazu, einen raschen Blick auf mein Chronometer zu werfen. Vierzehn Uhr neununddreißig, lese ich die Zeit ab und richte erneut den Blick auf den Greis. Ich versuche, nicht unhöflich zu wirken, und verberge meine Abscheu hinter einem vagen Lächeln. Eine kalte Böe bringt die Blätter zum Flattern, irgendwo wurde eine Tür aufgerissen, die mit einem Knall wieder zufliegt, der von den Wänden widerhallt - wie ein lautes Donnergrollen.

Nach der prallen Hitze draußen fühlt sich der Schweiß auf meiner Haut hier unten kalt an. Das Hemd klebt wie ein feuchtes Leichentuch auf meinem Rücken. Der schmächtige Mann am Empfang kratzt sich mit dem Kugelschreiber an der Schläfe. Eine dunkle Ader pulsiert unter der dünnen, von Altersflecken übersäten Haut. „Sie dürfen in den Sektionssaal Nummer vier gehen."

„Danke, den Weg kennen wir ja", beeilt sich Karl und klopft mir sachte auf den Rücken. Wir laufen den breiten Gang entlang. „Sie müssen noch unterschreiben", ruft der alte Herr uns hinterher, doch Karl hebt nur den Arm.

„Machen Sie drei Kreuze", brummt der Polizeihauptkommissar und legt einen Zahn zu.

Unsere Schritte hallen hell durch den Gang. Eine der Leuchtstoffröhren flackert. Die kahlen, weißen Wände und der grüne Bodenbelag wirken bedrückend auf mich. Meine rechte Hand liegt flach auf der Brust und klopft zum Takt meines Herzschlags.

Kapitel 7 (Johannes)

Vor uns auf dem rostfreien Stahltisch liegt das tote Mädchen. Der Fäulnisgeruch ist allgegenwärtig. Ihre dunklen Haare kleben in nassen Strähnen an der metallen glänzenden Oberfläche. Im grellen Licht der OP-Lampe wirkt der aufgedunsene Körper noch unechter als in dem Schuppen. Ihre bleiche Haut hat einen grauen Ton angenommen, ihre Fingernägel und Zehen eine dunkle Färbung. Der Verwesungsprozess zeigt die ersten Spuren des Zerfalls. Einer der Nägel hat sich gelöst und hängt lose am linken Daumen.

„Sind wir dann soweit?“, meldet sich Doktor Braunschweig und schaut Karl Breuer mit nach oben gezogenen Augenbrauen fragend an. Der kleine Mann mit dem Bauchansatz und den forschen Augen hebt seine beiden behandschuhten Hände nach oben, wie der Chirurg vor einer OP. Er mustert den Polizeihauptkommissar durch seine dicke Brille. Karl nickt nur.

„Dann wollen wir mal.“ Der betagte Gerichtsmediziner holt tief Luft und winkt seinen Sektionsassistenten mit einem leichten Kopfnicken herbei. Der Pathologe nennt das Datum, die Uhrzeit, überlegt, dann diktiert er unsere Namen sowie das Aktenzeichen. „Wir haben die Tote gewogen und gemessen. Der

Zahnabdruck ist noch nicht erfolgt, weil ich Ihnen da etwas zeigen wollte."

Karl und ich werden hellhörig.

Der Gerichtsmediziner greift nach einem Instrument, das einer großen Pinzette ähnelt, und schiebt die schmalen Lippen der Toten ein Stück weit auseinander.

„Er hat ihr den Mund zugenäht", brummt Karl gedankenversunken. „Doc?" Er sieht mich mit ernster Miene an.

„Wenn wir davon ausgehen, dass wir es hier mit einem Sexualtriebtäter zu tun haben, so liegt die Vermutung nahe …"

„Komm zur Sache, Doc", fällt Karl mir mürrisch ins Wort.

„Dieses Verhalten zeugt von einer Neigung, vielleicht auch Störung, die auf sexuellen Erlebnissen basiert, die dem Täter als Kind selbst widerfahren sind."

„Wir reden jetzt von ihrem Mund", unterbricht mich Karl.

Der Sektionshelfer mustert uns beide mit leicht geöffneten Lippen und schaut fast andächtig auf das Antlitz der Toten, sein Mentor greift nach einem Skalpell und durchtrennt derweil die einzelnen Nähte. Sein Gehilfe verdeckt dann doch den Mund und die Nase mit einer Maske. Auch Karl und ich möchten nicht darauf verzichten. Die Luft muffelt jetzt nach Plastik und verbranntem Gummi, der Leichengeruch ist jedoch nicht mehr so stark, und das ist wirklich ein Segen.

„Ja, Karl, von ihrem Mund. Rein hypothetisch - würdest du eine Prostituierte auf den Mund küssen?"

Karl verzieht angeekelt die Lippen, diese Gefühlsregung kann ich nur an seinen Augen erahnen. „Warum sollte ich das?" Seine Griesgrämigkeit ist eine Konstante, mit der Karl aufwarten kann, ansonsten sind seine Gefühlsausbrüche unberechenbar, doch dieses Mal bleibt er ruhig und hört mir weiter zu.

„Voreilige Schlussfolgerungen können für die Ermittlungen störend sein", ergreift Doktor Braunschweig das Wort, seine Stimme klingt unter dem Atemschutz dumpf. Auch ich kämpfe gegen die leichte Atemnot, der Geschmack nach verbranntem Gummi kriecht mir in den Mund und lässt die Zunge pelzig werden.

„Da bin ich genau Ihrer Meinung, Doktor Braunschweig", sage ich. „Die Aspekte dürfen nicht überbewertet werden."

„Ich hasse deine weitschweifigen Erklärungen. Zuerst willst du wissen, ob ich eine Nutte küssen würde, und jetzt ziehst du den Schwanz ein."

„Im Moment erregt sich die Allgemeinheit darüber, ob ein Kuss auf die Lippen ein sexueller Akt sei", ich suche nach passenden Worten, „wenn man bedenkt, dass der größte Teil der Gesellschaft kinderlos ist und die meisten Kommentatoren einen IQ knapp über dem Taupunkt haben, so stellen sie folgendes infrage, ob die Eltern ihre Kinder auf den Mund küssen dürfen! Da fängt bei manchen die Sexualität an, bei einem flüchtigen Kuss zwischen einem Erwachsenen und seinem Schutzbefohlenen. Es wäre richtig, wenn der Schutzbefohlene nicht das leibliche Kind wäre. Auch Kinder haben sexuelle Bedürfnisse, dazu gehört das Schmusen, Kuscheln, Streicheln, aber auch in einem Bett zusammen schlafen. Das fördert die geistige Entwicklung und hat mit Perversion nichts zu tun."

Karl mustert mich skeptisch.

„Das nennt man Geborgenheit. Aber wenn das Kind das nicht möchte, wenn es älter wird, so wird es an der Zeit, die Kinder in Ruhe zu lassen, sie nabeln sich ab und suchen Kontakt zu anderen pubertierenden Kindern."

„Also wollte der Mörder nur kuscheln?" Der Sarkasmus in Karls Stimme ist nicht zu überhören.

„Nein, Karl, was ich damit sagen will, ist folgendes: Wir dürfen die Indizien nicht überinterpretieren. Sexuelle Zuneigung bedeutet nicht gleich, dass der Täter sie bumsen wollte", sage ich, weil mir auf die Schnelle keine bessere Bezeichnung einfällt, „er begehrt sie vielleicht - ja, er will sie besitzen - ja, er will, dass sie ihm hörig ist - ja, der zugenähte Mund hat nichts mit einer Vergewaltigung als solches zu tun. Vielleicht will er nur gehört werden, ohne dabei von der Partnerin unterbrochen zu werden. Das passiert bei Kindern oft, die sich mit Gewalt Gehör verschaffen, weil sie ständig ignoriert werden. Meist sind es später Männer, die gewalttätig werden, weil deren Mütter eine übergeordnete Rolle in der Familie hatten."

„Wenn die Frau die Hosen anhat und der Mann eine Nebenrolle spielt?"

„So in etwa."

Der junge Helfer schaut mich scheu, jedoch ohne jegliche Verlegenheit - sogar einen Deut zu direkt – an.

„Ich brauche eine Pinzette“, reißt die angenehme Stimme des Rechtsmediziners den jungen Helfer aus der Starre. Er zwinkert und greift etwas zu hastig nach dem gewünschten Instrument.

Karls Gesicht ist gramgefurcht. Er fährt sich mit der Zunge unter die Oberlippe und denkt nach.

„Vielleicht ist jedoch alles, was ich gesagt habe, Nonsens, und der Täter hat darin nur etwas versteckt, was nicht verloren gehen durfte. Eine Art Hinweis für die Polizei“, sage ich ruhig.

„Die Mundhöhle ist leer“, murmelt Doktor Braunschweig angestrengt und leuchtet mit einer kleinen Stablampe hinein. Er greift nach der schleimigen Zunge, die sich mit einem unangenehmen Schmatzen anheben lässt, und kontrolliert die Backenzähne wie auch die Wangen. „Sie hat sich die Wangen blutig gebissen“, sagt er und verengt die Augen zu schmalen Schlitzen. „Hier ist alles voller Blut, er hat ihr den Mund zwar erst nach dem Ableben zugenäht, aber das Medikament hat das Blut aus den Wunden austreten lassen, selbst lange nachdem das Herz aufgehört hat zu schlagen... Was ist das?“ Seine Stimme bekommt einen anderen Klang. Für einen Moment herrscht im Raum Totenstille. Die Anspannung ist beinahe mit Händen greifbar. „Das glaube ich nicht. Ich habe hier etwas, das nicht unbedingt in den Mund eines Menschen gehört“, argwöhnt Doktor

Braunschweig und holt mit fiebrigem Blick und zitternder Hand, in der er die Pinzette fest umklammert hält, etwas heraus, das wie ein blutiger Klumpen aussieht. Mit einem leisen Poltern landet der kleine Fremdkörper in der Nierenschale. „Wie es aussieht, hat Ihr Kollege recht, Polizeihauptkommissar Breuer. Ihr Instinkt funktioniert noch tadellos." Der betagte Mediziner schenkt mir einen anerkennenden Blick. „Wir müssen es in eine Lösung geben", spricht er mit unverkennbarer Ungeduld weiter und drängt seinen Helfer zu Eile.

Die durchsichtige Flüssigkeit löst das Blut von dem Objekt und gibt eine golden schimmernde Oberfläche frei. Es ist ein Medaillon, ein kleiner Anhänger aus Gold, oder ein Teil einer Komposition - eine Art Perle. Das kleine Schmuckstück ist nicht größer als mein kleiner Fingernagel und hat die Form eines Herzens.

„Ich kann eine kleine Einfädelöffnung ausmachen, wie für eine Kette oder einen schmalen Lederriemen, nur ist diese durch geronnenes Blut verstopft", murmelt der Pathologe und rückt mit dem Fingerknöchel seine Brille, mit dicken Bifokal Gläsern, zurecht. Seine fleischige Nase ist von feinen, dunklen Äderchen durchzogen und wird für einen Augenblick dunkler. Auch seine Wangen bekommen einen dunkleren Touch, als er den Blick hebt und Karl und mich abwechselnd anschaut. „Wir haben einen Hinweis", flüstert er. „Wir haben die Fingerabdrücke der Toten in die entsprechende Abteilung geschickt, die Jungs haben versprochen, dass wir schon morgen mit ersten Ergebnissen rechnen können."

Ein konzentriertes Schweigen breitet sich in dem steril wirkenden Raum aus.

„Können Sie zu der Tatwaffe etwas sagen, mit der dem Opfer die Schnittwunden zugefügt wurden?", durchbricht Karl die gespenstische Ruhe.

Doktor Braunschweig räuspert sich und wirft einen Seitenblick auf die Leiche. „In Anbetracht der Tatsache, dass die Tote gewaschen wurde, bleiben uns nur wenige Anhaltspunkte. Die Schnittmuster deuten darauf hin, dass die Hautverletzungen mit einem handelsüblichen Teppichmesser zugefügt wurden. Die erste toxikologische Blutuntersuchung, wir haben wie gesagt zuerst ein Schnellverfahren angewendet", fügt er rasch hinzu, „also, das Opfer wurde mit Aspirin vollgestopft, aber wir haben keine Rückstände von Rauschgift gefunden, darum erschreckt mich die Erkenntnis umso mehr ..."

„Sie hat sich die Adern selbst aufgeschlitzt", unterbreche ich den Mediziner, es klingt nicht wie eine Frage, sondern wie eine Feststellung. „Er weiß seine Opfer zu manipulieren", füge ich tonlos hinzu. Die Wut in meiner Brust verdichtet sich mit jedem Atemzug zu einem stechenden Schmerz. Eine Ahnung manifestiert sich in meinem Kopf. „Der Mörder hatte keine sexuelle Zuneigung, etwas anderes hat ihn dazu bewogen, etwas, das sehr persönlich ist. Jetzt rächt er sich für etwas, das ihm zugestoßen ist, auf eine ähnliche Weise. Auge um

Auge.“ Ich brauche einen Moment, um einen neuen Gedanken zu fassen. „Sie wurde nicht vergewaltigt?“, wende ich mich jetzt an den Mediziner. Es gibt noch viele offene Fragen, aber ich muss mich auf die wichtigsten konzentrieren.

Doktor Braunschweig schüttelt leicht den Kopf. „Nein, das Mädchen wurde nicht sexuell missbraucht.“

„Was ist mit ihren Augen?“ Karl geht an das Kopfende und sieht Doktor Braunschweig mit einem vielsagenden Blick an. „Er hat ihr das Augenlicht genommen. Warum? Ist es einer der Typen, die sich dabei einen runterholen, Doc?“

„In deiner nicht sehr eloquenten Wortwahl steckt etwas Wahres, Karl“, entgegne ich mit nachdenklicher Stimme. Ich sehe, wie der Gerichtsmediziner mit einer Pinzette leicht gegen das linke Lid drückt. Ein rötliches Sekret löst sich aus dem Augenwinkel und kullert über die bläulich schimmernde Wange. Die Tote weint blutige Tränen. „Der Augapfel wurde entfernt“, murmelt Doktor Braunschweig in sein Diktiergerät. „Beide“, vervollständigt er seine Aussage, nachdem er auch einen leichten Druck gegen das andere Lid ausgeübt hat.

„Die Haut ist aber gespannt“, begehrt Karl ungläubig auf.

„Er hat ihre Augen durch Eiswürfel ersetzt“, sage ich matt.

Doktor Braunschweig sieht mich unter seinen buschigen Augenbrauen ernst an. „Richtig“, sagt er und rückt erneut seine Brille zurecht. Mit einer kleinen Schere trennt er die Nähte und zieht sie vorsichtig aus der Haut, nachdem er sämtliche Knoten durchtrennt hat. Er drückt behutsam das Lid nach oben. Eine rote Flüssigkeit schimmert in den leeren Höhlen. Doktor Braunschweig leuchtet hinein und zieht angestrengt die Stirn in Falten. „Das Auge wurde nicht sehr professionell entfernt“, spricht er mit sanfter und dennoch distanzierter Stimme.

Das andere Auge weist dasselbe Muster auf. Ansonsten findet Doktor Braunschweig keine weiteren Indizien, die uns etwas mehr über die Tote und ihren Mörder verraten.

Karl und ich verlassen die gerichtsmedizinische Abteilung mit einem flauen Gefühl. Meine Lunge ist von der verseuchten Luft durchtränkt wie ein Schwamm. Ich spüre immer noch diesen leicht süßlichen Geschmack auf meiner Zunge - mit einer Duftnote aus Fäulnis und Exkrementen.

„Ist es wieder ein Soziopath, dessen Handlungen von Wahnvorstellungen beeinflusst werden?“ Zuallererst steckt sich Karl eine Zigarette an, sobald wir den Parkplatz erreicht haben. Er wartet geduldig auf eine Antwort und spielt mit dem Feuerzeug.

„Ich glaube nicht, dass wir es hier mit einem Soziopathen zu tun haben. Er handelt überlegt, und er ist erpicht darauf, keine augenfälligen Spuren zu hinterlassen, gleichzeitig aber lässt er einen Hinweis zurück, und zwar so, dass wir es auf jeden Fall finden müssen. Da steckt eine sonderbare Intimität dahinter, was mich vermuten lässt ...“ Ich suche nach Worten. Währenddessen ertönt ein leises, metallisches Klimpern. Karl hält die kleine Flamme mit beiden

Händen schützend vors Gesicht und macht einen tiefen Zug. Er lässt mir Zeit. „Der Täter und das Opfer standen sich nahe, zumindest im übertragenen Sinne.“ Karls Miene verfinstert sich, seine Mundwinkel zucken. „Für manche ist das Leben mit dem Leiden gleichzusetzen“, füge ich hinzu, weil mir noch etwas eingefallen ist, das sich nicht so ohne weiteres in Worte packen lässt.

Ein gereizter Ausdruck huscht über Karls Miene, er bleibt aber äußerlich ruhig. „Doc, kannst du deine gequirlte Psychoscheiße weglassen und zum wichtigen Teil übergehen?“

„Dazu fehlen mir noch etliche Puzzleteile, Karl“, lautet meine ehrliche Antwort.

Karl schnaubt, wirft den Zigarettenstummel zu Boden und zerdrückt ihn mit seinem schweren Schuh. „Habe ich mir gleich gedacht“, knurrt er und zwängt sich hinter das Lenkrad. Noch bevor ich mich habe anschnallen können, drückt Karl das Gaspedal durch. Der BMW schnellt aus der Parklücke. „Karl, bring mich bitte zu meinem Bruder, morgen werde ich dir mehr erzählen können.“

Statt einer Antwort dreht der aufgebrachte Hauptkommissar Breuer das Radio auf. Bäume und Häuser fliegen an uns vorbei. Ich schließe die Augen und versuche, an nichts zu denken.

„Wir stecken wieder bis zum Hals in der Scheiße“, brummt Karl, als der Mann im Radio über das Wetter spricht. Karls sehr spezifische und präzise Ausdrucksweise beschreibt die Situation, in der wir uns momentan befinden, am besten. Der Motor heult erneut auf. Ich werde noch stärker in den Sitz gepresst, doch ich verziehe keine Miene. Nach außen strahle ich absolute Ruhe aus, das fuchst den Polizeihauptkommissar am meisten.

Als der Wagen anhält, taucht erneut das Bild vor meinem geistigen Auge auf. Eiskalter Blick, drängt sich die Bezeichnung in meinen Kopf, während ich in zwei schwarze Augenhöhlen starre, in denen das Eiswasser dunkelrot schimmert. „Sie hat etwas gesehen“, flüstere ich mit belegter Stimme.

„Was?“, höre ich Karl von der Seite, während sich der Wagen erneut in Bewegung setzt.

„Sie hat etwas gesehen“, wiederhole ich, ohne die Augen zu öffnen. „Sie war Augenzeugin von etwas, das in direkter Verbindung zu einer Person steht, der dieses Medaillon gehört hat. Und jetzt ist es unsere Aufgabe, herauszufinden, was uns der Mörder damit sagen will.“ Verärgert über meine geistige Trägheit strecke ich den Rücken gerade und starre auf die Straße.

„Karl, unser Mörder rächt sich, er ist auf einem Rachefeldzug.“

„Aber was kann sie gesehen haben, das einen zum Morden verleitet?“

„Das muss nichts außergewöhnliches sein, Karl. Für manche reicht es, wenn du sie im falschen Augenblick angelächelt hast“, sage ich mit nachdenklicher Stimme. „Sie kann etwas gesehen haben, das möglicherweise lange zurückliegt oder erst in jüngster Vergangenheit passiert ist. Das hier ist nur der Anfang“, sage ich trocken und öffne die Augen. Mir wird bewusst, wie ich darauf brenne, den Kerl zu schnappen.

Karl schaltet das Radio aus. Jedweder Zorn ist aus seinem Blick verschwunden, in seinen Augen spiegelt sich nur der kalte Glanz eines Jägers wider. „Sieht ganz danach aus, Doc. Nun, wir haben keine Zeit zu verlieren. Die Bestie muss so schnell wie nur möglich geschnappt werden. Wir müssen den Mörder stoppen, bevor er noch mehr Mädchen verunstaltet und sie auf diese feige Art tötet“, flüstert er tonlos.

Kapitel 8 (Der Henker)

Ich wache in meinem zerwühlten Bett auf. Ich friere, obwohl ich am ganzen Körper schwitze. Ich quäle mich aus dem klammen Laken und taumele wie ein Betrunkener, als ich aufstehe. Meine nassen Füße verursachen bei jedem Schritt ein schmatzendes Geräusch auf den Fliesen. In der Wohnung ist es so ruhig, dass ich das leise Ticken der Wanduhr aus dem Wohnzimmer hören kann. Ich reiße das große Fenster neben dem Esstisch auf, weil die Luft stickig ist und nach verbranntem Toast riecht. Mit brummendem Schädel begebe ich mich in die Küche, weil das unangenehme Ziehen im Bauch mit jedem Atemzug stärker wird - ich habe Hunger. Meine Frau ist immer noch nicht zurück. Ich starre wie besoffen auf die Uhr und muss mich anstrengen, um die schmalen Zeiger darauf zu erkennen. Alles um mich herum ist verschwommen, ich nehme die Umgebung wie durch eine beschlagene Fensterscheibe wahr. Mit beiden Handballen reibe ich das Trübe aus meinen Augen und klappe die Backofentür auf. Nichts. Wie lange habe ich eigentlich geschlafen? Erneut starre ich auf die Uhr. Es ist später Nachmittag. Die sind wohl spazieren gegangen, denke ich und öffne den Kühlschrank. In Folie eingepackt liegt dort kalter Braten, daneben in einer durchsichtigen Dose drei gekochte Kartoffeln.

Immer noch wie benommen fahre ich mir mit der Hand übers Gesicht, doch die Müdigkeit will nicht gänzlich weichen. Ich halte meinen schweren Kopf über das Spülbecken und lasse das kalte Wasser laufen. Zuerst ist das klare Nass lauwarm, dann endlich zieht sich meine Kopfhaut zusammen. Das Brummen legt sich wieder. Die Kopfschmerzen weichen allmählich, was bleibt, ist eine strohige Dumpfheit. Meine Brust füllt sich mit muffiger Luft, als ich mir die Haare mit einem Geschirrtuch trocken reibe. Ich rümpfe die Nase und werfe das Tuch auf den Boden. Miriam muss einfach vergessen haben, das muffige Tuch in die Wäschetruhe zu schmeißen. Aber wer kann es ihr verübeln? Liana ist ein Schreikind gewesen und hat uns unzählige schlaflose Nächte beschert. Jetzt, seit ungefähr zwei Wochen, geht sie in den Kindergarten, doch Miriams Aufgaben als Mutter sind nicht weniger geworden. Ich packe den kalten Braten aus, die Alufolie knistert, das Fleisch ist von einer dicken Fettschicht umhüllt. Während ich mir eine dünne Scheibe abschneide, habe ich plötzlich keinen Hunger mehr. Ich werde nach Lena sehen müssen. Sie ist die nächste. Auch fällt mir ein, dass ich vorher noch einiges zu erledigen habe, bevor ich mit der Prüfung beginne. Ich wickle das Fleisch wieder ein und stecke es zurück in den Kühlschrank. Mit angewiderter

Miene schnappe ich nach der Scheibe, die ich noch kurz zuvor abgeschnitten habe, und stopfe sie mir in den Mund. Ich reiße ein großes Stück heraus und würge es runter. Den Rest werfe ich in den Mülleimer. Lena wird nach wenigen Tagen kopfüber gehängt, danach werde ich ihr dasselbe antun, was sie so gerne hat sehen wollen, sie wird dabei keinen Schmerz mehr verspüren. Ihr werden noch weitere folgen. Danach, wenn ich alle Perlen verbraucht habe, werde ich mich vielleicht der Polizei stellen. Dieser Gedanke erfüllt mich mit einem zwiespältigen Gefühl. Einerseits freue ich mich, endlich wieder richtig schlafen zu können, ohne mir darüber den Kopf zu zerbrechen, was ich nun als Nächstes tun soll, andererseits ist mir bange zumute, ob meine Miriam nach all dem noch zu mir stehen und meine Absichten für gut heißen wird. Doch ich befürchte, dass sie mich demnächst verlassen wird und Liana mitnimmt. Aber sie werden mich wohl im Gefängnis besuchen können. Oder spätestens dann, wenn meine Tochter groß genug ist, wird vielleicht sie mir meine Taten verzeihen, weil ich das Gleiche auch für sie getan hätte, ohne dabei zu zögern. Ich werde Liana alles über meine Beweggründe erzählen, damit sie mich versteht. Das alles habe ich für ihre Schwester getan. Dieser Gedanke mindert meine Sorgen keineswegs. Tränen schwimmen in meinen Augen, weil ... Ich kann keinen klaren Gedanken mehr fassen. Die Fragmente in meinem Kopf huschen wie eine schnelle Abfolge von Lichtbildern an meinem inneren Auge vorbei - total überbelichtet und unscharf, aber die Schreie, Janinas Flehen, ihre verzweifelten Rufe im Schlaf, ihr Weinen, das alles klingt so real, dass ich erneut zu weinen beginne.

Kapitel 9 (Johannes)

Karl hat mich vor dem Haus meines jüngeren Bruders Peter abgesetzt. Er hat Benjamin bei sich aufgenommen. Michaela, Peters ältere Tochter, kümmert sich liebevoll um ihren gelähmten Onkel, nicht nur, weil sie sich dazu verpflichtet fühlt.

Sie wurde zusammen mit ihrer besten Freundin vor Jahren von einem Psychopathen entführt und missbraucht. Die Polizei konnte die beiden Mädchen nur mit Benjamins und meiner Unterstützung finden. Michaela ist ein starkes Mädchen und macht große Schritte, um darüber hinwegzukommen. Sie ist sogar mit einem jungen Mann zusammen, der bei der Polizei arbeitet: Lars Böhm ist Karls jüngerer Kollege.

In Gedanken versunken bleibe ich vor dem Eingang stehen.

Meine Hand verharrt über der Türklinke, denn ich höre das perlende, mir so vertraute Lachen eines sechsjährigen Mädchens.

Cristina wurde von meinem jüngeren Bruder nach einem tragischen Vorfall adoptiert, bei dem ihre Mutter und ihr Bruder ums Leben gekommen sind. Ich folge den Stimmen in den Garten, der sich hinter dem großen Haus befindet.

Alles, was ich zu sehen bekomme, entlockt mir ein Lächeln und haucht mir ein Gefühl der

Freude ein. Für einen Moment habe ich die schrecklichen Bilder vergessen. Mein Zwillingsbruder, der seit mehreren Jahren bei Peter wohnt, sitzt in seinem roten Rollstuhl, sein Pfleger Oliver trägt nur eine kurze Sporthose und macht Liegestütze. Sein tätowierter, durchtrainierter Körper glänzt in der Mittagssonne. Seine Muskeln an den Oberarmen sind gespannt und zittern vor Anstrengung. Sein Gesicht ist rot und verzerrt. Er atmet schwer, von seinem rötlich schimmernden Haar tropft Schweiß auf die grauen Pflastersteine. Cristina sitzt auf Benjamins Schoß und zählt laut.

„Einundunfünfzig, vierundfünfzig, nein zweiundfünfzig, dreiundfünfzig, hallo, Onkel Joghurt“, grüßt sie mich, als sie mein Kommen bemerkt, und zählt weiter. Onkel Joghurt ist ihre Erfindung, auch findet sie es toll, dass ich in den letzten Tagen selbst von meinem jüngeren Bruder und seiner Frau so genannt werde. Die beiden sind nicht zu Hause. Auch kann ich Michaela, meine große Nichte, nirgends ausmachen. Auch wenn Michaela schon eine erwachsene Frau ist, sie wird dieses Jahr zwanzig und ist Peters leibliche Tochter, so liebt sie den kleinen Wuschelkopf abgöttisch, so wie ich auch. Cristina wirft mir einen schelmischen Blick zu. Ihr dunkles Haar wird nur von einem rosa Bändchen gebändigt. Ihre Locken baumeln wie Sprungfedern, während sie den Kopf hebt und Benjamin fragend anschaut. „Wo waren wir?“, will sie wissen und rutscht ein Stück an ihm herunter.

„Dreiundfünfzig“, murmelt Benjamin.

Oliver keucht etwas Unverständliches, hört jedoch nicht auf, sich vom Boden hochzustemmen, auch wenn ihm das zusehends schwerer fällt.

„Weißt du was, Onkel Joghurt? Onkel Benjamin und Oli haben gewettet“, plappert sie wie ein Wasserfall.

Ich verdrehe die Augen, weil ich jetzt weiß, wer der eigentliche Initiator ist, der den gutmütigen Oliver bei dieser Hitze quält.

„Onkel Beni muss den Daumen kreiseln und Oli muss das da machen, Klimmanzüge oder so“, setzt sie mich in Kenntnis. Cristina redet ohne Punkt und Komma. Als ihr die Luft wegbleibt, schließt sie kurz die Augen. „Und ich darf sogar mit zuenen Augen zählen. Wenn Oli verliert, bekomme ich drei Kugeln Eis.“ Cristina holt geräuschvoll Luft und hebt die Lider. Sie kichert und sieht mich dabei mit ihren dunklen Augen an.

„Was?“, keucht Oliver und stemmt sich hoch auf die Füße.

„Oli, du hast verloren“, schreit Cristina begeistert auf und rutscht an Benjamins Beinen herunter auf ihre nackten Füße, die bis zu den Knöcheln schmutzig sind.

„Der hat seinen Daumen nicht mehr bewegt, das habe ich genau gesehen. Cristina, du hast gemogelt“, empört sich Oliver mit gespieltem Zorn und rennt Cristina hinterher, die laut kreischend davonrennt.

„Habe ich wohl“, grinst Benjamin und vollführt einen beinahe geometrisch runden Kreis mit seinem rechten Daumen.

„Du und Cristina spielt immer gegen die Regeln“, sage ich und fläze mich auf die Hollywood-Schaukel, die im kühlen Schatten unter einem großen Kirschbaum steht.

„Sie ist ein Kind, und ich bin ein Krüppel, irgendwelche Vorteile dürfen wir doch für uns beanspruchen.“

„Du bist und bleibst ein Schwindler“, murmele ich und lasse mich von den sanften Schwingen der Müdigkeit davontreiben.

„Ich habe noch viele positive Attribute. Was führt dich denn hierher?“, wechselt er abrupt das Thema. Im Hintergrund ertönt ein fröhliches Kreischen.

„Wir gehen kurz zu Tony. Ich schulde dem Wuschelkopf hier ein Schnitzel“, erschallt Olivers angenehme Stimme und vertreibt die zwei Spatzen, die sich auf die Tischkante gesetzt haben. Dieser Ort hinter dem Haus ist idyllisch. Der Tisch mit den Stühlen und den bunten Blumen drumherum hat etwas Paradiesisches. „Ein Eis - kein Schnitzel, du Doofie“, lacht Cristina und lässt meinen Mund zu einem Lächeln werden. Sie beide kommen zurück aus dem großen Garten.

„Das ziehe ich von deinem Lohn ab, Oliver, Wettschulden sind Ehrenschulden“, ruft Benjamin und lauscht.

„Dann schneide ich dir deinen Daumen ab. Wer bei einer Wette gegen die Regeln spielt, wird eigentlich geköpft“, entgegnet Oliver und erntet von Cristina einen zornigen Blick.

„Das sage ich alles meinem Papa“, knurrt sie mit nach vorne gestülpter Unterlippe und vor der Brust verschränkten Armen. Sie sitzt mit den Füßen baumelnd in Olivers Armbeuge. Der durchtrainierte Pfleger und Benjamins bester Freund stellt die schmollende Cristina auf den Boden und nimmt einen Wasserschlauch. Er dreht am Wasserhahn und lässt den klaren Strahl über sich ergießen. Er bekommt eine Gänsehaut.

„Cristina, wo ist dein Wadenbeißer?“, wende ich mich an meine Nichte, die sich auf der Stelle im Kreis dreht und nicht mehr böse ist. „Sich mit zuenen Augen zu kreiseln ist gefährlich“, gebrauche ich ihren Ausdruck und muss wieder lächeln.

„Nein, ist es nicht“, entgegnet sie. „Und er ist kein Beißer, mein Flummi ist ein Chihuahua“, berichtigt sie mich. Sie dreht sich jetzt noch schneller, der Saum ihres Kleides bauscht auf und schlägt kleine Wellen. „Michaela und ihr doofer Freund Larsi Marsi sind mit Flummi zum Arzt, er hat gekotzt.“

„Wer, Lars?“, stelle ich mich blöd. Cristina bleibt abrupt stehen und reißt die Augen auf. Sie bedenkt mich mit einem verdutzten Lächeln, doch plötzlich taumelt sie zur Seite und stößt gegen Oli.

Cristina kreischt, als auch sie etwas von dem kalten Wasser abbekommt.

„Du hast mich nass gemacht, Oli. Mama wird mit dir schimpfen. Und meine Sandalen sehen wegen dir toootal schrecklich aus.“ Sie rollt mit den Augen und wischt sich eine dunkle Locke aus dem Gesicht.

„Wer petzt, kriegt kein Eis“, lacht Oliver, schnappt nach seinem T-Shirt und streift es über. So barfüßig, wie er ist, geht er den schmalen Weg zurück zur Straße. Cristina folgt ihm mit gesenktem Kopf. „Okay, ich petze nicht. Onkel

Benjamin hat gemogelt, er hat nur zwanzig Kreise geschafft", schleimt sie sich bei dem großen Mann ein und schnappt nach seiner Hand. „Ich möchte Schoko-Eis, aber mit ohne diesem blöden Schirm. Okay, Oli?" Auf einmal ist sie ganz zahm. Sie trägt ein geblümtes Kleid und keine Schuhe. Ihre Sandalen stehen in einer Pfütze neben Olivers Flip-Flops.

Ich bin froh, in einem Ort wie Neustadt leben zu dürfen. In dem kleinen Städtchen kennen sich die Menschen und grüßen einander. Cristina und Oliver singen laut ein Lied. Ihre Stimmen werden stetig leiser. Der Duft nach nasser Erde und Rosen umwölkt meine Nase und wirkt beruhigend auf mich.

Mein Zwillingsbruder muss bemerkt haben, wie ich auf die schlammige Pfütze starre und meine Augen langsam dieselbe Trübung annehmen. Ich döse ein. Benjamin räuspert sich und holt mich aus dem Schwebezustand zurück in den Garten.

„Wir haben davor die Pflanzen gegossen", schmunzelt Benjamin schelmisch und holt tief Luft. „Jetzt, wo wir ungestört sind, kannst du mir endlich dein unangekündigtes Auftauchen erklären, und lass dir nicht alles aus der Nase ziehen." Seine Stimme zittert vor Ungeduld. Er bedient seinen elektronischen Rollstuhl nur mit dem Zeigefinger, dem einzigen Körperteil, der zeit seines Lebens mobil ist. Dank intensiver Teletherapie und Olivers Pflege erwacht seit kurzem auch sein Daumen langsam zum Leben.

Ich hole tief Luft. Richte mich in den weichen Polstern auf und beginne mit dem Anruf, den ich von Karl erhalten habe.

Kapitel 10 (Lena)

Lena winselte im Schlaf. Ihre Glieder waren bleiern. Die Finger ihrer rechten Hand kribbelten unangenehm, der komplette Arm war eingeschlafen und taub. Ihr Hals war wie ausgedörrt, sobald sie schluckte, verzog sie jedes Mal schmerzhaft das Gesicht.

Ein kupfriger Geschmack machte sich in ihrem Mund breit. Sie hatte Durst. Die schwarze Luft war immer noch warm. Mit jedem weiteren Atemzug wurde ihr Hals enger, ihre Atemwege kratzten, so als habe sie Staub geschluckt. Die Haut an den Hand- und Fußgelenken juckte.

Der helle Spalt unter der Tür war zwar immer noch da, aber er strahlte nicht mehr so grell. Auch vernahm sie keine Stimmen mehr. Nur das entfernte Bellen konnte sie noch vage vernehmen. Wo war sie nur? Sie rappelte sich auf die Knie und kroch vorsichtig näher an die Tür, dabei tastete sie mit einer Hand die Dunkelheit vor sich ab. Endlich berührten ihre Finger das warme Blech. Sie presste ihr Gesicht gegen den steinigen Boden, ihre Wange tat dabei weh, aber sie ignorierte den Schmerz. Verdammt, sie konnte nichts erkennen. Was passiert mit mir? Schreckliche Gedanken prasselten auf sie ein. „Ich werde sterben“, flüsterte sie und richtete sich wieder auf. Aus der Finsternis lösten sich schreckliche Gestalten. Lena sah, was er mit ihr anstellen könnte. Das Internet war voll davon. Tränen kullerten aus ihren verquollenen Augen und liefen wie heiße Flüsse über ihre aufgeschürften Wangen. Der Schmerz vertrieb die Bilder, alles, was blieb, war ein dumpfes Gefühl der Machtlosigkeit und Verzweiflung. Ich werde sterben, dachte sie erneut, zog die Knie an und umklammerte sie fest mit den Armen. Warum bin ich nackt, will er ... Nein, sie schob die schreckliche Vorstellung beiseite. Die Schwärze vor ihren Augen verschwand hinter alles verzehrender Angst und wurde zu einem flackernden Feuerwerk. Etwas klackte trocken. Eine grelle Lampe tauchte den Raum in helles Weiß. Das Licht brannte sich in ihre Netzhaut ein und machte sie blind. Ihr Herz begann wie wild gegen die Rippen zu hämmern. Sie hörte erneut das Bellen eines Hundes. Dann ein Pfeifen. So, wie wenn ein Herrchen das Tier zu sich ruft. Das Bellen war tief und angsteinflößend. Erneut wurde sie von einer lähmenden Panikattacke übermannt. Doch dann überkam sie eine neue Idee. Von der Hoffnung beflügelt, kroch sie wieder zur Tür, schlug mit zu Fäusten geballten Händen gegen das warme Blech und schrie um Hilfe. Mit dröhnendem Kopf stellte Lena fest, dass sie zu schwach war. Ihre Fausthiebe waren nichts als ein klägliches Trommeln, das jenen Laut verursachte, den jemand da draußen hören würde. Ihre Hilferufe waren ein jämmerliches Stöhnen, das von dem schmutzigen Lappen verschluckt wurde.

Dennoch war es auf einmal egal, dass sie splitterfasernackt war. Alles, was zählte, war, hier lebendig herauszukommen. Sie wollte nicht aufgeben.

Das Bellen kam näher. Erst jetzt war ihr aufgefallen, dass die Tür ein Schlüsselloch besaß. Sie presste ihr rechtes Auge dagegen und sah hindurch. Sie spähte durch eine Wand aus grauem Dunst. Sie sah eine Gestalt auf sich zukommen. Es war ein Mann. Ein großes Tier folgte ihm. Sein Fell war braun, und es hinkte auf dem Hinterbein. Geifer troff von seinen Lefzen. Für einen Moment blieb Lenas Herz stehen. Sie kannte diesen Mann. Sie sah, wie er in die Tasche seiner Hose griff und mit einer fahrigen Bewegung ein Schlüsselbund herauszog. Sie erkannte einen Anhänger, das war eine Pfote. Der Glücksbringer eines Mädchens, von dem sie irgendwo einen Bericht gelesen hatte. Danach hatte das Mädchen Selbstmord begangen. Oder wurde sie doch von einem Fremden vor den fahrenden Zug gestoßen? Oder war es in der U-Bahn passiert? Im Gewirr ihrer sich überschlagenden Gedanken mäanderte der rote Faden durch das Durcheinander in ihrem Kopf und zerrte einen einzigen Namen heraus. Sie formte ihn mit den Lippen. Nichts als ein Fiepen zwängte sich zwischen ihren Lippen hervor: „Janina."

Kapitel 11 (Der Henker)

Der Schlüssel quietscht in der Tür und lässt sich nur schwer bewegen. Ich muss das Schloss mal wieder einsprühen. Nur ist mir das WD40 gestern ausgegangen. Ich werde den Chef darauf ansprechen, wenn er zurück aus dem Urlaub kommt. Auch brauche ich ein neues Cuttermesser. Beim letzten Mal muss mir das blöde Ding aus der Tasche gefallen sein, während ich diese Luzia mit den Beinen nach oben an die Decke gehängt habe. Ich wollte sie eigentlich nur bestrafen, nicht töten - eigentlich schon, aber nicht so, nicht auf diese Weise. Während ich mich nach unten gebeugt habe, um sie an den Fesseln zu packen, muss mir das Messer aus der Hosentasche gefallen sein, ohne dass ich das gemerkt habe. Die blöde Kuh hat es durch Zufall ertastet und es an sich genommen. Bei dem Versuch, sich zu befreien, hat sie, statt das Seil an ihren Handgelenken durchzuschneiden, sich die Pulsadern geöffnet. Es gab eine riesige Sauerei. Ich habe nie gedacht, dass ein Mensch so viel Blut haben kann. Sie hat lange gezappelt. Ich weiß das alles, weil ich eine Nachtsichtkamera installiert und alles aufgenommen habe.

Später habe ich ihr die Augen mit einem Löffel herausgeschnitten. Ich habe die runde

Kante messerscharf geschliffen. Danach habe ich den Leichnam gewaschen, um alles, was mich verraten könnte, auszumerzen. Später habe ich der Toten noch zwei weitere Schnitte an den Unterarmen hinzugefügt. Auch wenn der gesamte Ablauf nicht so verlaufen war wie geplant, so konnte ich dennoch die erste Tat als gelungen verbuchen.

Nur während ich ihr die Augen zutackern wollte, rutschte mir ständig das Oberlid weg. Da fiel mir das mit den Eiswürfeln ein. Das habe ich natürlich nicht mit der Kamera festgehalten. Nur ihren verzweifelten Kampf ums Überleben. Der Film wurde zu einem viralen Erfolg im Internet und ich zu einem Star.

Ich hole tief Luft und wappne mich für den bevorstehenden Akt.

Langsam drehe ich den Schlüssel zum zweiten Mal herum, der Braune kläfft und starrt mich mit seinen schlauen Augen ungeduldig an. Seine Schnauze ist voller Sabber. Ich hole aus und werfe den Ball so weit ich kann. Der rosa Tennisball verschwindet zwischen zwei Reihen aufeinander gestapelter Autos, die allesamt nichts als Schrottleichen sind.

Die Angeln der schweren Tür kreischen protestierend, während ich die Tür langsam nach innen drücke. Das nackte, verängstigte Mädchen schaut zu mir auf. In ihren Augen spiegelt sich unverhüllte Angst wieder. Sie versucht vergeblich, ihre Blöße zu verdecken. Ihre Hände sind schmutzig, die Haut unter den Fesseln wundgescheuert und aufgekratzt. Die dunklen Augen sind rot gerändert. Ich greife nach hinten und stelle den Rucksack vor meinen Füßen auf dem staubigen Boden ab. Ich fummele an den Laschen und zerre an der Öffnung. Ohne meine Geisel aus dem Blickfeld zu verlieren, ziehe ich ein schmuddeliges Unterhemd heraus. Mit der Rechten greife ich den glatten Zylinder einer Sprühdose. Mit ernster Miene schüttle ich mehrmals die volle Dose mit Insektenspray. Dann verteile ich den giftigen Nebel auf dem Unterhemd. Erst jetzt bemerkt Lena, so heißt sie nämlich, eine dunkle Pfütze auf dem Boden. Das viele Blut, das die trockene Erde aufgesaugt hat, hat sich in eine schwarze, vertrocknete Lache verwandelt, deren Oberfläche wie die Saharawüste aufgeplatzt ist. Einige Fliegen kriechen darauf herum und tasten mit ihren Rüsseln Luzias eingetrocknetes Blut ab. Die grünen Chitinpanzer glänzen leuchtend in den abendlichen Sonnenstrahlen. Ein langanhaltender Stoß aus der weißen Sprühdüse scheucht die Viecher weg. „Mach die Augen zu“, befehle ich Lena barsch. Meine Stimme klingt gefährlich leise. Sie tut, wie ihr geheißen. Lena hustet und spuckt, als sie im weißen Dunst verschwindet. Doch sie bewegt sich nicht. „Hier, trink was“, sage ich immer noch leise und werfe ihr eine Plastikflasche zu. Sie blinzelt, wischt sich mit dem schmutzigen Handrücken über die aufgeplatzten Lippen und dreht den Deckel auf. Doch dann zögert sie. Sie hält die Öffnung an die Nase und schnuppert daran. Wie töricht, denke ich, reiße ihr die Flasche grob aus der Hand und nehme einen tiefen

Schluck. Das Wasser ist immer noch kühl. Das viele Aspirin darin lässt das Wasser leicht zitronig schmecken. „Und jetzt trink. Mach, was ich sage, sonst stirbst du noch heute“, drohe ich ihr mit dem Schlimmsten. Sie trinkt gierig. Das Wasser läuft an einer Seite ihren schmalen Hals entlang und hinterlässt einen Streifen weißer Haut. „Jetzt zieh dir das Hemd über und leg dich mit dem Rücken flach auf den Boden.“ Ihre Augen glänzen. Ihr Kinn zittert. Erst jetzt fällt mir ein, dass ihre Hände fest aneinander gebunden sind. Mit einer schnellen Bewegung hole ich ein Teppichmesser aus der Hosentasche. Die Klinge springt wie ein gefährlicher Stachel heraus und jagt der jungen Frau noch mehr Angst ein. Ihre Augen weiten sich. Sie schluckt laut. Ihr Kinn bebt.

„Bitte nicht“, fleht sie mich an. Ihre Stimme klingt dabei leiser als ein Atemzug. Sie wischt sich mit der Hand über das Kinn, als eine Fliege darauf landet.

„Streck deine Arme aus.“

„Bitte nicht ...“ Die Stimme, heiser und von Tränen erstickt, klingt flehend.

„Ich tu dir nichts. Und jetzt mach das, was ich sage, ich verspreche dir, wenn du das machst, wirst du den morgigen Tag erleben. Wenn nicht ...“

Zögernd hebt sie ihre Arme. Die Klinge durchtrennt die Fesseln mühelos. Sofort rutscht Lena rückwärts zur Wand.

Ihr Blick huscht zur Tür. Mein Brauner steht in der Öffnung. In seinem Maul steckt der Ball. „Jetzt nicht, Großer“, brumme ich. Er geht raus und lässt den Ball zu Boden fallen.

„Beleidigte Leberwurst“, lächle ich den Hund an und wende mich wieder dem Mädchen zu. Mit flatternden Fingern streift sie das Unterhemd über und starrt mich immer noch flehend an. „Auf den Boden! Mit dem Rücken nach unten!“, knurre ich und hole derweil ein kleines Fläschchen mit Sekundenkleber heraus. Wie ein verletzter Soldat breitet sie sich langsam auf der staubigen Erde aus, doch sie achtet sorgsam darauf, dabei das ausgetrocknete Blut nicht zu berühren.

„Mach deine Augen und den Mund ganz fest zu. Wenn du es nicht tust, wirst du blind wie ein Maulwurf werden.“ Sie weiß, dass dies keine leere Drohung ist.

Kapitel 12 (Johannes)

Zuhause angekommen streife ich die Schuhe von den müden Füßen, auch die Socken ziehe ich aus. Erschöpft gehe ich nach oben ins Bad, wasche mir gründlich die Hände und steige in die Dusche. Der große Zeh an meinem linken Fuß, der mir, als ich noch ein Kind war, amputiert wurde, juckt. Die Phantomschmerzen sind wieder da, denke ich und verziehe mein Gesicht. Wie soll ich dich denn kratzen, du dummes Ding, fluche ich in mich hinein und lasse das kalte Wasser über meinen erschöpften Körper laufen. Jetzt jucken auch die anderen zwei Zehen. Obwohl mir alle drei amputiert wurden, jucken sie öfter als die vorhandenen. Das unangenehme Gefühl ist mehr als real.

Etwas erfrischt und in saubere wie auch bequeme Kleidung geschlüpft, stampfe ich wieder nach unten. Sonja steht in der Küche und dreht sich mit einem sanften Lächeln zu mir um. Das hübsche Lächeln auf ihrem vom letzten Urlaub leicht gebräunten Gesicht macht einem Ausdruck gesunden Argwohns Platz. Sie hat die Veränderung in meinen Augen bemerkt.

„Warum riecht es hier so herrlich nach Fleisch und anderen Leckereien? Haben wir denn beide etwas zu feiern und ich Trottel habe es vergessen?" Meine Frau lässt sich von der Nonchalance in meiner Stimme nicht täuschen.

Sie schüttelt nur leicht den Kopf, ihr dunkelblondes Haar ist zu einem strengen Pferdeschwanz gebunden und akkurat nach hinten gekämmt. Sie streckt den Rücken, wippt sanft auf den Fußballen und drückt dabei ihre wohlgeformte Brust heraus. „Ich weiß, dass du wieder ermittelst", entgegnet sie in sanftem Ton und klopft mit dem Finger auf den großen Kühlschrank, besser gesagt auf ein DIN-A4-Blatt, das darauf haftet. Sie hebt den Blick und schaut auf die Uhr über mir. Dann greift sie in die Schublade und holt einen Kugelschreiber raus, um auf dem karierten Blatt die Zeit zu notieren.

„Aber die letzten drei Stunden habe ich bei Peter verbracht", starte ich einen verzweifelten Versuch. Doch Sonja winkt meinen Einwand einfach weg. Selbst ihr ausgeprägtes Mitteilungsbedürfnis spielt mir heute nicht in die Hände.

„Als hättest du dich in dieser Zeit mit ihm über das Wetter unterhalten. Ich habe Peter und Anna im Supermarkt gesehen. Du und Benjamin wart wieder mit einem Fall beschäftigt." Als ich ihr widersprechen will, hebt sie einfach die rechte Hand und zieht die linke Augenbraue hoch. „Bitte verschone mich mit deinen Ausreden, weiteren Nonsens dieser Art möchte ich nicht mehr hören. Drei zu eins, eine Stunde Ermittlung, drei Stunden Familie", sagt sie lächelnd, als sie von dem lauten Trällern der Küchenuhr unterbrochen wird.

„Das erklärt aber nicht das pompöse Abendessen." Ich deute mit einem kurzen Nicken auf den Herd.

„Wir essen heute draußen auf der Terrasse. Tim kommt zu Besuch“, sagt sie und wirft einen prüfenden Blick in den Backofen.

„Er war doch gestern erst bei uns, er und seine Gummipuppe.“ Ich spiele mit den Kiefermuskeln.

Sonja kaut auf der Unterlippe und kommt auf mich zu.

Ihrer weiblichen Raffinesse habe ich sonst nichts entgegenzusetzen, es sei denn, die Gespräche drehten sich um unseren Sohn. In letzter Zeit fallen diese weniger harmonisch aus. „Er kommt jeden Tag zu uns. Ich habe nichts dagegen, aber er wollte ein selbständiges Leben führen, er hat die Schule geschmissen.“ Die Verbitterung in meiner Stimme ist unüberhörbar.

„Er will nur pausieren.“

„Er hat schon das letzte Jahr pausiert und eine Ehrenrunde gedreht. Und nach seinem Englandausflug hat unser Sohn eine Frau im Schlepptau mit nach Hause gebracht, die paradoxerweise keine Engländerin ist - und sie ist älter als du.“

Sonja fühlt sich auf einmal geschmeichelt, ohne dass ich es beabsichtigt habe, bekommt meine Frau ein ehrliches Kompliment von mir. „Auf fishing for compliments war ich gar nicht aus, aber danke für die Blumen, und zu Tims Verteidigung: Linda ist erst fünfundzwanzig.“

„Und unser Trottel erst neunzehn. Aber sie hat ja immer zwei sehr überzeugende Argumente dabei, aus Silikon, nicht wahr?“, knurre ich. Mit zwei Schritten stehe ich vor dem Kühlschrank und hole mir eine kleine Flasche Bier aus dem

Türfach. Das Bier zischt, als ich den Deckel abdrehe. In einem einzigen Zug leere ich die Flasche bis zur Hälfte und weiß immer noch nicht, wohin mit meiner Wut. „Ich habe für ihn eine Wohnung gefunden."

„Ja schon, aber er bekommt nur zweihundert Euro von dir ..."

„Extra zur Miete, die ich für ihn übernommen habe", fahre ich Sonja ins Wort. „Er will nicht arbeiten gehen, und wer nicht arbeitet, hat auch nicht mehr zur Verfügung." Ich leere das Bier und werfe die Flasche in den Mülleimer.

Als ich erneut auffahren will, ertönt die Türklingel. Sonja wirkt plötzlich nervös. „Bitte, spiel heute den netten Ehemann", flüstert sie und drückt mir einen Kuss auf die rechte Wange. „Ich bin wirklich sehr aufgeregt", flüstert sie mir ins Ohr. „Willst du wissen, wie laut mein Herz pocht?", fragt sie weiter, ihre Lippen berühren sanft mein Ohrläppchen. Dann greift sie nach meiner Hand und presst sie gegen ihre Brust. „Spürst du es?" Plötzlich lächelt sie, als meine Finger das weiche Gewebe zu massieren beginnen. „Wenn du brav bist, darfst du es später sogar sehen." Sie kichert und löst sich aus meiner Umklammerung. „Unser Sohn muss aus seinen Fehlern lernen. Nicht jeder hat so ein Glück wie du, gleich beim ersten Mal die richtige Frau fürs Leben zu finden."

„Beim zweiten", berichtige ich Sonja und halte sie kurz am Handgelenk fest. Meine Frau weiß, worauf ich damit anspiele. Sonja war vor mir mit einem Mann zusammen, der sie fast der Lebensfreude beraubt hat.

Sie schaut mir liebevoll in die Augen. „In Anbetracht seiner Lebenseinstellung ist es kein

Wunder, dass er auf diese Sorte Frau einen atemberaubenden Eindruck macht. Sein Vater ist reich. Es wird nur ein Sommerflirt mit Bruchlandung werden.“ Sonja zwinkert mir zu und wackelt zweimal mit ihrem knackigen Po, dann verlässt sie die Küche.

Hoffentlich, denke ich, weil ich nicht möchte, dass mein Enkelkind später wegen einer Silikonvergiftung in die Notaufnahme eingeliefert werden muss. Ich werde meinem Sohn nicht den ganzen Abend Honig ums Maul schmieren, seiner Puppe schon gar nicht. Die beiden werden Augen machen, Sonja auch.

Kapitel 13 (Lena)

Lenas Atemnot trieb sie bis zur Besinnungslosigkeit. Sie atmete stoßweise durch die Nase, weil ihr Mund zugeklebt war, genauso wie ihre Augen.

„Wir spielen nur ein Spiel“, hörte sie die Stimme des Mannes hinter ihrem Rücken und setzte mit ausgestreckten Armen, blind wie ein Maulwurf, einen Fuß vor den anderen. „Jetzt bleibst du stehen“, sprach der Mann weiterhin ruhig und legte seinen rechten Arm auf ihre Schulter. Lena zitterte, als ob sie fröre, obwohl sie am ganzen Körper schwitzte. Ihr Haar klebte in nassen Strähnen an ihrem Kopf. Sie versuchte um Vergebung zu betteln, doch der Kleber zwischen ihren Lippen hinderte sie daran. Die schwielige Hand drückte sie nach unten. „Vorsichtig mit dem Kopf, setz dich in den Wagen, wir machen eine kleine Spritztour“, sprach er mit unverkennbarer Ungeduld weiter und schob sie grob hinein. Der Sitz war heiß. Das Leder unter ihr knarzte und verbrannte ihr beinahe die Haut. Der Motor brummte vor sich hin, die Reifen verursachten ein monotones Rauschen. Es dauerte eine ganze Weile, bis der Wagen endlich zum Stehen kam. „Steig aus“, blaffte der Mann und zerrte sie an den Haaren nach draußen. Sie fiel hin und riss sich die Haut an Knien und Händen auf. Ein lautes Hundebellen jagte ihr noch mehr Angst ein. Unsägliche Panik überkam Lena. Sie litt

Todesqualen, weil sie sich an ihrem Speichel verschluckt hatte. Ein heftiger Tritt trieb ihr das bisschen Luft aus der Lunge, sodass sie für einen Augenblick das Bewusstsein verlor. Ein Schwall warmes Wasser auf ihrem Gesicht brachte sie zurück.

„Steh auf, oder willst du hier auf der Stelle sterben? Bist du vielleicht schwer von Begriff, steh auf, habe ich gesagt“, schrie der Mann sie aus voller Kehle an und verpasste ihr erneut einen weiteren Fußtritt zwischen die Rippen. Lena keuchte. Sie schmeckte Blut, weil die Haut im rechten Mundwinkel einen kleinen Riss bekommen hatte. Sie sog pfeifend die Luft zwischen ihren Lippen ein, da, wo die Haut sich von der oberen Lippe gelöst hatte. Das Blut schmeckte salzig und metallisch. Lena musste würgen, doch sie schaffte es, den Mageninhalt wieder runterzuschlucken.

„Wenn du kotzt, stirbst du an deiner eigenen Brühe“, ermahnte sie der Verrückte jetzt mit erschreckend ruhiger Stimme. Seine Gefühlsschwankungen waren unvorhersehbar, darum war Lena sich sicher, er war ein Psychopath. Darum beugte sie sich seinen Forderungen widerstandslos.

Sie zwängte sich auf die Beine und streckte erneut die Arme aus.

„Stell dich genau da hin.“ Sie hörte, wie er spuckte. Ein weicher, nasser Batzen landete auf ihrem linken Fußrücken.

Lena schluckte erneut. Die Galle brannte wie Feuer in ihrem Hals. Sie tat einen Schritt und stolperte über ein Hindernis. War das etwa ein

Gleis? Sie wusste nicht, woher dieser Gedanke kam. Ihr Herz raste.

„Hörst du das Klackern der Räder?“ Er stand hinter ihr und hauchte ihr die Worte ins Ohr. Er hielt sein Taschenmesser, das er immer dabei hatte, trügerisch locker in der Hand und fuhr mit der stumpfen Seite über Lenas schmalen Hals, aber all das konnte sie nicht sehen, sie spürte nur den sanften Druck auf ihrer Halsschlagader. Sie war immer noch blind. Sie hielt den Atem an und wartete auf den Schmerz, doch der blieb aus. „Der Zug ist in zwei Minuten da. Du musst im richtigen Moment zur Seite springen. Weichst du zu früh aus, wird dich mein Brauner zerfleischen.“ Wie zur Bestätigung begann der große Hund zu knurren. Auch zog er einmal heftig an dem Unterhemd, welches sie trug. Sie zweifelte keine Sekunde daran. Der Mann grinste zufrieden, aber auch das blieb im Verborgenen. Lenas Knie knickten ein, sie fiel beinahe zu Boden. Der Mann packte sie fest an den Haaren und zog sie hoch.

Sie winselte. Auf zittrigen Beinen versuchte sie, aufrecht stehen zu bleiben.

„Wenn du zu lange zögerst, wird dich der Zug zu Brei fahren. Hast du mich verstanden?“

Sie nickte heftig, obwohl sie überhaupt nichts davon begriffen hatte.

„Das alles hast du dir selbst zuzuschreiben, habe ich recht?“ Sie nickte erneut. Das leise Knistern von Klebeband war für eine Sekunde alles, was sie hörte. Er packte ihre linke Hand, dann die rechte. Das Panzertape wickelte sich wie eine Würgeschlange um ihre Gelenke.

„Siehst du ihn? Siehst du die Lichter?“, schrie der Mann und entfernte sich. Sie hörte, wie seine Schuhe auf dem Boden schlurften. Seine Schritte waren schleppend. Lena presste die Lippen fest aufeinander und sah, wie rot ihre Augenlider wurden. Das Rot wurde mit jeder Sekunde heller. Auch hörte sie das laute Pfeifen und das mechanische Poltern der schweren Räder.

„Er kommt immer näher“, schrie der Mann aus vollem Hals.

Lenas Blase wurde zu einem harten Klumpen. Sie nahm das laute, stolpernde Pochen ihres Herzens an den Schläfen wahr, auch merkte sie, wie sich ihre Blase entleerte, weil der Druck im Unterleib unerträglich wurde. Sie fühlte sich erniedrigt und dem Tod sehr nahe. Die Lichter brannten durch ihre Lider hindurch. Sie riss die Augen auf. Das grelle Weiß vermischte sich mit dem Rot ihres Blutes, als die Haut an ihrem linken Auge riss, weil die Tränen den Kleber zum Teil weichgespült hatten.

Sie hörte sein gellendes Lachen, dann sprang sie. Lena landete hart auf etwas Kantigem. Der Sturz trieb ihr den restlichen Sauerstoff aus der Lunge und brachte sie dazu, laut aufzuschreien.

„Das war zu früh, Brauner, fass“, brüllte der Mann. Der Hund sprang auf Lenas Brust und packte sie am Unterarm. Seine Krallen rissen ihr die Haut auf. Sein Gewicht presste ihr die Luft ab. Lena keuchte und wehrte sich vehement.

„Brauner, aus", hörte sie die Stimme des Mannes wie durch ein Kissen und schlug mit den Armen um sich. Der Hund sprang lässig von ihr herunter.

Lena schrie, dann sah sie etwas. Dabei begriff sie nicht sofort, dass das, was sie erblickte, kein Hirngespinst ihrer Phantasie war. Es war kein Trugbild. Ihr linkes Auge war von einem rötlichen Schleier bedeckt, dennoch konnte sie die Umgebung deutlich sehen. Auch das andere Auge war nicht mehr ganz zu. Hautfetzen hingen an ihren Lippen, aber sie lebte. Sie sah den Mann, wie er breitbeinig vor ihr stand. Weit und breit war kein Zug zu sehen. Sie befanden sich immer noch auf dem Schrottplatz. Das kranke Schwein hatte ihr nur etwas vorspielt. Sein krankes Hirn kannte keine Scham. Er lachte. Doch Lena war nicht nach Lachen zumute. Sie schrie, ihr gequälter, kehliger Schrei gellte durch die Landschaft und wurde mit einem einzigen Faustschlag ins Gesicht ausgeknipst. Das Brennen auf den Lippen war kaum zu ertragen, aber sie wagte nicht ein Wort zu sagen. Sie winselte nur noch. Einer ihrer Schneidezähne wackelte. Blut färbte ihr zerrissenes Unterhemd dunkel.

„Na, wie ist es? Was ging in deinem Kopf vor?" Er zeigte auf einen Schrotthaufen auf Rädern, den er höchstwahrscheinlich selbst gebaut hatte. Die zwei Schienen verliefen parallel über das ganze Gelände. Darauf stand ein Auto mit grellen Scheinwerfern und einer großen Musikbox, aus der das täuschend echte Geräusch eines fahrenden Zuges drang. Der Mann verzog selbstzufrieden den Mund und griff in die Hosentasche. Immer noch breit grinsend, wischte er über das Display seines Smartphones. Plötzlich ertönte Musik aus der großen Box. „Geiler Klang, nicht wahr?“, brüllte er und nickte in die Richtung, aus der das Lied erklang. Das laute Brummen der Räder war verstummt. Céline Dion sang ‚My heart will go on‘. Ihre klare Stimme schwang durch die abendliche Sommerluft. Das Lied passte überhaupt nicht zu der schrecklichen Lage, in der sich Lena befand.

„Das war Janinas Lieblingslied“, übertönte der Mann den Refrain und warf seinem Hund einen Tennisball ins Maul. Der Hund wedelte mit dem Schwanz und legte den Ball vor die schweren Schuhe des Mannes, die von grauem Staub bedeckt waren. Der verrückte Typ griff danach und warf ihn im hohen Bogen zwischen die aufgestapelten Autos. Der Hund raste dem hüpfenden Tennisball hinterher und hinterließ eine Staubwolke.

„Das spielen wir morgen noch einmal“, schrie der Mann und schaltete das Lied aus. Die ohrenbetäubende Stille war unheimlich.

„Hast du mich verstanden?“

Sie nickte hilflos, zu mehr war sie in diesem Zustand nicht fähig. Alle ihre Muskeln waren verkrampft.

Der Mann legte den Kopf zur Seite. Seine rechte Hand legte sich auf seinen Schritt. Er entblößte seine Zähne und lächelte diabolisch.

„Bitte nicht“, flüsterte Lena und hob die Hände wie zum Gebet vor die Brust, was sie eine enorme Überwindung kostete. Der Typ neigte den Kopf zur anderen Seite und schnalzte grinsend mit der Zunge. Mit zwei Schritten stand er dicht vor ihr und riss Lena auf die Beine. Er packte sie am Haar und zog sie scheinbar mühelos hoch. „Kennst du dieses Kinderlied?“, flüsterte er ihr ins Ohr und begann zu singen: „Das Spiel beginnt, alles schwingt ...“

Lena stieß einen kraftlosen Schrei aus, der wie ein Stöhnen klang, ihre Augenlider flatterten. Langsam schloss sie die Augen und verlor das Bewusstsein. Alles um sie herum wurde von dichter Finsternis umnachtet. Sie bekam nicht mit, wie sie an den Haaren über den Boden geschleift wurde. Auch merkte sie nicht, wie der Mann sie mit den Füßen nach oben an dem Haken aufhängte und die Kamera einschaltete.

Kapitel 14 (Johannes)

Ich helfe meiner Frau beim Tischdecken. „Kommt, sonst wird das Essen noch kalt“, freut sich Sonja und winkt die beiden Gäste, Tim, unseren Sohn, und seine Auserwählte - auf Stelzen und im Minirock - zu Tisch. Das junge Paar steht im Garten und turtelt miteinander, Tim steckt seiner Braut eine Rose ins Haar. Ich verkneife mir jegliche Bemerkung. „Wir haben uns heute für die Terrasse entschieden“, trällert Sonja, sie klingt aufgeregt, der Grund ihrer Aufregung bin ich. Ich bin nach außen hin die Ruhe in Person und stelle zwei Biergläser auf den Tisch, dann frage ich die Damen, welchen Wein sie trinken möchten.

„Süßen“, meldet sich Linda mit einem starken Akzent zu Wort und versucht es mit einem Lächeln, was bei ihren Lippen wirklich ein Kunstwerk ist. Sie kommt aus dem Baltikum. Ihr strohblondes Haar ist genauso echt wie der Rest ihres Körpers. Los, Johannes, mit zuenen Augen stehst du das durch, spreche ich mir Mut zu. Cristinas lustiges Gesicht taucht vor meinem inneren Auge auf. Auf ihrem Gesicht und ihrem Kleid war heute mehr Schokoeis gewesen als in dem Becher, als sie und Oliver zurückkamen. Ich muss bei dem Gedanken lächeln. Linda interpretiert meine Gefühlsregung falsch, entblößt ihre weißen Zähne und nimmt Platz. Ich schenke Sonja einen Weißwein ein, Linda bekommt denselben, nur mit einem Schuss

Zitronenlimonade, weil sie ihren Wein süß mag. Bevor sich auch Sonja setzt, greife ich nach der Stuhllehne. „Ich möchte heute hier sitzen“, sage ich mit einem falschen Grinsen und lasse nicht los.

Unser Sohn beäugt mich mit einem skeptischen Blick.

„Meine Babys! Kommt zu Mama“, ertönt Lindas Stimme und zerreißt die knisternde Anspannung. Sie beugt sich weit nach unten, ihre Brüste rutschen beinahe aus dem fein bestickten Ausschnitt.

„Soll ich für dich einschenken?“ Tim hält eine Flasche und das Bierglas, er sieht mich skeptisch an.

„Ja bitte, mein Sohn, wenn es dir keine Umstände bereitet. Was sind das für komische Karnickel?“, will ich wissen und zeige mit dem Kinn auf die zwei Hunde, von denen sich Linda zuerst abschlecken lässt und dann den beiden je ein Stückchen einer Karotte in die feuchte Schnauze schiebt, die sie mit einer Gabel aus der Salatschüssel herausgefischt hat. Die Hunde schmatzen laut.

„Das sind Möpse.“ Tim verengt die Augen zu zwei schmalen Schlitzen. Ich sehe, wie er die Kaumuskeln anspannt. Das Bier schäumt über, ich nehme das Glas an mich und gönne mir einen Schluck. Meine Mundwinkel rutschen ein Stück weit nach oben. „Damit meine ich die Hunde.“

„Den Unterschied zwischen Möpsen und Möpsen kenne ich durchaus“, lautet meine provokante Antwort und treibt Tim zur Weißglut.

Manchmal kann auch ich ein Kotzbrocken sein, denke ich.

„Es gibt Fleischbällchen in Tomatensauce“, versucht Sonja die Wogen zu glätten und reicht Linda zuerst den Teller mit dem herrlich duftenden Essen.

Linda schürzt die Lippen und sieht meine Frau mit einem zerknirschten Gesichtsausdruck an. Linda blickt zu Tim, dann wieder zu Sonja und lacht auf, als wäre sie peinlich berührt, weil hier etwas nicht zu stimmen scheint und ihr die Situation peinlich ist.

Sonja sieht unseren Sohn perplex an. Ich genieße die Show.

„Sie isst kein Fleisch“, brummt Tim und tauscht seinen leeren Teller gegen ihren.

„Ist sie Frutarierin? Oder ist das eine neue Religion, kannst du es dir überhaupt leisten, so wählerisch zu sein, so als Arbeitssuchender?“, treibe ich die Konfrontation auf die Spitze, verschränke die Hände hinter dem Kopf und strecke die Beine aus. Mein Blick ist auf Tim gerichtet, wir sitzen schräg gegenüber, dabei berühre ich scheinbar unbeabsichtigt mit meinem nackten Fuß Lindas Bein, weil ich ihr direkt gegenüber Platz genommen habe. Sie bemerkt dies und wägt die Situation ab. Sie ist ein Profi. Ich räuspere mich und rutsche näher zum Tisch. Tim wirft mir einen giftigen Blick zu. Als er nach seiner Flasche greift, stößt er mit dem Ellenbogen gegen die Gabel, die in seinem Teller liegt, und löst dabei eine Katastrophe aus. Zwei der Bällchen kullern über den Rand. Ein Bällchen rollt bis an die Tischkante und kommt kurz vor der Schnauze eines der Möpse zum Stehen. Der Hund überlegt nicht lange und schnappt sich das gute Stück. Der zweite leckt sich hungrig die Schnauze. Ich stupse das zweite Bällchen mit dem Messer an, sodass auch der zweite Mops seinen Anteil abbekommt.

„Oh nein, Mopsi", empört sich Linda und stellt die beiden Hunde auf den Boden. Sie laufen in den Garten. Linda rutscht ihren Stuhl näher zu mir. Wir sitzen immer noch einander direkt gegenüber.

„Ich kann mir das wohl leisten", ergreift Tim erneut das Wort und trinkt direkt aus der Flasche. „Und vegan ist eine Lebenseinstellung, keine Religion. An was glaubst du eigentlich?", versucht er mich aus der Reserve zu locken. Ich mache ein friedliches Gesicht zu einem bösen Spiel. Ich muss mich jetzt mehr auf Linda konzentrieren, was bedeutet, ich muss meinen Sohn abschütteln, weil sie auf mein Spiel eingegangen ist. Ich spüre ihren Fuß auf dem meinen. „An was glaubst du denn? Ich dachte immer, du bist Atheist, dass du ein Egoist bist, ist hier allen bekannt. Also, glaubst du an eine höhere Macht? Sag es mir wie ein Psychologe", lässt Tim nicht locker.

Ich räuspere mich wieder. Senke den Blick und erwecke dabei den Eindruck, als müsse ich darüber nachdenken, dabei schalte ich die Kamera an meinem Smartphone ein. Sonja ist mit dem Verteilen des Essens beschäftigt. Endlich sehe ich auf dem Display alles, was unter dem Tisch passiert, und hebe den Kopf. Tim sitzt mir schräg gegenüber und wartet auf eine Antwort.

„Ich glaube an meine Familie und daran, dass die Eltern für ihre Kinder sorgen müssen. Ich glaube an deine Mutter und an dich. Aber ich bin mir nicht ganz schlüssig, ob an dem Glauben, der besagt, dass wir alle nach dem Tod wiedergeboren werden, doch etwas Wahres dran ist. Sagt dir der Ausdruck Reinkarnation etwas?“

Tim knurrt nur. Linda schenkt mir ein flüchtiges Lächeln. Ihr Fuß bahnt sich den Weg weiter nach oben, immer schön an meinem Bein entlang.

„Ich glaube an diese Vorstellung. Denn manchmal, wenn ich mir die Menschen anschaue, die mich umgeben, so glaube ich, dass sie in ihrem früheren Leben Vollpfosten waren.“

Sonja erstarrt mitten in ihrer Bewegung und lässt sogar den Schöpflöffel in die Soße fallen, als sie das hört. Rote Spritzer verunzieren das jungfräuliche Weiß der Tischdecke.

„Das reicht“, empört sich mein Sohn in schnarrendem Flüsterton.

„Das glaube ich nämlich auch“, pflichte ich ihm bei. Meine rechte Hand umschließt Lindas nackten Fuß und drücke ihn von mir weg.

„Sie sind Arzt?“, versucht Linda es mit Konversation und sieht dümmlich in die Runde. Ich hole das Telefon unter der Tischdecke hervor. Mit huschenden Fingern stelle ich das Video in eine WhatsApp Gruppe ein. Wir haben sie eigens für unsere kleine Familie eingerichtet, Sonja ist der Administrator. Zwei unterschiedliche Klingeltöne verscheuchen die angespannte Stille.

Für einen Augenblick scheint die Zeit still zu stehen, keiner wagt sich zu rühren.

„Eins möchte ich loswerden", höre ich mich sagen. Ich sehe Tim an und versuche dabei traurig dreinzuschauen. „Das, was ich getan habe, tut mir einerseits leid, andererseits - krasse Änderungen brauchen krasse Methoden, ich bin Psychiater und weiß, wovon ich spreche." Tim bewegt sich nicht. Sonja greift derweil nach ihrem Handy und wartet, bis das kurze Video heruntergeladen wird. Linda nippt nervös an ihrem Wein. „Manchmal ist zuhören wichtiger als reden. Worte sind Werkzeuge, und nur ein wahrer Meister weiß damit richtig umzugehen. Ich gehe nach oben, habe noch was zu tun. Genießt das Abendessen." Als ich mich erhebe, sehe ich im Augenwinkel, wie Sonjas rechte Hand zu ihrem Mund fährt, den sie zu einem entsetzten O geöffnet hat. Mein Sohn schaut mich immer noch mit einem durchdringenden Blick an, seine Augen huschen zu Sonja. Nun schnappt auch er nach seinem Smartphone. Eine Spur von Mitleid füllt die Leere in meiner Brust. Ich wende mich um und gehe zurück ins Haus.

Die meisten behaupten, dass die Hoffnung uns am Leben hält, und sie auch als letzte stirbt, ich bin da einer ganz anderen Auffassung, nicht die Hoffnung, sondern die Angst, das Urempfinden, das stirbt zuletzt. Mit einem unschönen Flattern in der Brust laufe ich die Stufen hoch, hinter meinem Rücken vernehme ich laute Stimmen. Glas splittert, Stühle werden geschoben, Hunde bellen, jemand weint.

Kapitel 15 (Der Henker)

Ich liege auf der Pritsche in dem kleinen Schuppen, der mir als Schutz vor Regen dient. Mein Brauner liegt auf dem Boden und schnarcht leise vor sich hin. Den Laptop auf dem Bauch starre ich auf den grellen Bildschirm. Ich lade das neue Video hoch. Darauf wird später zu sehen sein, wie Lena die Besinnung verliert, wie sie zappelt, schreit und sich aufbäumt, wie ihr Körper zuckt, als wäre sie unter Strom, und schließlich erschlafft. Der grüne Balken bewegt sich kaum. Die Verbindung hier ist miserabel. Ich werde demnächst den Chef darauf ansprechen müssen, denke ich, und wechsle solange zu einer Seite, die beschreibt, welche Merkmale für einen Serienkiller typisch sind.

Laut dieses Berichts sind Serienkiller selbstverliebte Kreaturen mit pedantischen Ambitionen. Auch fügen diese Bestien ihren Opfern die Art von Leid zu, vor der sie sich selbst am meisten fürchten. Auch suchen die Mörder immer denselben Opfertyp aus für ihre Gräueltaten. Damit ist der sogenannte Modus Operandi gemeint, so der Verfasser dieses Textes. Auch fällt es einem Mörder scheinbar schwer, seine Zwänge zu kontrollieren, darum versucht er, sich anderweitig zu beschäftigen.

Ich bin aber kein Serienkiller. Ich plane zwar meine Taten mit pedantischer Akribie, doch fröne ich nicht dem Tod. Ich bleibe besonnen und raste nicht aus, weil ich kein Psychopath bin. Meine perverse Neigung macht nicht den Sinn meines Lebens aus.

Enttäuscht schließe ich die Augen. Hinter den geschlossenen Lidern sehe ich, wie Lena zappelt. Sie hing ganze zwanzig Minuten an der Decke, bis sie das Bewusstsein verloren hatte. Ich habe sie dann vom Haken genommen. Jetzt muss ich über das Wortspiel lächeln. Im selben Atemzug muss ich an meine tote Tochter denken. Nach ihrem tragischen Tod habe ich weiß Gott keine schöne Zeit gehabt. Ich liebte meinen früheren Job. Und jetzt arbeite ich als Wächter auf einem Schrottplatz, ein netter Grundgedanke für einen Horrorfilm. Ich habe die Tür und das Fenster offen stehen lassen. Draußen müht sich eine ganze Armee männlicher Grillen ab. Das Zirpen bringt die Luft zum Schwingen. Plötzlich hebt der Braune den Kopf und gibt ein gedämpftes Kläffen von sich. Er ist eine Deutsche Bulldogge - ein majestätisches Geschöpf. Er bellt erneut, was wie ein heiseres Husten klingt, und legt sich wieder hin. Nun weiß ich, was seinen Schlaf gestört hat. Die blöde Kuh muss aufgewacht sein. Ich höre, wie sie gegen das Blech trommelt. Ich stelle den Laptop auf den kleinen Tisch und mache mich auf den Weg zum Schuppen. Während ich in der Tür stehe und nach der Taschenlampe schnappe, die an einem rostigen Nagel neben der Tür an einer Schlaufe hängt, macht es Pling. Ich fahre herum und starre auf den Bildschirm. Das Video wurde hochgeladen. Na also, denke ich. „Komm, Großer, wir schauen nach dem Rechten“, flüstere ich mit verschlafener Stimme und muss gähnen. Auch der Hund reißt sein Maul so weit auf, dass ich alle seine Zähne sehen kann. Ohne Hast stellt er sich auf die Beine und folgt mir. Er überholt mich und reckt den Kopf. „Nein, kein Ball - wir spielen nicht.“ Er blafft. Ich schnaube und schüttle entschieden den Kopf. Das metallene Klopfen wird lauter. Ich muss mich beeilen, also fange ich an zu rennen. Der Hund nimmt das als Anlass für ein Spiel auf und rennt mir laut bellend hinterher. Jetzt vernehme ich sogar ein dumpfes Schreien.

„Hilfe, Hilfe, HIIILFEE!!!“, schreit die blöde Kuh sich die Seele aus dem Leib. Woher nimmt sie diese Kraft?

Kapitel 16 (Johannes)

Am nächsten Tag

Ich werde von einem schrillen Läuten geweckt. Ich liege allein im Bett, Sonja hat sich für das leerstehende Zimmer unseres Sohnes entschieden, der gestern das Haus samt seiner Freundin und zwei veganen Möpsen verlassen hat, ohne sich von mir zu verabschieden. Ich kann ihm das nicht verübeln. Sonja war mächtig sauer auf mich, weil ich der Initiator dieses Dramas war.

Ich war schnell in Bedrängnis geraten. „Sie hat deine Avancen nur deswegen angenommen, weil du sie dazu ermutigt hast, zu so etwas gehören immer zwei“, knallte mir meine Frau an den Kopf. Da hatte sie nicht ganz unrecht.

„Du hast unseren Sohn für immer verjagt“, fügte sie noch hinzu und nannte mich einen Idioten. Ich habe diese Titulierung als unauslöschliche Kränkung aufgenommen, doch wenn ich jetzt darüber nachdenke, so bin ich nicht mehr böse auf Sonja. Ich werde mich mit ihr versöhnen, vielleicht schon heute - oder auch nicht. Vorher galt es jedoch, weitere Hürden zu nehmen, die erste steht vor der Tür. Ist es vielleicht unser Sohn, der zurück in sein vertrautes Gefilde gekehrt ist, nachdem er von seiner

Barbiepuppe verjagt wurde?, schießt mir der Gedanke durch den Kopf.

Mein linkes Bein ist eingeschlafen, ich streife mir den Morgenmantel über und stakse wie ein angeschossener Storch die Treppe runter. Aber so leicht werde ich es dir nicht machen, Timi. Du hast zwar deine Mama, die ewige Glucke, an deiner Seite, aber ich habe da auch noch ein Wörtchen mitzureden.

Endlich habe ich auch die letzte Stufe passiert. Das Kribbeln im linken Bein kriecht weiter nach oben und löst sich endlich auf. Ich kann wieder normal laufen, ohne dabei zu hinken.

Mit zu schmalen Schlitzen gekniffenen Augen werfe ich einen kurzen Blick auf den Chronographen, nachdem ich das Licht im Flur angeknipst habe. Zehn Minuten vor Sieben.

Ich atme tief durch und greife nach der Türklinke. Der frühe Besucher drückt währenddessen erneut auf den Klingelknopf. Wenn ich eine Pistole hätte, würde ich ihm einen zweiten Nabel verpassen, zum Glück ist der Besitz von Feuerwaffen in Deutschland verboten. In Amerika wäre er schon ein toter Mann. Ich öffne langsam die Tür. Weil unsere Kamera kaputt ist und der Spion von der anderen Seite von einem Blumenkranz verdeckt ist, weiß ich nicht, wer da gleich vor mir stehen mag.

Lars. Mein Fast-Schwager und Karls Partner steht unschlüssig da. Der junge

Kommissar sieht mich mit einem um Entschuldigung flehenden Grinsen an und wippt unschlüssig auf den Füßen.

Mit einiger Anstrengung wickle ich den Mantel fester um meinen Körper und mache Platz. Lars schabt mehrmals mit den Füßen über die Fußmatte und kommt herein.

„Wer schickt dich zu mir?“, will ich von ihm wissen und komplimentiere ihn in die Küche. Ich brauche, damit mein Hirn überhaupt in die Gänge kommt, zwei Tassen Kaffee. Schwarz wie die Nacht und ohne jeglichen Firlefanz.

„Karl traut sich wohl nicht, in aller Herrgottsfrühe bei mir aufzutauchen, also schickt er seinen Kumpanen. Magst du auch einen Kaffee?“ Ich deute auf die Kaffeemaschine und hole zwei Tassen aus dem Hängeschrank. Ohne eine Antwort abzuwarten, stelle ich die Tasse unter die Kaffeedüsen und schalte den Vollautomaten ein. Das Mahlwerk ist in der Stille ohrenbetäubend laut.

„Was habt ihr für mich?“, will ich wissen, während das Klackern vom Mahlwerk und das Brechen der Bohnen in ein zischendes Schlürfen übergeht. Der Duft nach frischem Kaffee erfüllt die Küche.

Lars räuspert sich und greift in seine Aktentasche, die er bei sich hat.

„Doktor Braunschweig hat etwas Signifikantes entdeckt“, sagt Lars, während er damit beschäftigt ist, die Blätter neu zu ordnen. Sie sind ihm nämlich aus der Mappe gerutscht und haben sich über die Tischplatte verteilt. Einige sind sogar auf dem Boden gelandet. Ich stelle die beiden Tassen ab und setze mich ihm direkt gegenüber.

„Er hat sich die Verletzungen, die sich das Opfer zugefügt haben soll, genauer angeschaut.“

Ich mache einen kleinen Schluck und sage: „Die meisten sind nicht das Resultat eines Mordes, es sind fingierte Spuren, die dem Opfer nach seinem Ableben zugefügt wurden. Stimmt's?“

Lars nickt. Seine Hände umschließen die Tasse aus weißem Porzellan.

„Die Viskosität des Restblutes bestätigt Doktor Braunschweigs Überlegung, und die Ergebnisse aus dem Labor untermauern seine Annahme zusätzlich. Die Frau muss ein blutverdünnendes Mittel zu sich genommen haben“, sagt Lars und nippt kurz an der Tasse. „Auch hat er festgestellt, dass der Brustkorb eingedrückt ist und mehrere Rippen angebrochen sind. Vielleicht hat der Täter mit dieser Aktion versucht, noch mehr Blut aus ihr herauszupumpen?“

„Oder sie wiederzubeleben, wer weiß, vielleicht gehörte der Suizid nicht zu seinem Plan?“, lautet meine Überlegung. Lars macht sich eine Notiz.

„Und du ermittelst wieder?“ Ich betrachte ihn über den Rand der Tasse.

„Ich darf die Drecksarbeit machen und mich um den Papierkram kümmern.“

„Sage ich doch. Was hast du noch?“

„Sie haben recht gehabt. Der eine Typ aus dem Gartenverein hat gelogen.“ Lars streift sein blondes Haar, das ihm fast bis an die Schultern reicht, hinter die weit abstehenden Ohren und blättert in seinem Notizbuch.

Er hält seinen Finger auf das Blatt und liest sein Gekritzel zuerst in Gedanken durch, dazu bewegt er nur die Lippen. „Ach ja, hier ...“ Er räuspert sich und beginnt seine Notizen jetzt laut vorzulesen: „Das unerwartete Auftauchen des Leichnams hat sein mehrtägiges Besäufnis vereitelt.“ Er hebt den Blick.

„Haben wir es hier mit einem intellektuellen Säufer zu tun? War das seine Wortwahl?“ Ich drehe die Tasse zwischen meinen Fingern.

Lars verzieht seinen Mund zu einer Seite. „Ich habe mir fast in die Hose geschissen, als ich das Scheißding dort hängen sah, ich dachte, das kommt vom selbstgebrannten Schnaps aus Polen“, liest Lars den Originaltext vor und grinst dabei schief. „Der Gute heißt übrigens Gustav Strow“, fügt er hinzu.

„Was hat er dort gesucht?“ Ich nippe an dem Kaffee, der bei dem Gedanken an die Leiche einen unangenehmen Beigeschmack in meinem Mund erzeugt. Ich schiebe die Tasse beiseite.

„Seine Schätze. Frau Strow hat nämlich etwas dagegen, wenn ihr Mann sich ständig besäuft. Aber sie kommt nicht dagegen an. Sie war schon bei einer Eheberatung. Der Alkoholmissbrauch hat zum Schluss das Ende für ihre Ehe bedeutet, aber sie gibt ihrem Mann noch eine Chance, und das seit drei Jahren. Nachdem sie endlich realisiert hatte, dass ihr Mann zum Alkoholiker geworden ist, war es schon zu spät. Die psychische Abhängigkeit sei ihr nicht sofort aufgefallen. Die Verschlechterung seines

Zustandes verlief sukzessiv. Es ist das Gleiche, als würde man seinen Kindern beim Erwachsenwerden zusehen. Eines Tages sind sie plötzlich groß." Lars runzelt die Stirn, hebt kurz den Blick und liest weiter: „Sie schob das alles auf den Umstand, dass ihr Mann arbeitslos geworden war und depressiv wurde. Er wurde oft ausfallend und gleichzeitig introvertiert. Sie ist Lehrerin und hätte es besser wissen müssen", beendet Lars seine Zusammenfassung der Recherche und klappt das Notizbuch zu.

„Und warum konnte all das nicht bis später warten?"

„Weil wir die Leiche identifiziert haben, und bevor wir ihre Eltern aufsuchen, wollen Sie sich bestimmt den Fundort noch einmal genau anschauen, ohne dabei von anderen gestört zu werden. Denn um neun Uhr holt Karl Sie vom Polizeipräsidium ab."

„Ich muss mich nur schnell frisch machen", sage ich, schütte den Kaffee in den Abfluss; Sonja hasst es, wenn ich die Tasse auf dem Tisch stehen lasse.

„Ich warte im Wagen auf Sie", sagt Lars und geht nach draußen. Ich reiße die Schublade auf, hole einen Kugelschreiber raus und trage die Zeit in die Tabelle ein, die am Kühlschrank hängt. Meine Hand schwebt kurz über dem Blatt, weil ich mit mir selbst hadere. Soll ich vielleicht über die ganze Tabelle einen dicken Strich ziehen? Nein, das wäre zu viel Öl ins Feuer gießen.

Kapitel 17 (Johannes)

Nachdem ich mich schnell geduscht und mir die Zähne geputzt habe, ziehe ich einen Zweiteiler an, den ich vorgestern aus der Reinigung geholt habe, und laufe nach unten. Kurz vor dem Treppenabsatz bleibe ich stehen und lausche. Ich spüre körperlich Sonjas Anwesenheit. Sie weiß gar nicht, dass ich sie durch einen Spiegel, der im Badezimmer hängt, sehen kann, wie sie mich durch einen Türspalt aus Tims Zimmer beobachtet. Sonja sieht zerknautscht und verschlafen aus, sie trägt mein Hemd, was so viel bedeutet, dass sie nicht wirklich böse auf mich ist. Ich verkneife mir ein Lächeln. Ich werde mich weiterhin an meinen Vorsatz - nicht klein beizugeben - halten.

Kapitel 18 (Der Henker)

Ich weiß jetzt, wen ich als Nächstes bestrafen werde. Ich habe sie ausfindig gemacht. Es war nicht wirklich schwer. Nur muss ich mich vorher Lenas entledigen. Ich werde sie noch diese Woche dazu bringen, nicht zur Seite zu springen.

Ich liege im Bett und lausche der Stimme meiner Frau, wie sie mit unserer Tochter im Wohnzimmer spielt.

Ich habe wieder Kopfschmerzen. Ich freue mich darauf, wenn das alles bald vorbei sein wird und ich mich der Polizei stellen kann. Irgendwann werde ich ein freier Mann sein, und meine Frau wird mir hoffentlich alles verzeihen.

„Deine Laune ist nicht die beste, will mir scheinen“, hat meine Frau zu mir gesagt, nachdem ich mich nach der Arbeit geduscht und sie geweckt habe. Ein bitterer Zug lag um ihre Lippen, während sie mich musterte. „Was ist mit dir los, Liebling?“, wollte sie von mir wissen und hat mich mit ihrem bohrenden Blick angeschaut, ohne dabei zu blinzeln.

„Bald wird sich alles zum Besten ändern“, brummte ich mit leicht angespannter Stimme und rieb meine Haut trocken, bis sie rot wurde, und zwängte mich mit gesenktem Blick an ihr vorbei.

„Mach dir keine Gedanken um mich“, sagte ich noch.

Sie lief mir nicht nach. „Ich mache mir Sorgen um uns“, gab sie zurück. „Was beschäftigt dich so?“

Ich blieb ihr die Antwort schuldig.

Sie wartete, bis ich die Tür zum Schlafzimmer hinter mir geschlossen hatte, dann lief sie ins Kinderzimmer und nahm unsere schreiende Tochter aus dem Bett, um mit ihr im Wohnzimmer zu spielen.

Ich liege nun da und starre zur Decke.

Sibylle war schon zwei Mal bei einem Tätowierer. Ich habe sie beobachtet.

Die Gedanken an die bevorstehenden Tage machen mich müde. „Du wirst noch sehr viel Leiden erfahren, Sybille, für das, was du meiner Tochter angetan hast“, sage ich leise. In meiner Stimme liegt kein Zorn, nur die unendliche Traurigkeit eines verzweifelten Vaters. Ohne es zu merken, fallen mir die Augen zu.

Dich werde ich auch noch holen, ist der letzte Gedanke, bevor ich in die Welt der Albträume abtauche. Ich sehe wieder meine Tochter und den herannahenden Zug. Lichter, das Kreischen von Rädern, Stimmen, Schreie - doch keiner ist bereit, ihr zur Hilfe zu eilen. Einige halten sogar ihre Handys hoch - für den besten Film ihres Lebens. Ich höre, wie ein Mädchen zu ihrer Freundin sagt: „Ich habe noch nie gesehen, wie ein Mensch stirbt, und du?“ Die Stimme gehört Lena.

Kapitel 19 (Lena)

Sie zitterte am ganzen Körper. Gestern Nacht hat sie der Typ erneut verprügelt. Er hat ihr mit dem Tod gedroht. Aber sie wusste nicht, ob er sie zum Schluss nicht doch umbringen würde, nachdem er sich an ihr vergangen und ihr schlimme Dinge angetan hatte. Sie hätte nicht schreien dürfen. Aber von dem vielen Zeug, was er hier versprühte, war sie wie benommen und nicht bei klarem Verstand. Das Wasser, das er ihr gab, linderte ihre körperlichen Schmerzen, doch die seelischen Qualen blieben. Sie schmeckte erneut Blut in ihrem Mund, den metallischen Beigeschmack unsäglicher Angst.

Lena hoffte inständig, dass sie gesucht wurde. Vielleicht hatte ihr Arbeitgeber ihr Fehlen irgendwo gemeldet. Sie hörte wieder diese schlurfenden Schritte, die von tiefem Bellen begleitet wurden. Die Tür ging auf. Der Mann erschien in der Begleitung des riesigen Hundes. Sein dunkler Umriss war wie ein Schatten auf hellem Hintergrund. Draußen war es wieder hell. Sie roch die morgendliche Luft, trotz des Lumpens in ihrem Mund sog sie gierig die Frische durch die Nase ein.

„Ich werde heute Abend nochmal kommen, dann üben wir das mit dem Zug noch einmal“, sagte er ruhig und ging auf sie zu, um vor ihr runter auf ein Knie zu gehen. Er roch nach scharfem Männerparfum.

Lena ließ ein Gedanke nicht los, der sie immer zu beschäftigen schien, wenn sie nicht vor Angst an den Tod denken musste. Warum trägt er keine Maske oder Sturmhaube? Das bedeutete doch, dass er sie früher oder später töten würde. Das wusste sie aus einem Kriminalroman. Das einzige Buch, das sie je gelesen hatte. Das bereute sie nun.

Der Mann tätschelte ihre Wange, weil sie abzudriften drohte. Sie kauerte in einer Ecke und war an Händen und Füßen gefesselt. Ein Ring hing von der Decke und war mit den Handschellen und einer Kette verbunden. Das Metall war warm und drückte schmerzhaft gegen ihre von Blut verkrusteten Gelenke.

In der dunkelsten Ecke, ganz hinten in ihrem Kopf, flackerte ein Licht. Lena glaubte nämlich, diesen Mann von irgendwoher zu kennen. Aber sie kam nicht darauf.

Mit seiner ruppigen Art packte er sie am Haar, riss ihren Kopf tief in den Nacken, sodass mehrere Wirbeln trocken knackten, und zerrte ihr mit einiger Anstrengung den Lappen aus dem Mund.

Lena winselte. „Ich kenne Sie“, sagte sie, weil ihre Gedanken vorauseilten und sie sich nicht wirklich unter Kontrolle hatte. „Sie werden mich so oder so umbringen“, flüsterte sie kaum hörbar und röchelte, als er sie von sich stieß. Sie verfluchte sich dafür, dass sie ihre Angst laut ausgesprochen hatte. Bei dem wuchtigen Stoß schlug sie mit dem Kopf hart gegen das Wellblech und zog sich dabei eine blutige Wunde zu.

„Halt einfach deine Klappe. Wenn du brav bist und im richtigen Moment zur Seite springst, darfst du dich glücklich schätzen, weil ich dich dort liegen lassen werde. Alles, was du danach tun musst, ist zu hoffen, dass rechtzeitig Hilfe kommt.“

Er rutschte näher zu ihr und zog sie an den Haaren zu sich heran. Er stank aus dem Mund, doch Lena verzog keine Miene. „Hier, trink etwas, sonst wirst du an Dehydration verrecken, das habe ich im Internet gelesen.“ Er lachte leise und presste ihr die Flasche fest gegen die rauen Lippen. Lena trank gierig und spürte, wie es in ihrem Bauch brodelte. Ihr Magen verkrampfte sich. Von heftigen Schmerzen übermannt, trank sie dennoch weiter.

„Das reicht“, herrschte er sie an und drückte Lena grob zu Boden. Sein rechtes Knie presste er fest gegen ihre Brust. Der Mann erhöhte den Druck, nachdem sie versucht hatte, sich zu bewegen. „Bleib still liegen, sonst lasse ich den Braunen auf dich los.“ Wie zur Bestätigung seiner Drohung erschien die große Schnauze des Hundes über ihr. Geifer tropfte auf ihre Wange. Das monströse Tier knurrte warnend. Lena blieb wie erstarrt liegen.

„Mach den Mund auf!“

Lena tat, wie ihr geheißen, und weinte im Stillen.

Er drückte ihr den schmutzigen Fetzen fest in den Mund. An ihrem rechten Ohr tat es höllisch weh. Ihr linkes Nasenloch war zu, sodass sie nur mit dem rechten pfeifend atmen konnte.

„Ich möchte keine Missverständnisse aufkommen lassen, nur dass das klar ist: Bleibst du still sitzen, komme ich heute Abend wieder und bringe dir sogar etwas zu essen mit, machst du Radau, lasse ich den da auf dich los." Er tätschelte den Hund am Kopf und zog ihn dann grob am Halsband von ihr weg. Der Hund gab ein leises Winseln von sich und trottete davon. Lena fiel das Atmen mit jeder Sekunde schwerer. Das Gewicht des Mannes presste ihre Lunge so fest zusammen, dass sie kaum noch Luft bekam. Endlich löste sich der Druck. Er stand auf und klopfte seine Hose vom Staub ab. In seinem Gesicht machte sich erschöpfter Zorn breit. Er strich sich grob über die Augen. „Eigentlich bin ich ein ganz lieber Mensch. Ich war Vater einer Tochter, die jetzt genauso alt sein könnte wie du und noch ihr ganzes Leben vor sich hätte. Aber du und deinesgleichen haben sie ..." Er ließ den Satz unausgesprochen in der Luft schweben. Er hüstelte, zerrte eine Sprühdose aus seiner Gesäßtasche und versprühte den giftigen Nebel.

Lena hielt für einen Augenblick die Luft an, bis ihre ramponierten Lungen zu brennen anfingen.

Ein Schwarm dunkler Schatten flog hinter dem hell werdenden Viereck am grauen

Hintergrund des morgendlichen Firmaments vorbei. Lena blinzelte die Tränen weg, sie wollte nicht vor diesem Mann weinen. Sie starrte durch die Tür zum Himmel, alles, was sie wollte, war ... Die Stimme des Mannes unterbrach ihre Gedanken.

„Sei brav und du wirst leben, und erwarte um Himmels Willen nicht zu viel von deinem Schicksal, die werden mich schon schnappen, aber nicht, bevor ich mit dem hier fertig bin“, sprach der Mann mit tonloser Stimme und ging nach draußen. Die Tür fiel polternd ins Schloss. Alles um sie herum wurde schwarz, bis auf das pochende Leuchten einer roten Lampe in der oberen Ecke. Er hat wieder die Kamera eingeschaltet, dachte Lena und begann zu wimmern.

Kapitel 20 (Johannes)

Karl und ich stehen vor einem Einfamilienhaus. Auch wenn ich Sonja, meiner Frau, versprochen habe, nicht mehr bei der Mordkommission zu ermitteln, so sehe ich mich dennoch gezwungen, Karl zur Seite zu stehen, und das aus zwei Gründen: erstens bin ich zu einem Teil des Geschehens geworden, und zweitens habe ich das mit dem Versprechen nicht wirklich ernst gemeint, ach ja, und drittens haben wir eine 3:1-Vereinbarung - einen Tag lang ermitteln, drei Tage mit der Familie verbringen.

Eine fast schon fiebrige Anspannung ergreift von mir Besitz.

„Was ist?“, will Karl wissen und bedenkt mich mit einem fragenden Blick.

„Lars und ich waren heute wieder am Fundort der Leiche. Leider war unser kleiner Ausflug wenig informativ.“

„Das stimmt“, pflichtet er mir bei und legt seine Hand auf das kleine Tor. Zwischen dem Haus und uns ist ein gepflegter Garten.

„Die Leute von der Spurensicherung haben ganze Arbeit geleistet, jemand hat sogar die Griffe von dem Schubkarren abgesägt und mitgenommen.“

„Das war Edgars Idee“, brummt Karl. „Ich habe mehrfach schon die Erfahrung gemacht, dass unser Forensiker zur Übertreibung neigt, aber sein Vorgehen hat System und trägt Früchte."

„Wäre es möglich herauszufinden, wer die früheren Pächter der Parzelle waren?"

„Wir sind gerade dabei. Lars kümmert sich darum. Aber bei diesen Kleingarten-Futzis ist die hierarchische Bürokratie noch schlimmer als im Bundestag."

Ich schüttle müde lächelnd den Kopf. „Jeder der Parteimitglieder glaubt, dort das Sagen zu haben, doch keiner ist dazu bereit, später für seine Fehlentscheidung die entsprechenden Konsequenzen zu tragen."

„Es sein denn, es geht um die Verteilung überschüssiger Einnahmen", fügt Karl hinzu und macht das Tor auf. Wir laufen über einen schmalen Weg, der von duftenden Rosensträuchern flankiert ist.

Karl drückt auf die Klingel, sobald wir den Eingang des Einfamilienhauses erreicht haben. Hinter der weißen Tür mit Milchglas-Komponenten ertönt eine leise Melodie. Karl tritt einen Schritt zurück und sieht mich stumm an. Ein bitterer Zug liegt um seine Lippen, seine Mundwinkel zucken. Sein raspelkurzes Haar wird oben lichter, trotzdem ist sein Verstand immer noch scharf. „Die waren doch vor einer Stunde noch zu Hause", grummelt er und wird ungeduldig. Er reibt sich über die vernarbte Wange. Die Bartstoppeln knistern unter seinen Fingernägeln.

Karl Breuer ist Mitte fünfzig und seit Kurzem geschieden - zum dritten Mal. Seine mürrische Art und sein brachiales Auftreten lassen jeden seiner Kollegen kleiner werden. Nur mich tangiert sein

Gehabe mehr als nur peripher, und das weiß Karl auch. Vielleicht funktioniert unsere Zusammenarbeit auch deswegen so gut, weil ich mich von seinen Ausbrüchen nicht einschüchtern lasse.

Karl knetet die Hände und klopft dann mit den Knöcheln gegen die Tür. Im Haus fällt etwas laut scheppernd zu Boden.

„Na bitte", grummelt er und drückt erneut auf den Klingelknopf. Sein Brummen wird von dem leisen Gebimmel des Windspiels übertönt, das über der gläsernen Überdachung hängt. Ich vernehme Schritte. Karl streckt den Rücken gerade, ich richte mein Jackett und mache die Knöpfe auf, um dadurch einen legeren Eindruck zu erwecken. Das Türschloss kratzt metallisch. Das klappernde Geräusch einer Kette ertönt, dann wird die Tür einen Spalt breit geöffnet. Zwei rot unterlaufene Augen starren uns entgegen.

„Wer sind Sie?", will die Frau von uns wissen.

„Wir sind von der Polizei." Karl bleibt sachlich, auch klingt er erstaunlich ruhig und mitfühlend. Was überhaupt nicht seine Art ist. Mit routiniertem Handgriff fischt er seinen Dienstausweis heraus und zeigt das Kärtchen der Frau. Ihre Augen scannen das Foto ab und vergleichen es mit Karls Gesicht.

„Carmen, wer ist da? Die Bullen?", hören wir eine verwaschene Stimme, die vom exzessiven Alkoholgenuss rau geworden ist. Ich vermute es nicht, ich weiß es, denn ich habe schon mit vielen Menschen zu tun gehabt, die jemanden, der ihnen nahe stand, an das Schicksal verloren haben. Besonders schlimm ist dieser Verlust für Eltern. Ein Kind, das man geliebt und groß gezogen hat, nicht mehr bei sich zu haben, ist das Schlimmste, was passieren kann, doch dagegen ist keiner gefeit. Der Tod holt auch einen, der statt Cola nur grüne Smoothies getrunken und nie einen Burger angerührt hat. Aber Alkohol ist kein Ausweg aus dieser Situation. Außerdem wissen die beiden noch nicht, ob ihre Tochter tot ist.

Die Frau schaut sich verstohlen um.

„Lassen Sie uns bitte herein, wir würden uns gerne über Ihre Tochter unterhalten."

„Um uns schreckliche Dinge an den Kopf zu werfen", faucht uns die Frau an und blickt sich erneut um. Ihr Gesicht läuft rot an. In ihren Augen schwimmen wieder Tränen. Ihr Blick heischt nach einem Funken Hoffnung, doch sie wird auch dieses Mal enttäuscht. „In den letzten Wochen nach Luzias Verschwinden", sie schluckt, „ist die Polizei ganze zwei Mal da gewesen. Und was ist passiert? Gar nichts, überhaupt nichts." Ihre Lippen zittern. Speichelbläschen bilden sich in ihren Mundwinkeln. „Ihre Kollegen oder wie immer ihr euch untereinander nennt, konnten mit keinen Neuigkeiten aufwarten, keine Idee, keine Spur, nichts, verstehen Sie?" Ihre Lider flackern, das Weiß ihrer Augen ist rot. „Nur blöde Fragen haben sie uns gestellt und meine Mann sogar bezichtigt, mit seiner Tochter, seinem eigenen Kind, ein sexuelles Verhältnis gehabt zu haben, woraufhin sie uns verlassen haben sollte. All solche abscheulichen Sachen haben sie uns vorgeworfen, anstatt zu helfen."

„Bitte, lassen Sie uns das nicht vor der Tür klären. Wir würden uns wirklich sehr gerne in aller Ruhe mit Ihnen unterhalten.“ Karl ist immer noch ruhig. Doch an den kleinen Nuancen in seiner Stimme kann ich feststellen, dass ihm die Ideen, wie er die Frau von seinem Vorhaben überzeugen soll, langsam ausgehen. Er ist eben ein Polizist fürs Grobe. Ihm fehlt sein junger Kollege Lars Böhm, der seit einem guten halben Jahr zu Erziehungszwecken, nur für die Drecksarbeit, wie Lars sich ausgedrückt hat, zuständig ist. Hauptkommissar Kraut, Karls Boss und Leiter der Mordkommission, kennt da keine Gnade. Am liebsten würde dieser schleimige Typ auch Karl zu solch niederen Tätigkeiten verdonnern.

Ich richte das Revers meines Jacketts und warte die Situation ab, um einzugreifen, falls Karl das Ganze über den Kopf wachsen sollte. Doch plötzlich nimmt die Unterhaltung eine andere Wendung, denn die Frau schaut nun mich an. Ihr Blick ist bohrend.

„Und wer sind Sie?“ Sie kaut auf der Unterlippe.

„Mein Name ist Doktor Hornoff, ich bin Psychologe, ich möchte dem Gespräch beiwohnen und fungiere im Moment als unparteiisches Bindeglied“, antworte ich ehrlich.

„Sind Sie auch von der Polizei, oder warum tragen Sie so einen schnieken Anzug? Sind Sie von der Versicherung oder sind Sie ein Anwalt?“ Die Frau schnäuzt in ein aufgeweichtes Taschentuch und stopft es in die Tasche ihres blau-weiß gestreiften Bademantels. Sie hat mir nicht richtig zugehört, oder sie ist der Meinung, dass ich sie anlüge. Ihr blond gefärbtes Haar hat einen dunklen Ansatz mit graumelierten Haaren. An der Kopfhaut ist es fettig und glänzt. Die verzweifelte Frau ist um die fünfzig, doch das Verschwinden ihrer Tochter hat sie um weitere zehn Jahre altern lassen.

„Wie gesagt, ich bin Psychologe und unterstütze die Polizei bei der Suche nach Vermissten.“ Das Wort Opfer habe ich bewusst ausgelassen, das lässt Hoffnung schöpfen, auch wenn ich die Wahrheit kenne. Umso mehr tut es mir leid für die beiden. Doch Karl möchte die Eltern bis nach der Befragung in dem Glauben wiegen, dass ihre Tochter noch nicht tot ist. Ansonsten würde die Tür vor unserer Nase ins Schloss fallen, und zwar für immer, war sein nicht sehr überzeugendes Argument. Kraut will den Fall so schnell wie möglich ad acta legen, hatte er noch hinzugefügt, was der eigentliche Grund dieses moralisch nicht ganz richtigen Vorgehens war.

Aber Karl hat recht, die Frau würde sich sofort verschließen, und wir hätten keine Möglichkeit, mehr über Luzia Bernstein in Erfahrung zu bringen.

Wir warten. Ich lasse Frau Bernstein Zeit, dränge sie zu keiner übereilten Entscheidung. Nicht selten treibt das Schweigen die Menschen dazu, die Initiative zu ergreifen und mehr über sich zu erzählen als bei einer permanenten Befragung.

„Und weiter, warum sind Sie hier?“ Der Ton der Frau klingt nicht mehr so bissig wie noch kurz zuvor - eher unentschlossen.

„Um mit Ihnen über die letzten Tage vor dem Verschwinden Ihres Kindes zu sprechen.“ Ich akzentuiere und betone jedes Wort, spreche langsam und deutlich. „Uns ist jede Information von ungeheurer Bedeutung, egal wie unwichtig diese für Sie erscheinen mag. Haben Sie noch mehr Kinder?“ Auch dieses Mal wähle ich meine Worte wohl überlegt und benutze das Wort Kinder. Das rührt an den sensiblen Saiten einer liebenden Mutter mehr als das personifizierte Wort Tochter und bringt ihre Seele zum Vibrieren. Die Mutter zuckt zusammen, schüttelt zaghaft den Kopf und macht einen Schritt nach hinten. Sie räumt uns mehr Platz ein. Sie ist nicht mehr auf eine Konfrontation aus.

„Und was sagen Sie zu der Verteidigung Ihrer sogenannten Kollegen?“, reißt der Mann das Ruder an sich und bringt mich für einen Augenblick aus dem Konzept. Sein plötzliches Auftauchen droht den Faden zwischen mir und seiner Frau zu zerreißen.

„Die Polizei reißt sich seit Monaten den Hintern auf, um herauszufinden, warum Ihre Tochter verschwunden ist. Was man nicht von jedem behaupten kann. Wir haben schon vieles an Informationen gesammelt, aber es war nicht genug. Es tut mir wirklich sehr leid, wenn einige der Kollegen sich daneben benommen haben, aber auch in der Uniform jedes Polizisten steckt ein Mensch, mit all den Problemen und Schwierigkeiten, die auch Ihnen nicht fremd sind. Auch diese Männer haben Kinder oder eine Ehefrau, die nicht ganz glücklich darüber ist, dass der Ehemann mehr auf der Arbeit ist als zu

Hause." Karl wirft dem Mann einen eisigen Blick zu.

„Informationen", blafft der Mann und fährt sich über das fettige Haar. Er hat nur das herausgehört, was für ihn wichtig ist, auf Sentimentalitäten legt er keinen Wert.

Er ist hier das Opfer, nicht seine Tochter und schon gar nicht seine Frau. Diese Art von Männern kotzt mich an, aber ich behalte das lieber für mich.

Ich höre, wie Karl laut aufatmet. Das enervierende Klingeln eines Telefons bringt den aufgebrachten Mann zum Verstummen.

„Ist bestimmt für dich, Emil", flüstert seine Frau und streichelt ihm flüchtig über die nackte, knochige Schulter. Der Mann ist stark behaart und wirkt dadurch noch ungepflegter. Er trägt nur ein fein geripptes Unterhemd und eine ausgeblichene Pyjamahose. Er presst die Lippen zusammen und kratzt sich am Hintern, dann wankt er aus meinem Sichtfeld, das nur aus einem Spalt besteht. Ich rieche die verbrauchte Luft, die aus dem Haus nach draußen strömt.

„Ich habe seit einer Woche nicht mehr aufgeräumt, wenn Sie mich entschuldigen, ich möchte mich nur eben umziehen, dann mache ich Ihnen die Tür auf."

Kapitel 21 (Johannes)

„Du lässt die Bullen doch nicht etwa in unser Haus?“, knurrt Herr Bernstein, während seine Frau die Kette herausnimmt und die Tür öffnet.

„Etwas mehr Respekt wäre durchaus angebracht“, grummelt Karl und kassiert einen giftigen Seitenblick des Hausherren.

Er versperrt uns den Weg und schiebt seine Frau nicht sehr grob, dennoch bestimmt zur Seite.

„Aber Emil“, versucht sie aufzubegehren, verstummt jedoch, weil sie es gewohnt ist, ihrem Mann zu gehorchen.

„Bitte, Herr Bernstein.“ Ich hebe meine linke Hand. Meinem Gegenüber entgeht nicht, dass dem linken Zeigefinger der Fingernagel samt der dazugehörigen Kuppe fehlt. „Bei den Ermittlungen bezüglich Ihrer Tochter sind neue Aspekte, aber auch Fragen aufgetaucht, auf die wir gerne eine oder mehrere Antworten bekommen möchten. Auch möchten wir dem Ganzen besondere Aufmerksamkeit schenken, und, um in der Sache schnellstmöglich voranzukommen, bedarf es auch Ihrer Zusammenarbeit mit uns. Diese Zuvorkommenheit wäre für beide Seiten von Vorteil. Jeder Hinweis, auch wenn er für Sie nicht wichtig genug erscheinen mag, kann genau diese scheinbar unwichtige Information für uns von entscheidender Bedeutung sein“, wiederhole ich den Satz von vorhin, damit die Botschaft endlich in seinem Kopf ankommt. Ich schiebe ganz langsam meinen Fuß zwischen die Tür und die Zarge. Herr Bernstein drückt immer noch leicht mit der linken

Hand dagegen, die Kette ist jedoch nicht mehr eingehängt.

Die scharfen Gesichtskonturen Herrn Bernsteins werden weicher. Er holt tief Luft und fährt sich mit der Zunge über die Innenseite der linken Wange. Sein Unterhemd spannt an seinem runden Bauch. Flecken von verschüttetem Wein verdeutlichen, wie wenig der Mann von körperlicher Hygiene hält. Er ist ganz unten angekommen, er ist zu einem Alkoholiker geworden. Ich tippe die Informationen in mein Handy. Meine rechte Hand befindet sich samt dem Smartphone jetzt in der Tasche meiner hellen Hose und gibt verschlüsselte Befehle ein, die ich später an meinen Zwillingsbruder weiterschicken werde. Später werde ich Herrn Bernstein einen Termin bei meinem Bruder organisieren.

Obwohl Benjamins Körper schlaff ist, ist sein Geist wach und scharf. Er wird dem Mann helfen können. Die Sekunden des Wartens werden zäh. Ich drücke den Fuß noch weiter rein und beende das Tippen.

Was würde mein Bruder alles dafür geben, um das zu bekommen, was dieser Mann bereit ist aufzugeben, schießt mir der Gedanke durch den Kopf und trübt meine Stimmung zusätzlich. Emil Bernstein schmatzt mit den Lippen, steckt den kleinen Finger seiner linken Hand zwischen die oberen Schneidezähne und kratzt darin herum. Mit dem Nagel puhlt er Essensreste heraus, betrachtet den Finger eingehend, und wischt sich dann die Fingerkuppe an der Hose ab.

„Sie haben eine halbe Stunde Zeit, um sich umzuschauen. Oder soll ich Ihr Auftreten als eine Hausdurchsuchung auffassen? Wenn das so ist …"

„Wir möchten nur reden." Karl tritt als Erster ins Haus, nachdem Herr Bernstein die Tür losgelassen hat. Der Hausherr macht zwei weitere Schritte zur Seite und sieht Karl immer noch mit unverkennbarer Missbilligung an.

„Rauchen Sie?", wendet sich Karl an den Mann.

„Aber nur, wenn Sie welche dabei haben."

„Haben Sie einen Balkon?", will Karl wissen und fingert aus seiner Hosentasche ein silbernes Zigarettenetui. Nonchalant öffnet er das metallene Kästchen und streckt den Arm aus.

„Wir haben keinen Balkon, aber wir können im Wohnzimmer rauchen, das ist kein Problem", entgegnet Herr Bernstein und holt sich gleich zwei Zigaretten heraus. Eine schiebt er sich zwischen die Lippen, die andere steckt er sich hinter das rechte Ohr.

Ich brauche einen Moment, um mich dazu zu überwinden, die Türschwelle zu passieren. Eine unsichtbare Barriere aus unangenehmen Gerüchen und unzähligen Informationen, die dieses Haus in sich birgt, halten mich davon ab. Frau Bernstein steht unschlüssig da. Ihre Finger nesteln an dem schlichten T-Shirt, das frisch gewaschen zu sein scheint. Auch trägt sie eine

Jogginghose, die sie nicht für sportliche Aktivitäten gekauft hat. Ich verspüre ein unangenehmes Prickeln, während mich die Frau von Kopf bis Fuß mustert. Auch wenn ich über die Lage, in der sich das verzweifelte Ehepaar befindet, nicht überrascht bin, so tun mir die beiden doch leid. Während sich die Mutter vor Sorge um ihr verschwundenes Kind die Seele aus dem Leib weint, setzt der Vater alles daran, seinen Kummer im Alkohol zu ertränken. Er sucht die Flucht in die Abgeschiedenheit, dort, wo das reale Leben keine wirkliche Bedeutung hat und weit weg zu sein scheint.

Als mein Blick auf ihrem Oberarm, der eine bläuliche Färbung hat, hängen bleibt, senkt sie beschämt den Kopf. Also kam es in der Familie zu handgreiflichen Auseinandersetzungen, nicht selten wandelt sich die Angst in Aggression um, wenn Alkohol im Spiel ist, und die Sinne vom Nebel des Rausches verschleiert werden.

„Darf ich das Zimmer Ihrer Tochter anschauen?“, höre ich mich leise sagen.

Frau Bernstein schluckt und drückt sich die Hand vor den Mund. Die Emotionen gehen mit ihr durch und lähmen ihre Zunge. Sie nickt nur und zeigt zur steilen Treppe. Ihr Kinn zittert, die Augen füllen sich mit Tränen. Sie schluchzt und wischt sich erneut über die Wangen.

„Nach Ihnen.“ Ich lächle sie an. Frau Bernstein streift sich mit Daumen und Zeigefinger über die verquollenen Augen, schnieft und läuft mir voraus.

Kapitel 22 (Johannes)

Oben riecht die Luft frischer, sodass ich wieder einigermaßen atmen kann. Die erste Tür, die zum Bad führt, steht weit offen, genauso wie das milchige Fenster, durch das ich den grauen Himmel sehen kann. „Mein Mann traut sich nicht nach oben, ich habe ihm das verboten. Es reicht, dass er das Wohnzimmer und die Küche in einen Saustall verwandelt hat“, flüstert Carmen Bernstein, so als habe sie meine Gedanken gelesen.

Ich schaue wieder sie an, trotzdem versuche ich mir so viel wie nur möglich von der Umgebung einzuprägen.

„Ich habe mich dagegen gewehrt, aber wenn er trinkt, ist er wie ausgewechselt. Emil war früher anders, wissen Sie, Luzia und Emil“, ihre Stimme erstickt, „sie ist wie ein Sohn für ihn. Unsere Tochter ist, sie ist kein Mädchen, das mit Puppen spielt. Sie war schon immer ein Rebell. Bis zu ihrem Verschwinden, eigentlich schon davor, waren wir wirklich glücklich. Wäre sie bloß nicht zu dieser Demo gefahren.“

Mein Finger verharrt. Davor! Carmen Bernstein hat ein Schlüsselwort benutzt. „Es gab also schon davor irgendwelche Anzeichen, dass das Leben Ihrer Tochter eine für Sie nicht erfreuliche Wendung genommen hat?“

Wir bleiben vor einer verschlossenen Tür stehen. Die Wände wie auch die Türen sind alle schlicht weiß, das macht den schmalen Korridor größer, und ich kann meine klaustrophobischen Ausbrüche in Schach halten. Nur ein dünner Schweißfilm auf meiner Stirn verrät mein Unwohlsein.

„Ja, es geschah vor sechs Jahren.“ Frau Bernstein hüstelt und fährt mit geklärter Stimme fort: „Luzia und noch ein paar von den anderen Mädchen haben etwas ganz schrecklich Dummes getan. Aber mein Gott, sie waren Teenager, und wer in diesem Alter denkt an die Folgen. Sie sind von Zuhause abgehauen, die Polizei hat sie in Dresden aufgegabelt.“ Die Worte klingen gepresst. Sie öffnet zögernd die Tür, die langsam nach innen schwingt. Auch wenn draußen die Sonne durch die grauen Wolken scheint, so herrscht in dem nicht allzu großen Raum eine erdrückende Atmosphäre. Frau Bernstein knipst das Licht an, ohne jedoch das Zimmer vollends zu betreten - etwas hält sie davon ab. Im milden Schein der Lampe erkenne ich, was Luzia für ein Typ Mädchen war. Die Wände sind von dunklem Rot. Poster mit tätowierten Personen, die ich nicht kenne, hängen über dem Bett. Der Anblick von weißen, leeren Kerzenständern mit rotem, zerlaufenem Wachs, das sich über die Tischplatte ergossen hat, lässt darauf schließen, dass Luzia keine Barbiepuppe war. Auf dem Boden liegt eine Kuhhaut, mit roten Klecksen besprenkelt, wie Einschusslöcher verunzieren sie das braunweiße Muster.

„Ist die Haut echt?“, rutscht es mir durch die Lippen. Ich spüre, wie sich die Stimmung ändert.

„Ja“, stammelt Frau Bernstein.

„Darf ich mich hier umschauen?“

Sie nickt nur.

„Sie erwähnten eine Demo?“

„Ja, dieser verdammte G20-Gipfel in Hamburg, seitdem ist unser Kind verschwunden.“

„Das sind aber ...“

„Drei Monate und fünfzehn Tage“, flüstert sie hinter mir. „Sie werden hier nichts finden. Die Polizei war schon mehrmals da und hat alles durchsucht, jedes Mal musste ich das Zimmer wieder aufräumen. Einige Sachen habe ich einfach weggeschmissen.“

Das könnte eine Reihe von unangenehmen Schlussfolgerungen nach sich ziehen, falls sich hier ein Polizist umgeschaut hat, der nur das Oberflächliche gesehen hat, ohne sich dabei tiefgründige Gedanken zu machen. Auch hat Frau Bernstein sich radikal von Habseligkeiten getrennt, die für sie nicht wichtig genug waren. Ich vermute, dass Luzia mehr Schein als Sein war und ihre Mutter zwar immer noch hofft, ihre Tochter könne noch leben, aber tief in ihrem Unterbewusstsein begreift sie, was der wirkliche Grund ihres Wegbleibens ist. Begreifen ist das eine, akzeptieren ist etwas ganz anderes.

Ich schiebe die Emotionen beiseite und konzentriere mich nur auf das Wesentliche. Rationales Denken ist jetzt das Wichtigste. Zuerst betrachte ich das Zimmer als Ganzes, als ein Universum, in dem nur Luzia ihren Platz hatte und niemand sonst. Das war ihre Revolution. Das alles diente ihr als Schutzschild, spreche ich lautlos und wende mich dann an die Frau: „Sie sagten, Luzia hat sich nach einem tragischen Vorfall verändert?"

Ich drehe mich zu Carmen Bernstein um. Sie steht in der Tür und nickt.

„Was ist damals passiert?", ergreife ich den Faden und lasse meinen Blick über die skurrilen Poster schweifen. Die Möbel waren früher hell, jemand hat sie nachträglich mit dunkler Farbe übermalt - halbherzig und nicht sehr professionell. Ich kann die Pinselstriche immer noch deutlich erkennen. Die Kommode ist nicht groß, von Ikea, mutmaße ich. „Darf ich?", flüstere ich und deute auf das Möbelstück, das der Tür am nächsten ist.

Erneutes Nicken.

Ich ziehe an der obersten Schublade der Kommode. Darin befinden sich diverse Fläschchen und Spraydosen. „Gehört das alles Ihrer Tochter?" Frau Bernstein lässt sich Zeit mit der Antwort, ich ziehe derweil eine weitere Schublade auf. Ich trage keine Gummihandschuhe, dennoch fasse ich nichts mit nackter Hand an, ich halte ein frisches Taschentuch dazwischen. Erstens möchte ich die Frau nicht unnötig erschrecken, und zweitens will ich keine Fingerabdrücke hinterlassen. Auch hier gibt es nichts, was mir dienlich sein könnte.

Ich mustere Frau Bernstein mit fragendem Blick, weil sie immer noch nichts sagt. Ihre Skepsis muss sich meinem autoritären Erscheinen beugen. Sie knetet die Hände und sagt dann: „Sie sind nach Dresden gefahren. Einfach so, um uns Eltern zu beweisen, dass sie erwachsen genug sind. Sie waren drei Tage weg. Drei Tage. Und die Polizei hatte damals recht, dass es nicht ungewöhnlich ist, wenn Kinder in diesem Alter von zu Hause abhauen. Manche büxen für eine Nacht aus, andere für mehrere Tage. So war es auch bei Luzia.“ Ihre Stimme wird erneut leiser. „Alle Mädchen kamen zurück nach Hause, sie alle waren unversehrt, alle ... bis auf ... bis auf eines.“

Das letzte Wort atmet sie aus.

Subtile Gefühle steigen in mir hoch. Nicht nur Mitgefühl und Schmerz, sondern noch viele andere wie Abneigung und Trotz. Ich möchte mehr darüber erfahren. Ich habe Mitleid mit der Mutter, weil ich nachempfinden kann, wie sie sich im Moment fühlt, und trotzdem möchte ich mich dem Mitleid nicht hingeben und darin zerfallen, darum trotze ich dem Verlangen, die Frau in den Arm zu nehmen.

„Was ist mit dem Mädchen passiert, hat sie auch einen Namen?“

„Ich kannte das Kind nicht. Luzia hat nie darüber gesprochen. Irgendwann, Jahre später, wurde das Mädchen tot aufgefunden, dann tauchte auch das Video auf.“

„Welches Video?“

„Es zeigt, wie die Mädchen auf einen Zug klettern. Das Handy wird herumgereicht. Eins nach dem anderen klettern sie auf das Dach und posieren. Das haben sie letztes Jahr im Fernsehen in einer Reportage gezeigt, das war so schrecklich. Luzia war darauf auch zu sehen. Sie haben gelacht, so naiv, so dumm.“ Sie ringt um Fassung.

„Wie hieß das Mädchen? Das ist sehr wichtig, haben Sie das gegenüber der Polizei schon mal erwähnt?“

Sie zuckt unschlüssig mit den Schultern. „Ich glaube, sie hieß Jani. Als die Reportage kam, sagte Luzia, dass Jani nicht hätte sterben dürfen, danach hat sie ihren Namen nie wieder erwähnt. Unsere Tochter hatte schon immer Höhenangst, doch die anderen ließen nicht nach und drängelten sie dazu, auf den blöden Waggon zu klettern. Nach und nach kletterten auch die anderen. Es war eine Mutprobe, eine Angst bewältigende Maßnahme oder so ähnlich. Es gab auch andere Videos. Warum sind die Kinder in der heutigen Zeit so dumm?“ Frau Bernstein schließt die Augen. Ihre Wangen glänzen feucht.

„Können wir bitte nur bei dem einen Video bleiben?“, bitte ich sie mit leiser Stimme.

„Es war sehr verwackelt. Ich habe darauf meine Tochter gesehen. Danach kam lange nichts. Schließlich zeigte das Video, wie Jani auf dem Dach stand. Eines der Mädchen schrie, sie solle eine Pose für ein Foto machen. Jani hob die Hände, plötzlich gab es einen Knall, alles wurde weiß wie bei einem Lichtblitz, jemand schrie, dann schrien mehrere auf einmal, alles wackelte.“

„Und was geschah danach?“

Carmen Bernstein zuckt die Achseln. Ihr Kinn bebt. „Niemand weiß es so genau. Jani wurde schwer verletzt ins Krankenhaus gebracht. Ich war damals schwanger und lag seit einem Monat auf der Intensivstation. Als ich davon erfahren habe, erlitt ich eine Fehlgeburt. Das Mädchen wurde operiert. Luzia hat sie mehrmals mit meinem

Mann besucht. Irgendwann wurde der Kontakt abgebrochen."

„Hat Jani bei dem tragischen Unfall ihr Augenlicht verloren?"

Frau Bernstein sieht mich erschrocken an. „Woher wissen Sie das?"

„Das haben Sie doch gerade eben selbst erzählt", lüge ich. Frau Bernstein schweigt.

Als ich mich dem großen Kleiderschrank zuwende, gleitet mein Blick über die Seitenwand. An der oberen Ecke erkenne ich ein Viereck, das sich von der Oberfläche hervorhebt. Auf der Kommode liegt eine Nadelfeile. Ich nehme sie und schiebe das spitze Ende an den Rand des Viereckes.

„Was machen Sie da?", begehrt die Frau auf, greift nach meinem linken Oberarm und lässt wieder los, nachdem sie bemerkt, wie sich aus dem schwarzen Hintergrund etwas herauslöst. Die Farbe bröckelt in kleinen Fetzen zu Boden. Ich achte jedoch nur darauf, dass das Foto, davon gehe ich nämlich aus, nicht reißt.

Endlich hängt das Objekt nur an einer Ecke. Mit spitzen Fingern ziehe ich daran. Mit der linken Hand greife ich in die Innentasche meines Jacketts und fördere eine Asservatentüte zutage, die ich mir bei Karl geborgt habe. Das Foto landet darin. Ich kann die Personen oder das, was auch immer darauf abgebildet ist, nicht erkennen. Da muss Edgar sich drum bemühen, die schwarze Farbe durch chemische Verfahren wegzukriegen. Dennoch haben wir vielleicht etwas, das uns weiterhilft, denn die Rückseite ist beinahe unversehrt.

Mit einer schönen, schwungvollen Schrift steht darauf geschrieben: Für immer Freunde - und ein rundes Herz, nein, es sind zwei Herzen. Ein großes, in dem ein etwas kleineres (in der oberen rechten Hälfte) abgebildet ist.

„Wissen Sie vielleicht, was auf dem Foto zu sehen ist?", versuche ich mein Glück.

Die Frau schüttelt nur den Kopf.

„Hat Ihre Tochter vielleicht ein Fotoalbum?"

Erneutes Kopfschütteln. „Sie hat alles mit dem Handy fotografiert. Bis auf ein Paar Familienfotos haben wir nichts mehr. Ist Luzia ...", sie schluchzt, „... ist ihr etwas Schlimmes passiert?"

Jetzt bin ich derjenige, der schweigt, ich möchte sie nicht weiter belügen. Carmen Bernstein beißt sich auf die Unterlippe und setzt sich auf die Bettkante. Zum Weinen fehlt ihr die Kraft. Ich setze mich daneben und lege meinen Arm um sie. Sie zittert am ganzen Körper und schluchzt. „Ich habe das gewusst, die ganze Zeit habe ich das gewusst." Sie löst sich aus meiner Umarmung und steht auf. „Sie wollen bestimmt ein Foto von ihr haben. Kommen Sie mit." Sie wirkt auf einmal gefasst, doch der Schein trügt.

Ich erhebe mich und öffne den Mund, um ihr zu sagen, dass sie einen Seelsorger benötigt, um mit der Situation klarzukommen, aber sie schürzt nachdenklich die Lippen, so als sei sie mit dem, was ich ihr zu vermitteln versuche, nicht einverstanden. Mehr noch, sie hebt die Hand, um mich zum Schweigen zu bringen, und geht aus dem Zimmer. „Kommen Sie bitte mit nach unten ins Wohnzimmer. Ich habe drei gute Fotografien, ich bin mir sicher, dass es nicht meine Luzia ist. Sie kann das nicht sein. Sie haben sich nur getäuscht."

Ich folge ihr. Karl sitzt auf dem Sofa und blättert in einer Zeitung. Als er uns hört, wirft er mir einen prüfenden Blick zu. Der Herr des Hauses schläft in einem wuchtigen Sessel. Den Kopf zur Seite geneigt, schnarcht er leise vor sich hin. Ein dünner Speichelfaden zieht sich aus einem seiner Mundwinkel.

„Ich war wohl ein langweiliger Gesprächspartner." Karl hält inne und schätzt die Situation richtig ein. Er schweigt und sieht betreten zu Boden.

Die Frau macht einen verwirrten Eindruck, ihr Blick gleitet an Karl vorbei. „Ach ja, die habe ich alle hier drin", sagt sie schnell und läuft zur Wohnwand, deren Frontblenden reich verziert und aus dunklem Holz sind. Sie öffnet eine der Türen und zerrt mehrere Alben auf einmal heraus. Sie stapelt noch drei weitere auf einen nicht weniger massiven Couchtisch zu einem schiefen Turm und setzt sich auf das Sofa. Carmen Bernstein zittert dabei so heftig, dass die Fototaschen zwischen ihren Fingern zu knistern beginnen. Eine der Klarsichttüten, in der jeweils zwei Fotos stecken, reißt sogar ganz ab. Sie wirft es einfach auf die Couch neben sich. Ihr Gesicht hellt sich nach einigen Minuten auf. „Hier ist das erste." Sie klingt beinahe euphorisch und reicht mir das Foto, auf dem ich drei glückliche Gesichter erblicke.

„Du hast es ihr gesagt“, grummelt Karl neben mir.

Die Frau blickt auf. „Das ist nur eine dumme Verwechslung. Luzia lebt noch. Sie ist nicht tot.“

Mit jedem weiteren Foto wird die Bestürzung in ihrem Blick deutlicher, auch ihre Stimme bekommt mit jedem gesprochenen Wort einen anderen Ton, bis sie ganz verklingt und in ein kaum hörbares Schluchzen übergeht.

Ich greife nach meinem Handy und wähle Benjamins Nummer.

„Karl, wäre es recht, wenn mein Bruder ...?“

Der Polizeihauptkommissar nickt verständnisvoll und nimmt ein zweites Foto entgegen, welches ihm Frau Bernstein reicht.

Kapitel 23 (Lena)

Vier Tage später

Der zuckende Schmerz, der sich in ihrem Kopf eingenistet hat, hielt sie seit Tagen wach. Lena begriff nicht, woher das unsägliche Brennen hinter ihren Lidern rührte. Der Schmerz war kaum zu ertragen. Aber sie konnte sich dazu in keinster Weise äußern.

„Wir üben heute das letzte Mal“, hörte sie die Stimme des Mannes neben sich. Sie fuhren erneut in einem Auto. Doch heute war alles anders, stellte Lena mit einem harten Klumpen in der Brust fest. Ihre Augen waren nicht mehr zugeklebt. Nein, es war etwas ganz anderes. Auch ihre Lippen glühten so, als habe sie sich an heißem, flüssigem Karamell verbrannt. In ihrem Mund steckte ein kleiner, glatter Stein. Anscheinend musste der Mann das leise Klappern gehört haben. Er kniff sie mit einer Zange oder etwas ähnlichem in den Oberschenkel. Lena blieb das Herz stehen, als ihr klar wurde, wie dieser Ausflug für sie enden würde. „Ein einziges Mal noch, danach hast du keine Schmerzen mehr. Heute wirst du miterleben, wie ein Mensch stirbt, und zwar nicht als Zuschauer...“ Er lachte bitter auf. Lena musste würgen, doch ihr Magen war leer. „Du bist heute mittendrin statt nur dabei.

Dieses taube Schwindelgefühl wird auch bald vergehen, sobald die Schmerzmittel ihre Wirkung verlieren.“ Erneutes Lachen. Sie erschauerte, als ihr klar wurde, worauf seine Schilderungen hinausliefen, und das, was er da gerade von sich gab, ergab tatsächlich Sinn, auch wenn das, was er sagte, mehr als verrückt klang.

„Ich verrate dir noch etwas. Nicht jeder, der mit dem Gedanken liebäugelt, etwas Böses zu tun oder ein Augenzeuge von etwas Schrecklichem geworden ist, ist von Grund auf böse.“ Der Wagen machte eine scharfe Bewegung nach rechts. Etwas schlug laut gegen den Wagenboden. Doch Lena nahm von all dem nichts war. Sie lauschte nur seinen Worten und betete zu Gott, wieder in dem Verschlag aufwachen zu dürfen und sich von dem Kerl verprügeln zu lassen, nur wollte sie nicht hier sitzen und mit dem Schlimmsten rechnen müssen. „Denke an all die Thriller- oder Horror-Autoren“, unterbrach er ihren Gedankenfluss und holte sie zurück in die Hölle. „Von den Porno-Schriftstellerinnen ganz zu schweigen, habe ich recht?“ Lena versuchte zu nicken, um den verrückten Mann zu beschwichtigen und zum Überdenken zu bewegen, doch in ihrem Kopf explodierte erneut der Schmerz und raubte ihr fast die Besinnung. „Meist sind es liebende Mütter oder fürsorgliche Familienväter. Sind ganz normale Menschen wie du und ich, bis in ihrem Leben etwas Gravierendes passiert, und es in ihren kranken Köpfen klick macht.“

Lena hörte seine Worte wie durch eine dicke Mauer. Ihre Beine und Hände waren zusammen gezurrt, sodass sie sich nicht rühren konnte.

„Wir sind fast da", sprach der Mann und fuhr ihr zärtlich über die nackte Schulter. „Aber diejenigen, die sich darüber freuen, dabei sein zu dürfen, wenn jemand stirbt, sich an den schlimmen Bildern ergötzen - diese Menschen sind Abschaum der Gesellschaft, und du gehörst dazu."

Unwillentlich entschlüpfte Lenas ausgedörrter Kehle ein schmerzerfülltes Winseln und wurde im Keim erstickt, weil der Wagen abrupt zum Stehen kam. Der Sicherheitsgurt drückte ihr die Luft aus den Lungen, die mit einem qualvollen Stöhnen durch die Nase drang. Eiskalte Tränen liefen zwischen ihren Lidern, die sie nicht imstande war zu öffnen. Immer wieder drohte sie das Bewusstsein zu verlieren. Sie vernahm die Worte des Mannes jetzt nur noch vage.

Sie nahm kaum noch etwas wahr. Das höllische Hämmern in ihrem Kopf wurde stetig lauter. Schwielige Hände packten sie und zerrten sie grob aus dem Wagen. Ein eiskalter Schwall Wasser auf ihr Gesicht brachte sie zurück aus der befreienden Ohnmacht. Sie wollte nach Atem schöpfen, doch ihr Mund blieb zu. Sie saugte geräuschvoll die Luft durch ein Nasenloch ein. Der Mann brüllte sie an. Etwas Warmes floss aus ihrem linken Ohr. „Hörst du den Zug?", drangen endlich die Worte bis zu ihr durch. Lenas Furcht steigerte sich ins Unermessliche und vermischte sich mit dem unbeschreiblichen Gefühl von Zorn. „Merk dir nur das Eine", schrie der Mann sie weiter an und warf sie sich über die Schulter. „Wenn du zu früh springst, bist du tot.“ Sie hörte das laute Schaben seiner Schuhe. Dann kratzte etwas über ihr Gesicht. Irgendwann warf er sie zu Boden. „Steh auf“, befahl er und atmete schwer. Doch Lena war zu erschöpft, um seinem Befehl zu gehorchen. Mit groben, hektischen Bewegungen befreite er sie von den Fesseln, doch ihr Mund blieb zu, genauso wie die Augen.

Kapitel 24 (Der Henker)

Ich muss einen Augenblick verschnaufen. Auch wenn Lena kaum mehr als vierzig Kilo auf die Waage bringt, ist meine Kehle von der ganzen Aufregung trocken geworden. Ich mache mehrere Schlucke aus der Flasche und packe Lena bei den Haaren. Die wenigen Schritte zur Böschung schleife ich sie nach oben, ohne darauf zu achten, ob sie sich dabei noch mehr verletzt. Das stumme Flehen ignoriere ich komplett. Der Braune hält das Ganze für ein Spiel und hüpft neben mir auf und ab. „Sei still, Brauner“, weise ich ihn in die Schranken, aber er ist zu jung, um den Ernst der Lage zu begreifen, und versteht auch noch nicht alle Befehle. „Zurück in den Wagen“, sage ich atemlos. Erst jetzt hört der junge Hund auf zu hüpfen und trottet zum Pickup. Ich hätte ihn nicht mitnehmen sollen, aber er ist einfach so auf die Ladefläche gesprungen, ich habe es zu spät gemerkt, und zum Umkehren blieb mir keine Zeit. Ich muss mich sputen. Mit leicht nach vorne gebeugtem Körper zerre ich den erschlafften Körper über die erste Schiene. „Du bleibst hier stehen“, spreche ich mit rauer Stimme und ziehe Lena auf die Beine, die immer wieder einknicken. Einerseits tut mir das Mädchen leid. Als sie geschlafen hat, habe ich sie fast erwürgt. Es hat lange gedauert, bis sie aufgehört hat, sich zu wehren. Ich hatte ihr den mit Chloroform durchtränkten Lappen gegen Mund und Nase gepresst, sie strampelte und wehrte sich jedoch vehement.

Das Entfernen der Augäpfel beanspruchte meine restliche Konzentration. Das Zunähen von Mund und Augen ging dann leicht. Ich habe diese Garnrolle immer bei mir - ist eine Art Glücksbringer. Jeder hat so seine Marotten. Die Garnspule habe ich als kleiner Junge hinter dem Sofa meiner Oma gefunden. „Du bist ein Glückspilz“, lobte sie mich damals, „jetzt kannst du nämlich mit dem Kätzchen spielen, du musst nur etwas von dem Faden abreißen, daran das Bonbonpapier festbinden, und schon hast du ein tolles Spielzeug. Schau, das Kätzchen ist noch ganz jung.“ Tatsächlich hatte ich damals den halben Tag damit verbracht, vor dem kleinen Tier wegzulaufen, während es dem schillernden Wickelpapier hinterherjagte, welches ich an dem dünnen Faden hinter mir herzog. Das war einer meiner schönsten Tage. Meine Oma drückte mir diese Rolle an dem Tag ihres Ablebens in die Hand. „Ich möchte, dass du deinen Kindern davon erzählst, wie viel Spaß du als kleiner Junge hattest. Das soll dich immer an deine Kindheit erinnern.“ Ihre Finger waren schrumpelig, trocken und warm, als sie mich an den Händen fasste. „Immer, wenn du traurig bist, wickle etwas von dem Faden um deinen Finger und denke dabei an mich und an die Zeit, die wir gemeinsam in dem einen Sommer verbracht haben. Trage diese sonnigen Tage immer in deinem Herzen, und du wirst sehen, in der kältesten Zeit deines Lebens wird dich die Erinnerung daran von innen heraus wärmen.“

Die Garnrolle liegt in meiner Hosentasche, ich stecke die Hand hinein und fahre mit den Fingern über das glatte Holz der Rolle.

Ich schiebe die Bilder aus meinem Kopf zur Seite und starre auf Lenas verunstaltetes Gesicht.

Ich habe auch dieses Mal zwei Eiswürfel genommen. Erneut muss ich an meine Tochter denken. Ich rieche wieder ihren faulen Atem, weil sie künstlich ernährt wurde und die Sonde ihre Speiseröhre wund gescheuert hatte. Die Erinnerung an ihr flatterndes Flüstern erzeugt in mir ein Gefühl, als würde ein kalter Schauer mir das Rückgrat hinaufkriechen. Mich fröstelt. Ich höre ihre Worte in meinem Kopf: „Meine Augen brennen so arg, Papa, doch gleichzeitig fühlt sich das so an, als habe mir jemand statt Augen zwei Eiswürfel eingenäht. Papa, ich glaube, ich möchte nicht mehr leben, wenn ich nicht mehr sehen kann“, hat sie mir weinerlich ihr Leiden anvertraut, während sie schwer verletzt in dem Krankenhausbett lag und um ihr Leben kämpfte. Der Strom hat ihr das Augenlicht genommen, aber das habe ich ihr erst später erzählt. Ich wollte nicht, dass sie stirbt, ich wollte, dass sie kämpft. Später verlor sie auch die Fähigkeit zu sprechen. Nie habe ich aus ihrem Mund erfahren, was sie dazu bewogen hat, auf den dämlichen Waggon zu steigen. Sie war immer ein schüchternes Mädchen. An allem ist meine Ex schuld. Sie hätte mich nicht verlassen und nach Berlin ziehen dürfen. Dann wäre unsere Tochter niemals abgehauen. Nach diesem Abenteuer kehrte Jani als gebrochenes Kind zurück und war dem Tod näher als dem Leben. Sie behielt alles für sich, hat niemanden verraten - keinen Namen genannt.

Ich habe all die Jahre nie erfahren, mit wem sie abgehauen ist, alleine hätte sie sich niemals getraut. Durch Zufall, nachdem das Video aufgetaucht war, kannte ich einen Namen, sie hieß Luzia, sie war diejenige, die meiner Tochter den Sinn des Lebens genommen hat.

Die anderen, die Luzia noch folgen werden, haben dafür gesorgt, dass meine Tochter auf den Gleisen gestorben ist. Erst sie haben es ermöglicht, dass mein Kind diesen Schritt getan und sich vor die U-Bahn gestürzt hat. Diese Lena frönte ihrem Tod sogar, sie hielt den schrecklichen Vorfall auf ihrem Handy fest und stellte das Video später ins Netz, um damit Geld zu verdienen.

Das glänzende Gleis summt unter meinem rechten Fuß. Der Zug nähert sich. Alles läuft nach Plan, freue ich mich und hebe das Mädchen hoch, sodass es sich auf seine nackten Füße stellen kann. Doch Lena ist zu erschöpft, sie sackt in sich zusammen und fällt auf die Knie. Sie weint. Ich schließe die Augen und verfluche die Welt und den Unfall, bei dem ich mir das halbe Hirn mit dem Nagelschussgerät weggeschossen habe. Wäre ich doch damals draufgegangen. Aber der Nagel hat mir nur die Schädeldecke gesprengt und ist in meinem Kopf steckengeblieben. Ich höre das monotone Geräusch von schweren Rädern. „Steh auf!“, brülle ich sie an und höre gleichzeitig Lenas Worte: „Ich habe noch nie gesehen, wie ein Mensch von einem Zug überfahren wird.“ Sie hat dabei alles gefilmt, um es später online zu stellen.

Dabei wollte sie anonym bleiben, selbst das Gesicht ihrer Freundin hat sie mit einem Emoji zensiert. Das Dumme war jedoch ein Werbeplakat, das an einer Säule hing und spiegelte. Ich konnte ihr Antlitz darin aufblitzen sehen, nachdem jemand die schreckliche Szenerie mit einem Blitz fotografiert hat. Es war nur ein Augenblick, ein Augenlidschlag - trotzdem habe ich dafür mehr als drei Monate geopfert. Ich habe das Video studiert, Tag und Nacht. Ich kenne jede beschissene Sequenz. Ich schließe kurz die Augen und blicke in Lenas verzerrtes Gesicht. Sie ist angespannt und lächelt sogar, während sie ihr Handy auf meine Tochter hält, die unten auf den Schienen liegt, neben ihr der Rollstuhl. Ich sehe, wie einige Passanten der herannahenden U-Bahn zuwinken. Doch der Zugführer bringt den Koloss zwei Meter zu spät zum Stehen. Ich höre das metallene Quietschen von Rädern. Das grelle Licht der Scheinwerfer aus der Finsternis blendet mich erneut. Dann der Aufprall. Ich sehe, wie meine Tochter unter dem Zug verschwindet. Der Rollstuhl knirscht unter dem vorderen Rad und verkeilt sich. Funken fliegen, dann erst höre ich panische Schreie. Auch Lena hat später ein leises Aufstöhnen des Entsetzens von sich gegeben, das war aber auch alles, zu was sie imstande gewesen ist. Nun steht sie da und wartet darauf, von ihren Qualen erlöst zu werden. „Du springst erst dann, wenn ich es dir sage“, flüstere ich ihr ins Ohr und ziehe sie wieder hoch auf die Beine. Diesmal bleibt sie stehen.

Ich laufe die steinige Böschung nach unten und betrachte sie aus dem Versteck. Ich stehe hinter einem dichten Strauch. Der Schienenstrang macht hier eine Biegung, sodass der Zugführer Lena nicht sofort in seinem Blickfeld hat und nicht rechtzeitig reagieren kann.

„Goodbye, Lena“, sage ich und winke ihr zum Abschied. Meine Stimme klingt spröde, ich räuspere mich und nehme einen weiteren Schluck aus der Flasche. Ein Warnsignal zerreißt die Stille. Ich wende mich um und laufe zurück zum Wagen.

Ich weine, während ich den Weg zurücklege. Mein Blick hat eine schleierartige Trübung angenommen, ich nehme alles wie durch einen kaputten Filter wahr. Die Umgebung ist monochrom, alles um mich herum wirkt irreal. Wie bei dem Film - mir fällt der Titel nicht sofort ein. ‚Sin City‘ hieß der Streifen, dämmert es mir wieder, und ich steige mit schweren Gliedern hinter das Lenkrad. „Ich hasse dich!“, schreie ich mein Spiegelbild an. Meine Stimme klingt schrill in der ohrenbetäubenden Stille. Der Hund zuckt zusammen, winselnd klettert er zwischen den Sitzen auf die Rückbank. Ich starte den Motor und sehe zu, dass ich hier verschwinde. Ich muss mich beeilen.

Kapitel 25 (Johannes)

Zwei Tage später

Nach der mehrtägigen Recherche im Internet und intensiven Gesprächen mit Frau Bernstein kamen mein Bruder und ich zu folgendem Schluss:

Vor etwa sechs Jahren, einen präziseren Zeitpunkt hatten wir nicht, waren die Mädchen eines Nachts aus ihren Zimmern geschlichen, um klammheimlich die Stadt zu verlassen - was sie dazu getrieben hat, bleibt für uns alle im Verborgenen.

Frau Bernsteins Schilderung konnten wir entnehmen, dass eines der Mädchen auf den Zug stieg, nachdem ihre Tochter Luzia die Mutprobe als erste bestanden hat. Das alles hat sich auf dem Dresdener Hauptbahnhof ereignet. Karl hat zwei seiner Männer dorthin geschickt, um mehr darüber zu erfahren. Als Jani, so wurde sie von Luzia genannt, dasselbe tat, rief ihr eines der Mädchen aus dem Hintergrund zu, sie solle doch die Hände hochheben und ihnen zuwinken. Plötzlich wurde es grell und man vernahm einen Schlag. Danach sah man nichts mehr - und hörte nur Schreie.

Ich sitze in meinem Büro und blättere in meinen Unterlagen. Nur der Bildschirm erhellt den sporadisch eingerichteten Raum. Das große Fenster steht weit offen, der durchsichtige Vorhang wird von einer frischen Windböe aufgebauscht. Wie das Segel eines Schiffes bläht sich der leichte Vorhang und erschlafft wieder.

Ich habe heute den ganze Tag in meinem Büro verbracht, stelle ich fest, während ich mit vor Überanstrengung tränenden Augen auf den Chronograph an meinem rechten Handgelenk blicke.

Die Kaffeekanne ist auch leer, fluche ich in Gedanken und fahre mir durchs Haar.

Die Mädchen haben später von einer Telefonzelle aus die Polizei angerufen. Jani haben sie am Unfallort liegen lassen. Diese Information ist neu. Erst als Benjamin und ich darauf gedrängt haben, dass Frau Bernstein uns alles erzählen muss, gab sie klein bei und vertraute uns das Geheimnis an. Luzia war drogenabhängig, nach jahrelangem Kampf mit der Mutter stimmte sie schließlich zu, einen Entzug zu machen. Erst nachdem sie endlich clean war, hat Luzia ihrer Mutter diesen Tatbestand gebeichtet. All die Jahre hat sie diese Bürde mit sich herumgetragen. „Das hat sie fast in den Selbstmord getrieben", erzählte uns die Frau mit von Tränen erstickter Stimme.

Als Jani von dem Stromschlag, der wie ein Blitz aussah, getroffen wurde, fiel sie kopfüber von dem Waggon und blieb mit einem ihrer Schuhe an irgendetwas hängen. Sie war wie tot. Sie blutete aus Augen und Mund und roch nach verbranntem Fleisch. Dann begann sie zu flüstern. Die anderen Mädchen kreischten und liefen weg. Nur Luzia blieb bei ihr und versuchte sie von da oben auf die Erde zu zerren, aber es gelang ihr nicht.

Schließlich beugte sie sich der Mehrheit und lief dann auch weg. Aus Angst vor Konsequenzen haben sie das Mädchen dort hängen lassen. Aber das hat Luzia erst viele Jahre später erzählt. Die Mutter wollte keinen Ärger mehr, auch wollte sie ihre Tochter nicht enttäuschen und beließ das Ganze bei diesem vertraulichen Gespräch. „So nahe habe ich mich nie mehr zu meiner Tochter hingezogen gefühlt wie an diesem Abend", flüsterte sie mit bebender Stimme. Benjamin und ich saßen nur da und schwiegen. Wir befanden uns in einem Raum mit dem Einwegspiegel, so konnte uns Karl mit seinem Team bei dem Gespräch unbeobachtet beiwohnen.

Frau Bernstein ließ sich jedoch nicht zu einer Identifizierung ihres einzigen Kindes überreden. Ihr Mann hat es für sie übernommen, jetzt befindet er sich in der psychiatrischen Anstalt.

Kapitel 26 (Johannes)

Jetzt sitze ich wieder neben Frau Bernstein in einem Krankenhaus, weil sie jemanden braucht, der ihr zuhört.

„Wissen Sie", höre ich das bebende Flüstern von Frau Bernstein, während ich durch das offene Fenster in die Dunkelheit starre, „meine Mutter war todkrank, sie hatte Lungenkrebs im Endstadium. Ihr Ableben war absehbar, und wir alle konnten uns mental darauf einstellen. Sie war alt und hat ihr Leben gelebt. Aber sein eigenes Kind zu verlieren ist das Schrecklichste, was einer Mutter passieren kann." Sie verfällt in ein krampfhaftes Weinen. Nachdem sie sich endlich ein wenig beruhigt hat, sieht sie mich flehend an. Ihre Augen sind dunkelrot.

„Ich verstehe Sie vollkommen, auch wenn ich Ihren Schmerz zwar teilen, aber nicht nachempfinden kann." Zum Glück, füge ich im Stillen hinzu.

„Hatte ihr Tod eine tiefgründige Bedeutung, etwas, das sie verdient hat, oder wurde sie von einem Wahnsinnigen ..." Ihre Stimme bricht, sie fängt an zu schreien, wie jemand, der nicht mehr bei Sinnen ist. Ich habe das Gefühl, die Frau ist von einem Dämon besessen und ich bin der Exorzist. Sie legt den Kopf tief in den Nacken und schreit all ihre Wut, all ihren Groll und all ihre Machtlosigkeit hinaus. Ihre Pulsadern schwellen an, die Hände verkrampfen sich um die

Armlehnen. Sie schlägt heftig mit den Füßen auf den gekachelten Boden, so lange, bis sie von zwei Sanitätern weggetragen wird. Ihre Schreie hallen durch den Gang und in meinem Kopf.

Kapitel 27 (Johannes)

Wieder zu Hause, gehe ich alles nochmal durch. Mit pochenden Schläfen presse ich das Nasenbein mit Daumen und Zeigefinger fest zusammen. Die Kopfschmerzen melden sich mit einem leisen Pochen an der linken Schläfe. „Luzias Handy wurde gestohlen, jemand hat das Video ins Netz gestellt", höre ich wieder die brüchige Stimme von Frau Bernstein wie von weit her in meinem Kopf. Die Bilder zucken durch meine Gedanken. Ich sehe zuerst ein lachendes Kind, ein junges Mädchen, wie es auf dem Dach tanzt und sich in coole Posen stellt, dann ruft sie einen Namen: „Komm, Jani, sei kein Arsch. Wir sagen es auch nicht deiner Mutter." Zwei weitere Mädchen kichern hinter der Kamera. Dann der Blitz. Das war der Kurzschluss, den Jani verursacht hat. Die Oberleitungen standen unter Spannung. Die Aufnahme war jedoch von so schlechter Qualität, dass wir darauf lediglich Luzia identifizieren konnten. Von Jani sahen wir nur eine verpixelte Silhouette.

Ich greife nach dem Kugelschreiber und klopfe mir nachdenklich gegen die Zähne. Mit rascher Handbewegung notiere ich etwas in meinem Block und lese den Satz nochmal vor: Nach unserem vorläufigen Kenntnisstand deutet alles darauf hin, dass der Täter dem toten Mädchen (Jani) sehr nahe stehen muss.

Vater?

Freund?

Bruder?

Vorerst sind das alles nur Spekulationen, basierend auf Benjamins Überlegungen und meinen Annahmen. Das kann jedoch genauso gut nichts als ein Haufen Makulatur sein, fluche ich in mich hinein.

Wer ist Jani?, füge ich hinzu und unterstreiche den Satz.

Ein leises Klopfen unterbricht meine Gedanken. Ich fahre herum und sehe, wie Sonjas Kopf hinter der Tür auftaucht.

„Hast du einen Augenblick für mich?“, flüstert sie kaum hörbar.

In ihrem Tonfall ist etwas Signifikantes, etwas, das mich stutzig macht und aufhorchen lässt. Auch ihr Blick beunruhigt mich zusätzlich. Sie trägt mein Hemd. Kein Wunder - es ist spät am Abend, und Tim, unser Sohn, wohnt immer noch in seiner eigenen Wohnung, jedoch ohne seine Möhren fressenden Möpse und ohne die Barbiepuppe an seiner Seite. Sie hat ihn vor drei Tagen verlassen, weil sie sich ein reiches Leben anders vorgestellt hat. Sonja schlief bis heute in Tims Schlafzimmer. Nun steht sie da, das Haar liegt in sanften Wellen auf ihren schmalen Schultern. Das Hemd ist bis zu ihrem Bauchnabel aufgeknöpft.

„Ich möchte mit dir über eine Sache reden, Johannes“, höre ich ihre leise Stimme.

Warum klingt sie auf einmal so sanft? Da stimmt doch etwas nicht, denke ich und drehe mich auf meinem Stuhl vollends zu ihr um. Das Leder knarzt. Sonja macht die Tür weiter auf. Das Licht im Flur beleuchtet sie von hinten. Das weiße Hemd erscheint im gelben Schein durchsichtig und gibt so einiges preis. Zum Beispiel, dass meine Frau keine Unterwäsche trägt. Sie spielt nicht nach den Regeln. Meine Kehle wird eng. Sie führt etwas im Schilde, dieses Gefühl, hintergangen zu werden, intensiviert sich mit jeder Sekunde, doch mein Gehirn bekommt zu wenig Blut. Um bei klarem Verstand zu bleiben, brauche ich mehr Sauerstoff.

Sonja hebt die Arme und bindet ihr Haar zu einem Knoten, das Hemd gleitet mit nach oben. Sie trägt kein Höschen, ihr keckes Lächeln entgeht mir nicht. Ein angenehmer Duft nach Vanilletee und Flieder schwängert die Luft. Sie geht auf Zehenspitzen auf mich zu und setzt sich auf meinen Schoß. Ihren rechten Arm legt sie um meinen Nacken und fährt mit ihren schmalen Fingern zärtlich über meine frisch rasierte Wange. „Ich habe dich vermisst“, haucht sie mir ins Ohr, steht auf und lehnt sich gegen die Tischkante. Nur mit dem Zeigefinger winkt sie mich zu sich. Wie elektrisiert folge ich ihrem Wink. „Lass uns im Schlafzimmer darüber reden“, spricht sie immer noch flüsternd und verlässt mein Büro. Ihre nackten Füße verursachen leise Geräusche auf dem Fußboden. Ich folge Sonja in unser Schlafgemach.

Kapitel 28 (Samantha)

„Wie alt bist du?“, wollte der Tätowierer von Samantha Bierstock wissen, setzte sich neben sie und sah sie dabei mit einem zweideutigen Blick an. Samantha war kein Teenie mehr und wusste, was sich hinter der Stirn eines Mannes abspielte, trotzdem ging sie auf dieses kleine Spielchen ein. Sie fasste es als einen harmlosen Flirt auf und klappte den dritten oder vierten Ordner mit diversen Tattoo-Motiven zu, legte das schwere Ding auf den Tisch und schlug die Beine übereinander. Das Sofa fühlte sich angenehm weich an.

Der Mann, der nicht viel älter war als sie, hob die Augenbrauen, weil er immer noch auf seine Antwort wartete, mit der sich Samantha wirklich viel Zeit ließ, denn sie genoss tatsächlich seine Aufmerksamkeit.

Er sah nett aus, fand sie, und lächelte den Mann keck an. „Achtzehn“, sagte sie dann und wartete seine Reaktion ab. Selbst sie musste darüber schmunzeln, wie schnell sie um zehn Jahre jünger geworden war. Doch der Blick in den Spiegel, der hinter dem ziemlich attraktiven Tätowierer an der schwarzen Wand hing, strafte ihre Flunkerei Lügen.

„Schon was Passendes gefunden?“ Er deutete mit seinem kantigen Kinn auf den schiefen Stapel der schweren Ordner und verzog seine Mundwinkel zu einem Lächeln, dabei sah er sie prüfend an. Sein Blick war skeptisch. Er verschränkte die Arme vor der muskulösen Brust und ließ die bunten Bilder auf seinen Oberarmen tanzen, indem er leicht mit den Muskeln spielte. Diese Dinger nennt man Bizeps, glaubte Samantha zu wissen, zog einen Gutschein aus der Hosentasche ihrer viel zu kurzen Hose und schob das Plastikkärtchen über die gläserne Tischplatte.

Sein Grinsen wurde breiter, als er scheinbar ungerührt den Gutschein an sich nahm und ihren Namen laut vorlas.

„Samantha Bierstock?“ Seine rechte Augenbraue rutschte noch einen Millimeter weiter nach oben. Die Stirn wurde faltig.

„Sam, einfach nur Sam“, entgegnete sie trocken und strecke ihren frisch manikürten Zeigefinger mahnend in die Höhe.

Der Kerl riss beschwichtigend die Arme in die Luft, zuckte theatralisch zusammen und atmete scharf ein. Ihr Gutschein steckte zwischen seinem Zeige- und Mittelfinger, die auch tätowiert waren.

„Ich heiße übrigens Jan Maria Derr mit zwei R. Das ist wirklich ein scheiß Name, ich weiß.“ Feine Krähenfüßchen umsäumten seine dunklen, fast schwarzen Augen. „Darum nennen mich alle Igel. Sollte Adler heißen, aber mein Kollege hat mir tatsächlich das hier gestochen, als ich auf seinem Stuhl eingeschlafen bin. Zu meiner Verteidigung, ich war nüchtern an dem Abend, fast, mein Kumpel etwas weniger. Mein Englisch ist passabel, seins ist miserabel.“ Er entblößte zwei Reihen weißer Zähne.

Sam schüttelte verwundert den Kopf und wusste nicht, ob sie diesem Stuss Glauben schenken sollte.

Igel hob den linken Ärmel seines schwarzen T-Shirts an und klopfte mit dem Zeigefinger auf einen lustigen Igel, der Sam zuzwinkerte und der mit seiner rechten Pfote das Victory-Zeichen bildete.

Sam beäugte ungläubig die lustige Illustration und hob die Hand vor die Lippen. Dann konnte sie nicht anders, als laut aufzulachen.

Igel fiel mit in ihr echtes, befreiendes Lachen ein und schüttelte leicht den Kopf. „Er hatte kein Englisch in der Schule, behauptete er, und meine Aussprache war unverständlich, weil ich genuschelt haben soll. Von da an bin ich der Igel und kein Eagle."

Er deutete mit einer Handbewegung auf den Stuhl. „Hast du zumindest eine vage Vorstellung davon, was es sein sollte? Vielleicht kann ich dir dann weiterhelfen. Wenn ja, will ich von dir wissen, was es dir bedeutet. Nicht, dass du in zwei Tagen wieder da stehst und das Scheißding weghaben willst."

Samanthas Augen wanderten nach oben. „Ich habe da an eine Feder gedacht, ich habe sogar eine Skizze dabei."

„Das ist schon ein kleiner Schritt in die richtige Richtung."

Samanthas Blick wanderte über das kleine Studio und blieb an der großen Digitaluhr hängen. Es war kurz nach neun.

„Wir haben zwar schon zu, aber bei so einer netten Frau mache ich gern eine Ausnahme.“ Er rieb sich mit der rechten Hand am Hinterkopf und schien mit etwas beschäftigt zu sein, dann deutete er auf die Liege, die einem Zahnarztstuhl sehr ähnelte.

Samantha stand von dem bequemen Sofa auf und nahm auf dem Stuhl Platz.

Das dunkle Leder unter ihr knarzte leise, als Samantha sich darauf setzte. Sie schwitzte; der Schweiß auf ihrem Rücken und unter den Achseln war ihr unangenehm, auch hatte sie das Gefühl, dass sie jetzt schon nach Schweiß riechen musste. Ich hätte mehr Deo auftragen müssen, dachte sie und kaute verschämt auf der Unterlippe. Doch der Duft nach schwerem Männerparfum und kaltem Zigarettenrauch übertünchten ihre körperlichen Ausdünstungen.

„Rauchst du?“, wollte Igel von ihr wissen und bot ihr eine Zigarette an, indem er ihr eine Schachtel Marlboro vor die Nase hielt. Samanthas Sorgen verflogen. Mit dem Daumen öffnete Igel den Deckel, sodass sie ein Dutzend Filter sehen konnte. Er klopfte leicht gegen die Schachtel, und tatsächlich rutschte eine der Zigaretten weiter raus als die restlichen, trotzdem schüttelte sie verneinend den Kopf. Er zuckte nur die Schultern.

„Danke“, sagte sie mit belegter Stimme, nachdem ihre Augen das Gerät gestreift hatten, welches er bald in die Hand nehmen würde, wenn sie sich dazu überwinden würde, sich ein Motiv in die Haut stechen zu lassen. Eine gewisse Skepsis nistete sich in ihrem Kopf ein und brachte ihre Gedanken erneut durcheinander.

„Ich rauche nicht, aber vielen Dank“, flüsterte sie, ohne den Blick von dem Ding zu nehmen.

„Keine Ursache“, lautete seine Antwort. Er klappte den Deckel wieder zu und warf die Schachtel auf den Tisch. „Ich rauche auch nicht mehr. Und was soll es nun werden? Darf ich das sehen oder hast du deine Skizze nicht dabei?“

„Wie bitte? Ach ja.“ Sam hüstelte ihre Stimme frei und rutschte auf dem Sessel etwas zur Seite, dann fingerte sie ein kleines Foto aus der Gesäßtasche. „Das hier.“

Igel hielt den Gutschein, der wie eine Plastikkarte aussah, die jedoch einen Wert von fünfzig Euro besaß, immer noch zwischen den Fingern und kratzte mit der abgerundeten Ecke über seine Wange, die dunkel schimmerte. „Das willst du dir stechen lassen?“, sprach er mit nachdenklicher Stimme und schürzte nachdenklich die Lippen. „Hmm“, sagte er dann noch und sah sie abwartend an.

Sam umging die Frage mit einem kaum merklichen Achselzucken.

Der Blick, mit dem er sie bedachte, war wieder ernst. „Hmm“, sagte er nochmal. Dann klopfte er sich mit beiden Händen auf die Oberschenkel, er trug eine zerrissene Jeans, und stemmte sich auf die Beine. Das Kärtchen schnippte er - so wie es Kartenspieler tun - in einen dafür vorgesehenen Behälter, es war ein kleiner, grob geflochtener Korb, der auf dem Tisch neben einem Bonbonglas stand. Der Gutschein traf das Ziel und blieb hochkant in dem Korb stecken. Dann verschwand Igel für einen langen Atemzug hinter einem schweren Vorhang aus schwarzem Stoff, um mit einem dicken Ordner unter der Achsel wieder aufzutauchen.

Sam band ihr Haar, das ihr bis an die Schulterblätter reichte und nicht mehr so grellrot schimmerte wie noch zwei Tage zuvor, zu einem Knoten.

Jan entging diese Geste der Unsicherheit nicht, darum lächelte er ihr aufmunternd zu. Sein kurz geschnittenes Haar war genauso dunkel wie seine Augen, auch der schmale Bart an den Wangen war rabenschwarz. Sam schätzte den sympathischen Tätowierer auf Mitte dreißig, er war für sie in einem perfekten Alter. Sie war zudem seit einem halben Jahr Single, unpassende Bilder tauchten hinter ihrer Stirn auf und ließen sie rot werden, doch Jan bemerkte die Schamesröte nicht, er war mit dem Blättern beschäftigt. Mit leicht nach vorne gebeugtem Oberkörper stand er an seinem Tisch und wurde von einer hellen Lampe beleuchtet. Mit konzentrierter Miene untersuchte er die Bilder, die Sam nicht sehen konnte.

„Da habe ich es ja“, ertönte seine angenehme Stimme. Igel zog ein DIN-A4-Blatt aus der Klarsichtfolie und setzte sich wieder neben Samantha. „Schau mal, das hier ist auch eine Feder, aber sie ist etwas weicher in der Form, siehst du den Flaum hier unten am Kiel?“ Seine Augen glänzten.

Samantha war zuerst zu keiner Regung fähig, ihr Herz schlug viel zu schnell, als sich ihre Fingerspitzen berührten, weil sie nach dem Blatt greifen wollte.

„Was verbindest du damit?“, wollte er wissen und ließ das Blatt los. Ein helles Bimmeln zerriss die Spannung, sodass Samantha wieder atmen konnte. Ihre Wangen wurden noch röter. Sie senkte den Kopf und studierte die bunte Feder.

Ein weiterer Gast betrat den Raum. Jan Maria begrüßte den Mann mit einem freundlichen „Guten Abend“ und warf mit bedauerndem Gesichtsausdruck nach, dass das Studio leider schon geschlossen sei, die Dame würde zu viel Zeit in Anspruch nehmen, um heute noch mit etwas Neuem anzufangen. Der verärgerte Gast brummte etwas Unverständliches und ging wieder in den späten Abend hinaus. „Hast du was dagegen, wenn ich die Tür abschließe? Ich möchte nicht noch weitere potentielle Interessenten verlieren. Habe nämlich schon dem ersten den Abend vergrault.“ Er rieb sich unschlüssig die Hände.

„Ich gehe lieber, darf ich das behalten?“, sagte sie schnell und rutschte umständlich über das Leder. Die Schmetterlinge in ihrem Bauch waren auf einmal weg.

„Oh Gott, nein, du hast mich falsch verstanden. Es sollte keine dumme Anmache sein“, fing er an sich zu entschuldigen und stand peinlich berührt da. Sam hatte es tatsächlich als billige Avance aufgenommen, nun wurde ihr bewusst, dass er es tatsächlich so gemeint hatte, wie er es gesagt hatte.

„Ich bin mir jetzt nicht mehr sicher, ob ich das machen will“, gab sie ehrlich zu.

„Sag mir wenigstens, wo du dieses Motiv haben wollen würdest, und ich könnte dir eine kleine Skizze machen. Die ist auch abwaschbar“, versuchte er seinen Fauxpas wieder glattzubügeln.

„Hier“, flüsterte sie mit zittriger Stimme, weil sie sich wie eine dumme, naive Kuh vorkam, und zeigte mit dem ausgestreckten Finger auf ihren linken Knöchel. Dort verlief eine gezackte Narbe, die sie sich in der U-Bahn zugezogen hatte, weil sie von einem Sanitäter grob zur Seite geschubst wurde, nur weil sie auf der Treppe stehen geblieben war, um zu sehen, was unten auf den Gleisen passierte, und warum die Menschen plötzlich durcheinander geschrien hatten.

Igel machte zwei kleine Schritte auf sie zu und ging dann in die Hocke. Er sah sich die Stelle genauer an, ohne Sam dabei zu berühren. „Es wäre natürlich nicht verkehrt, wenn du eine Nacht drüber schlafen würdest. So eine wichtige Entscheidung zu treffen ist nicht leicht. Du kannst das Foto natürlich mitnehmen, aber ich brauche etwas von dir, damit du es mir auch wirklich zurückbringst“, sagte er ruhig und stand wieder auf.

„Du meinst eine Art Pfand?“

Er lächelte wieder. „Deine Telefonnummer würde völlig ausreichen.“

Samantha überlegte, entschied sich aber anders und gab ihm statt der Telefonnummer ihre Halskette. Sie war nur ein billiger Modeschmuck. Aber Jan war scheinbar nicht sehr wählerisch.

Er lief mit ihr bis zur Tür. „Soll ich dich vielleicht nach Hause bringen?“, startete er seinen letzten Versuch. Samantha lehnte sein Angebot dankend ab und streckte ihm zum Abschied die Hand entgegen. Er erwiderte die Geste.

„Lass dich die Tage wieder blicken, sonst werde ich deine Kette bei einem Pfandleiher abgeben“, scherzte er und schloss die Tür ab.

Die Luft draußen roch leicht nach altem Fett und feuchtem Papier. Eine zerfledderte Zeitung flog raschelnd an ihr vorbei. Sam wurde es doch noch mulmig zumute. Auch wenn die Gegend hier nicht die schlimmste war und sie sich hier ziemlich gut auskannte, so wurden ihre Schritte doch schneller. Sie hörte Stimmen und betrunkenes Gelächter. Unter einem Haufen Kartons auf der anderen Seite sah sie zwei Stiefel herausragen, die langsam verschwanden. Da ist jemand, fuhr ihr der Gedanke durch den Kopf und ließ ihre Kehle enger werden. Bilder und Berichte von vergewaltigten Frauen tauchten vor ihren Augen auf. Warum laufen die blöden Tussis auch allein rum und dann auch noch so spät?, lauteten die meisten Kommentare, die den Frauen die Schuld in die Schuhe schoben. Sam zupfte an ihrer kurzen Hose und lief noch schneller. In Gedanken vertieft rannte sie beinahe Richtung U-Bahn. Ich hätte nicht solange in diesen blöden Katalogen blättern dürfen, schimpfte sie sich eine dumme Kuh und blickte sich um, als etwas Metallisches laut krachend zu Boden fiel. In einer

Dreiviertelstunde würde sie zu Hause sein, freute sie sich auf ihr Bett, dann fiel ihr wieder ein, dass sie ihren Gutschein im Tattoo-Studio vergessen hatte. Sie griff hastig nach ihrem Handy und stellte entsetzt fest, dass auch dieses nicht mehr da war.

Ihre Schuhe flogen über die glatten Pflastersteine, weil sie zurückrannte, in der Hoffnung, dass Jan noch nicht gegangen war. Die Tür war jedoch verschlossen. Sie fluchte leise und rüttelte erneut daran. Im Inneren brannte nur eine einzige Lampe über der offen stehenden Kasse. „Fuck", flüsterte sie und legte die Hände auf die Scheibe, um hinein zu spähen. Ein helles Blinken zog ihr ganzes Augenmerk auf sich. Tatsächlich lag ihr Samsung auf dem blöden Stuhl. Das Handy musste aus ihrer Tasche gerutscht sein. In der Handtasche lagen ihre Fahrkarte und etwas Geld, mehr hatte sie nicht bei sich. Und was jetzt?, dachte sie und spürte, wie eine kalte Woge ihre Wirbelsäule hinaufkroch. Sie klopfte ein letztes Mal gegen die Scheibe.

„Haben Sie was vergessen?", ertönte eine tiefe Stimme.

Samantha blinzelte und sah nach links. Ein dicker Klumpen in ihrem Hals drückte ihr die Luft ab.

„Nein, ist schon gut", stotterte sie und lief in die entgegengesetzte Richtung. Eine schwarz gekleidete Gestalt schälte sich aus der Dunkelheit und folgte ihr.

Samantha rannte wie von Sinnen. Die Anwesenheit des Verfolgers war körperlich spürbar. Samantha blickte sich um, plötzlich verspürte sie einen heftigen Schlag zwischen den Schulterblättern, der sie von den Füßen riss. Sie landete hart auf dem Asphalt und verlor nicht sofort das Bewusstsein. Sie sah, wie der Mann sich über sie beugte und etwas Feuchtes auf ihren Mund drückte. Sie sah in zwei blaue Augen, die voller Hass waren. Langsam verschwanden der schwarze Himmel und der gelbe Schein der Laterne und wurden zu einem schmutzigen Grau. Samanthas Finger ließen von dem Mann ab. Sie wehrte sich nicht mehr, sie lag flach auf dem Boden und nahm nichts mehr um sich herum wahr. Auch nicht, als der Mann sich ihren schlaffen Körper über die Schulter warf, sich umschaute und in einer dunklen Gasse verschwand.

Kapitel 29 (Johannes)

Obwohl ich in den letzten zwei Tagen unbeschreiblichen Sex habe, fühle ich mich wie gerädert. Ich bin zu erschöpft, um noch einen klaren Gedanken zu fassen. Ich liege oft wach im Bett und denke nach, was ich übersehen haben könnte.

Wir haben bisher keine konkrete Spur, und das ärgert mich ungemein. Ich liege wieder wach in unserem Bett und starre zur Decke. Was will der Mörder uns damit sagen? Aus einem unerfindlichen Grund ergreife ich erneut meine anfängliche These. Er hat sein Opfer wiederbeleben wollen, weil das Mädchen zu früh gestorben ist. Ihm war ein Fehler unterlaufen. Dieser Tatbestand vergegenwärtigt mir erneut, wie kaltschnäuzig und selbstsüchtig dieser Mann vorgeht. Dass es ein Mann ist, das steht für mich außer Frage. Auch wenn die junge Frau abgemagert war, so kostet es dennoch enorme Kraft, sie an die Decke zu hängen.

Erst jetzt fällt mir auf, dass das Bett auf der linken Seite leer ist. Sonja ist aufgestanden, doch ich sehe keinen Lichtschatten im Flur, obwohl die Tür im Schlafzimmer offen steht. Sonja geht nie ohne Licht anzumachen auf die Toilette.

Ich höre ein heiseres Flüstern. Ich bin von einem unstillbaren Verlangen erfüllt, nach dem Rechten zu schauen. Unser Haus wurde schon einmal von einem Verrückten betreten, der mich vom Hals bis zum Bauch aufgeschlitzt hat. Mit tauben Fingern fahre ich über die Narbe und quäle mich aus dem Bett. Ich schnappe nach der schweren Taschenlampe, die in meinem Nachttisch liegt, ohne sie einzuschalten, denn ich werde sie zweckentfremden und im Fall der Fälle als Schlagstock benutzen. Auf nackten Füßen schleiche ich durch das dämmrige Licht, dem leisen Flüstern entgegen, das seinen Ursprung im Zimmer meines Sohnes hat. Ein Blick auf die Digitaluhr im Badezimmer verrät mir, der Morgen ist nicht mehr weit, auch das fahle Licht der Morgenröte in der Fensterscheibe bestätigt mir dies.

Ich hole tief Luft und strenge mich an, aus dem leisen Gemurmel etwas herauszuhören, das für mich einen Sinn ergeben könnte. Sonja lacht nervös auf. „Was glaubst du, was ich hier die ganze Zeit versuche?“, höre ich ihre vom Schlaf belegte Stimme. „Das sind keine Belanglosigkeiten, das, was dein Papa macht, ist nicht nur für ihn von enormer Wichtigkeit. Es mag sein, dass er nicht immer Zeit für uns hat, auch für andere diverse Unwägbarkeiten des Alltags mag er nicht immer genügend Zeit aufbringen, um diese aus dem Weg zu räumen ...“ Sie schweigt kurz. Ich habe eine vage Ahnung, mit wem meine Frau da heimlich telefoniert. Ich höre, wie sie laut aufatmet. „Klar klinge ich wie dein Vater, ich bin schließlich seine Frau. Ich habe mich mit ihm schon mehrmals ernsthaft mit diesem Thema auseinandergesetzt, aber er sagt, und da gebe ich ihm nicht ganz unrecht, dass du erwachsen genug bist, um die Verantwortung für dein Leben selbst in die Hand zu nehmen.“ Ich kann mir ein Grinsen nicht verkneifen. Also diente der Sex zur Erweichung meines Gewissens.

„Ich weiß“, flüstert Sonja weiter. „Aber wie es scheint, ist alles, was ich unternehme, vergebene Liebesmüh. Ich rede heute Abend noch einmal mit ihm“, beendet sie das Gespräch, weil ich höre, wie ein leiser Piepton die Leitung unterbricht. „Mir gehen langsam echt die Argumente aus“, schnaubt sie. Ich wage einen Blick durch den Türspalt. Sie steht vor dem Fenster. Ihr nackter Körper wird von dem gelben Licht der Straßenbeleuchtung erhellt. Ich kann ihr Gesicht deutlich erkennen, ihrem Blick haftet etwas Trauriges an. Als hätte sie meine Anwesenheit gespürt, dreht sie sich zu mir um, ich schleiche mich rückwärts zur Treppe und gehe dann ohne ein verräterisches Geräusch nach unten in die Küche.

Kapitel 30 (Der Henker)

Ich schließe den Zwinger ab. Der Braune springt gegen den Zaun und winselt. „Ich komme heute Nacht wieder. Du bleibst schön hier. Wo ist eigentlich dein verdammter Ball?“ Als hätte mich der Hund ganz genau verstanden, senkt er reumütig den Kopf und klemmt den Schwanz ein. „Jetzt musst du die Zeit ohne deinen Ball totschlagen, ich kaufe dir einen neuen.“ Der Braune sieht mich erneut an. Seine Augen strahlen wieder und sind voller Hoffnung, er öffnet sein Maul und erweckt in mir den Eindruck, als würde er lachen. Seine schwarzen Lefzen glänzen nass. „Wie kannst du etwas Unbegreifliches überhaupt begreifen?“ Ich beuge mich über den Zaun und tätschele seine kräftige Flanke, dann wird mir plötzlich etwas gewahr, auch die Dogge stellt die Ohren auf und lauscht. „Was ist los?“, will ich von ihm wissen und strenge mich an, in der Stille etwas herauszuhören. Außer dem tiefen Brummen in seiner Brust kann ich nichts Verdächtiges ausmachen. „Hast du wieder eine Katze erschnuppert?“ Der Hund dreht den Kopf zum Schuppen. „Ach, sie ist wach. Das ist gut. Sie wird aber keine Probleme machen. Ich habe sie fest geknebelt, lass du bloß niemand da rein.“ Ich deute mit dem Kopf zu dem schiefen Verschlag. Der Braune legt den Kopf schief und winselt leise, dann fängt er an, laut und kräftig zu bellen, genau zwei Mal.

„Ich muss jetzt gehen, sonst macht sich meine Frau noch Sorgen, und du passt gut auf das Mädchen da auf.“ Erneutes Bellen. Er stellt sich auf die Hinterbeine und wedelt mit dem Schwanz, der den Staub aufwirbelt. Ich winke dem großen Hund zum Abschied und gehe zu meinem Wagen.

Kapitel 31 (Johannes)

Ich sitze in der Küche und gönne mir eine Tasse schwarzen Kaffee. Ich versuche an nichts zu denken und blättere in einem leeren Notizbuch. Ich höre leise Schritte und sehe, wie Sonja die Küche betritt. Sie ist angezogen und hat sich frisch geduscht, denn ihr Haar ist immer noch feucht.

„Guten Morgen“, sagt sie und geht schnurstracks auf den Kühlschrank zu, bleibt jedoch einen Schritt davor stehen, sie dreht sich plötzlich um, so als wäre ihr erst jetzt etwas eingefallen, was sie zu vergessen geglaubt hatte. „Darf Tim wieder bei uns einziehen?“ Sie kaut auf der Unterlippe.

Ich schüttle nur den Kopf und nippe an der schwarzen Flüssigkeit, die herb und heiß ist.

„Okay, dann Plan B“, murmelt Sonja, geht einen weiteren Schritt auf den großen Kühlschrank zu und schnappt sich das Blatt mit der Tabelle, in dem meine Arbeitszeiten akribisch festgehalten werden. Mit zwei schnellen Bewegungen zerreißt sie das Blatt. „Und jetzt?“ Sie hebt die Augenbrauen.

Ich zucke kaum merklich die Schultern und hebe erneut die Kaffeetasse an die Lippen. Ich betrachte sie über den Rand und warte ab. Nun reißt ihr eindeutig der Geduldsfaden, doch bevor sie auffahren kann, stehe ich auf und gehe auf sie zu.

„Unter einer Bedingung“, entfährt es mir. Doch dann vernehme ich ein Geräusch auf der Terrasse. Ich schnelle an Sonja vorbei ins Wohnzimmer. Vor der großen Tür steht jemand. Im Vorbeilaufen habe ich, ohne es zu merken, nach der Taschenlampe gegriffen und ... Mein Herz rast nicht mehr, nachdem ich in der Silhouette, die auf unserer Terrasse herumtigert, meinen Sohn erkenne. Ich öffne die Tür.

„Und was hat er gesa ...“ Tim bleiben die Worte im Hals stecken, als er statt seiner Mutter mich vor sich stehen sieht. „Ich habe kein Geld mehr, obwohl wir reich sind“, stottert er und sieht mich mit verkniffener Miene unschlüssig an.

„Komm rein“, herrsche ich ihn an. „In die Küche“, sage ich schroff und folge ihm. Sonja macht Platz und steht unschlüssig da. „Setz dich“, lautet meine weitere Anweisung, der Tim ohne sich zu widersetzen Folge leistet. „Hier“, ich kralle einen Kugelschreiber auf den Tisch und deute auf den leeren Schreibblock, „ich diktiere, du schreibst.“

„Johannes, er kann nichts dafür“, ertönt Sonjas dünne, wackelige Stimme, die ich ignoriere.

Tim fängt meinen kalten Blick ein und fährt sich voller Erwartung mit der Zunge über die Lippen. Er ist nervös.

„Meine Eltern sind reich, ich habe nichts, nicht einmal einen Abi-Abschluss“, diktiere ich.

Tim starrt mich verdutzt an. Dann setzt sich seine Hand in Bewegung. „Ich werde die

Miete für mein Zimmer bezahlen, bis ich wieder in die Schule gehe." Er schreibt weiter. Der Kugelschreiber bewegt sich schneller und hinterlässt krakelige Lettern. „Jetzt musst du es unterschreiben."

Tim nickt. Mit meiner rechten Hand zerzause ich Tims blondes Haar. „Der Rasen muss gemäht werden, unentgeltlich, das gehört zu deinen Pflichten, da du wieder hier wohnst", sage ich mit nicht mehr ernster Stimme. Tim lächelt und nickt heftig. Ich drehe mich zu meiner Frau um. Sonjas Mund zuckt, in ihren unteren Augenrändern glänzen Tränen und drohen beim nächsten Lidschlag überzulaufen.

„Das bekommt er schon hin." Ich muss jetzt laut auflachen. Sonja wischt sich die Tränen weg.

„Ich dachte schon, du wirst nie nachgeben. Nun, weil wir wieder vollzählig sind, schlage ich vor, dass wir zusammen frühstücken", sagt sie mit immer noch bebender Stimme und öffnet den Kühlschrank. Unser Familienfrieden wird vom Klingelton meines Smartphones gestört. Ich gehe sofort ran, weil es auf dem Tisch neben dem Schreibblock liegt.

„Hornoff."

„Auch dir einen guten Morgen, Doc. Zieh dich an, Lars ist schon unterwegs. Wir haben eine weitere Leiche. Er fährt dich in die gerichtsmedizinische Abteilung, ich komme gleich nach", instruiert Karl mich und legt auf. Alle Blicke sind auf mich gerichtet. Sein Bariton war so laut, dass jeder hier im Raum seine Worte verstanden hat.

„Ihr müsst ohne mich essen“, murmele ich und gehe nach oben.

Kapitel 32 (Samantha)

Ein Schaben an der Tür und ein dumpfes Bellen rüttelten Sam aus dem Dämmerzustand. Sie saß auf dem Boden. Ihre Brust schmerzte. Auch konnte sie kaum Luft holen, nicht nur, weil ihr Mund mit einem Lappen verstopft war, nein, ihre Rippen wurden von etwas zusammengehalten, und dieses Etwas hinderte sie am Einatmen. Ihr Kopf war so fixiert, dass sie ihn nicht bewegen konnte. Ihre Arme brannten wie Feuer. Nur mit Mühe und viel Anstrengung erhaschte sie einen kurzen Blick. Ihre beiden Hände steckten in Einmachgläsern, die mit einem Panzertape an ihren Handgelenken festgehalten wurden. Was krabbelt da?, fragte sie sich mit vor Tränen glänzenden Augen. Ihre Arme waren an den Ellenbogen an ihren Oberkörper festgebunden. Sie hob zuerst die linke Hand, dann die rechte. Wie gläserne Stümpfe, dachte sie bei dem bizarren Anblick und erkannte kleine Insekten, die ihr mit ihren scharfen Mahlwerken die Haut von den Knochen schnitten. Sie winselte, zerrte an den Fesseln, versuchte sich mit aller Kraft zu befreien - vergebens. Das Kratzen an der metallenen Tür wurde lauter. Sam fürchtete sich vor Hunden. Dieser schien ein Riese zu sein. Dann ertönte eine Männerstimme. Im Hintergrund ganz weit weg, so weit, dass es beinahe unecht klang, hörte sie ein Quietschen, das von einem dumpfen Brummen begleitet wurde. Eine tiefe Männerstimme schrie etwas, das sie nicht verstehen konnte, weil ihr Herz so laut pochte. Das Kratzen an der Tür hörte abrupt auf. Wo bin ich bloß gelandet?, fragte sie sich und schrie auf, nachdem das Brennen an der rechten Hand unerträglich wurde. Erst jetzt begriff sie, dass in den Gläsern nicht nur die Krabbelviecher drin waren, sondern etwas, das ihre Haut verätzte. Säure, schoss es ihr durch den Kopf. Sie forstete in ihrem Kopf nach der Erinnerung vom letzten Tag. Aber alles schien wie wegradiert. Sie war in einem Tattoo-Studio, weil Emily, ihre beste Freundin, ihr einen Gutschein geschenkt hatte. Aber was war danach passiert? Plötzlich erinnerte sie sich an die Stimme des Mannes und zuckte zusammen, aber weil sie gefesselt war, zuckten nur ihre Hände. Erneut durchfuhr eine heiße Welle ihre sämtlichen Glieder. Sie hörte das leise Schwappen in den Gläsern und roch den beißenden Geruch. Oh Gott, flüsterte sie in Gedanken und weinte verzweifelt bittere, stumme Tränen.

„Hey, John Brown, was machst du da?!", brüllte die tiefe Stimme. Ein lautes Bellen kam gleich hinterher. „Verpiss dich von dort", ermahnte der Mann erneut jemanden, der sich mit keinem Wort meldete. Vielleicht hat er auch so viel Angst vor dem Hund wie ich, dachte Samantha. Sie wollte um Hilfe schreien, aber wagte es nicht, sich zu rühren. Das Brennen an ihren Händen trieb ihr noch mehr Tränen über die Wangen. Sie schloss die Augen und bettete die Hände vorsichtig auf die Erde. Sie hielt den Atem an, sobald die Gläser den Boden berührten. Das leise Knirschen von Glas auf Sand war beinahe ohrenbetäubend. Sam schnappte immer wieder nach Luft, ihre Nasenflügel blähten sich auf. So werde ich verharren, sagte sie zu sich selbst und schloss die Augen. Vielleicht werde ich schon von der Polizei gesucht, machte sie sich Mut. Der Geruch nach ranziger Milch, Urin und Fäkalien kroch in ihre Nasenlöcher wie giftiger Nebel. Sam würgte. Gott, ist das krank, weinte sie und glaubte nicht, dass das alles real sein konnte.

Bitte, lass es nur ein Traum sein, lass es nur ein Traum sein, wiederholte sie diesen einen Satz wie ein Mantra und versuchte einzuschlafen.

Kapitel 33 (Johannes)

„Doc“, begrüßt mich Karl mit einem Kopfnicken und reicht mir einen Plastikbecher, der bis zum Rand mit heißem Kaffee gefüllt ist. „Das müsste fürs Erste reichen, ohne Zucker, ohne Milch“, sagt er und deutet mit dem unrasierten Kinn den Korridor entlang.

„Du, Lars, du findest in der Zeit heraus, wo unser zweites Opfer gewohnt hat. Wir werden in ungefähr zwei Stunden fertig sein. Kraut erwartet uns in etwa einer halben Stunde bei sich im Büro, vorher möchte ich jedoch“, jetzt wendet er sich direkt an mich, „dass du dich mit dem Lokführer unterhältst. Die Jungs von K11 haben den Vorfall zuerst als Suizid, später als Unfall behandelt, bis sie den Kopf von Lena Martins gefunden haben.“ Karl schlürft an seinem Kaffee. Wir laufen Schulter an Schulter den langen Korridor entlang, weichen geschäftigen Beamten aus, die in Telefongespräche vertieft sind, ohne uns zu beachten. Einer rempelt sogar den wenig gut gelaunten Polizeihauptkommissar an, wofür er einen heftigen Schubs und eine Tirade von unschönen Worten an den Kopf geworfen bekommt. Der Mann in Polizeiuniform entscheidet sich, nichts darauf zu erwidern, mit eingeknicktem Ego geht er einfach weiter. Karl schüttelt den Kopf und redet weiter. „Erst am nächsten Tag haben sie das abgetrennte Haupt der jungen Frau gefunden.“

„Können wir also davon ausgehen, dass der Killer seine Morde ritualisiert?“

Karl macht ein Geräusch, das einem gedämpften Auflachen ähnelt, nur klingt es nicht wirklich heiter. „Das ist schwer zu sagen, Doc. Aber auch ihr wurden die Augen herausgeschnitten, die Augen und der Mund waren zugenäht, naja“, Karl nippt an seinem Kaffee und verzieht angewidert das Gesicht, „unser Leichenflüsterer hat sich so ausgedrückt: Die Stiche sind ungleichmäßig und sehr laienhaft ausgeführt worden.“ Karl trinkt den Rest seines Kaffees aus und wirft den leeren Becher in einen Mülleimer, der polternd darin verschwindet. Wir bleiben vor einer Tür stehen. „Dilettantisch, hat der Gerichtsmediziner gesagt.“ Karl unterdrückt einen Rülpser. „Statt der Augen hat das Arschloch ihr Eiswürfel in die Augenhöhlen gestopft. Auch lag in ihrem Mund wieder eine weitere goldene Kugel, was ein Teil einer Kette oder eines Armbands sein kann.“

„Er tötet nach einem bestimmten Muster. Was uns vermuten lässt, dass es zu einer Serie gehört.“

„Nach unserem vorläufigen Kenntnisstand deutet vieles darauf hin, dass der Typ etwas inszeniert, etwas in Szene setzt. Vorerst sind es jedoch nur Spekulationen, wir haben bisher nichts als Indizien und keine handfesten Beweise, auch haben wir keinen Verdächtigen. Alles, was wir haben, sind tote Mädchen, von dem letzten ist nicht viel übrig geblieben.“

„Die Behauptung, dass der Täter uns etwas damit sagen will, stützt meine Argumentation. Der Mörder versucht uns dadurch eine Botschaft zu übermitteln. Er rächt sich für etwas. Für jemanden, der ihm sehr nahe stand. Vielleicht haben wir es hier mit einem Vater oder einem Freund zu tun."

Karl schürzt die Lippen und schweigt nachdenklich, so als könne er meiner Schlussfolgerung nicht ganz folgen. „Soll heißen, er hat alles von langer Hand geplant", resümiert Karl Breuer.

„Nicht ganz zu vergessen ..." Meine rechte Hand tippt wieder gegen die Rippen. Ich muss nachdenken.

Karl schüttelt leicht den Kopf und greift in seine Hosentasche. „Hier, nimm den, sieht einfach nicht so bescheuert aus wie dein ständiges Geklopfe." Karl drückt mir einen roten Ball in die Hand. „Hat mir meine Ex geschenkt. Soll gegen Aggressionen helfen, wirkt angeblich beruhigend, wenn man den Ball mit der Hand knetet, mich macht das Ding nur wahnsinnig."

Der weiche Schaumstoff fühlt sich angenehm an. Ich presse den Ball mehrmals zusammen und möchte fortfahren. Doch vorerst muss ich in meinem Kopf nach dem Faden suchen, weil ich vergessen habe, was ich sagen wollte.

„Du hast davon geschwafelt, dass wir bei der ganzen Brutalität nicht vergessen sollten, mit wem wir es hier zu tun haben und den entscheidenden Ansatz nicht aus den Augen verlieren dürfen, nämlich nach Gemeinsamkeiten der Opfer Ausschau halten. Weil wir es hier mit einem Psychopathen zu tun haben, gelingt es uns jedoch nicht wirklich, seine Vorgehensweise zu verstehen. Diese Typen sind krank." Karl fährt sich mit der Hand über sein Gesicht. Er sieht verlebt und total überarbeitet aus. Ich lasse ihm Zeit. Er ist noch nicht ganz fertig, ich trinke derweil den Kaffee leer. Der Polizeihauptkommissar bleibt äußerlich ruhig, doch das Zucken seiner linken Wange, die von kleinen Kratzern übersät ist, straft seinen scheinbar unbekümmerten Gesichtsausdruck Lügen. „Ich kann nicht immer in diese kranken Köpfe hineinschauen, ich kann mich nicht in sie hineinversetzen, oft will ich es gar nicht, Doc. Ich bin müde", gibt er ehrlich zu, seine Stimme klingt mühsam beherrscht. „Ich deute diese Vorgehensweise als etwas, worin der Mörder aufgeht, ich glaube, er verliert oft die Kontrolle über sich selbst, wie gesagt, so etwas Krankes kann sich nur ein verkorkstes Hirn ausdenken."

Ich nicke abwesend. Karl muss nur etwas Dampf ablassen, und ich bin sein Ventil - das bin ich oft. Er sagt nichts mehr, sein Schweigen nehme ich zum Anlass, um fortzufahren. „Einen Umstand dürfen wir auf keinen Fall vergessen, Karl, der Täter hat mit größter Wahrscheinlichkeit ein weiteres Opfer in seiner Gewalt, wir dürfen nicht mehr zu lange zögern und darauf bauen, dass er beim nächsten Mal einen Fehler macht."

„Da drin sitzt ein Mann mit einem Kind", wechselt Karl abrupt das Thema, bleibt stehen und deutet mit seinem Wurstfinger auf die Tür hinter mir. „Er kann uns da vielleicht weiterhelfen. Nur kann ich es mit Kindern nicht so. Du hast doch eine Nichte, die dich mag. Auch letztes Mal hast du das Mädchen dazu gebracht, sich an Sachen zu erinnern, die uns zum Mörder geführt haben. Darum überlasse ich dir das Reden. Ich bleibe am besten hier draußen und warte hier auf dich. Wenn mich ein Kind sieht, macht es sich in die Hose, vor allem die Jungs bekommen in meinem Beisein ihren Mund nicht mehr auf. Wie schon erwähnt, der Herr da drin arbeitet als Lokführer, er hat auch seinen Sohn dabei. Er heißt Nils Briefer, sein Sohn Lukas, er ist fünf."

„Hat das Kind den Aufprall mit ansehen müssen?" Meine Stimme kippt, traumatisierte Kinder waren noch sensibler zu behandeln als ...

„Nein", unterbricht Karl meinen Gedankenfluss und legt seine rechte Pranke auf meine Schulter. Ich knete den Ball. „Dieser Herr Briefer hat etwas gesehen, das nichts mit dem Aufprall zu tun hat, aber mit der toten Lena Martins. An dem Tag ihres Verschwindens hat er beobachtet, wie ein Mann aus einem Pickup stieg und einer Frau ins Gesicht schlug. Die Jungs vom K11 haben die Route, die von Zuhause bis zum Arbeitsplatz von Lena Martins führt, abgefahren. Die führt über ein Gleis. Unsere Jungs haben in Zusammenarbeit mit der Deutschen Bahn die Fahrpläne verglichen und festgestellt, dass es möglich wäre, dass einer der Mitarbeiter etwas gesehen haben könnte. Daraufhin hat sich Herr Briefer bei uns gemeldet."

„Was hat sein Sohn mit dem Ganzen zu tun?"

Karl kratzt sich an der Wange. „Er hat das Kind mitgenommen, ja, es verstößt gegen die Regeln, aber seine Frau ist krank, und die Familie bekommt seit einem halben Jahr keinen Platz im Kindergarten. So ist es nun mal, wenn man Kinder hat, und wir haben ihm zugesichert, dass sein

Arbeitgeber nichts davon erfährt." Karl taxiert mich mit einem beschwörenden Blick.

Ich nehme die Informationen mit einer leichten Kopfneigung zur Kenntnis. Karl öffnet die Tür und nickt auffordernd. „Du hast eine halbe Stunde, Doc", brummt er leise und nimmt mir den Becher aus der Hand.

„Darf ich diesen Ball dem Jungen schenken?"

„Mach, was du willst, im Auto liegt noch einer." Er zwinkert mir zu und klopft mir erneut auf die Schulter.

Kapitel 34 (Johannes)

Ich betrete den Raum und sehe einen Mann mit einem blonden Jungen auf dem Schoß. Sie lesen in einem Buch. Sobald sie meine Anwesenheit bemerken, hebt der Mann den Blick und schaut mich freundlich an. In seinem Antlitz sehe ich dieselbe Ratlosigkeit wie noch kurz zuvor in Karls Augen.

Im kümmerlichen Lichtschein einer Sparlampe wirkt der spärlich eingerichtete Raum schäbig und kalt, nicht gerade ein idealer Ort, um solch wichtige Gespräche zu führen. Die ehemals weiß getünchten Wände haben einen grauen Schimmer angenommen, der dunkle Boden gibt dem Ganzen den Rest. Ich sehe einen Tisch und noch einen freien Stuhl. Im Augenwinkel flackert das Licht unangenehm und bringt mich zum Schwitzen. Die klaustrophobischen Angstattacken lassen den Raum noch kleiner werden, die Phantomschmerzen pochen in dem fehlenden Glied meines linken Zeigefingers. Ich presse den Ball so fest zusammen, wie ich nur kann, auch die Kiefermuskeln spannen sich bis zum Zerreißen an. Aber ich versuche, meine Gefühle mit keinster Regung zu verraten. Mehr noch, ich verziehe meine Lippen zu einem freundlichen Lächeln, denn nicht selten geraten Gespräche mit Eltern zu einer Kontroverse, sobald es um ihre Kinder geht. Ich werde all meinen Charme, die Eloquenz und Wortgewandtheit aufbrauchen müssen, um dem

Jungen alles zu entlocken, was er gesehen hat. Auch werde ich seine Phantasie von der Wirklichkeit trennen müssen, dies wird die schwierigste Prüfung für mich werden. Anstatt mich auf den Stuhl zu setzen, grüße ich den Mann mit einem Händedruck und strecke auch dem Jungen die Hand hin. Er zögert. Ich zeige ihm den roten Ball. „Ich heiße Onkel Joghurt“, sage ich in sanftem Ton. Der Junge lächelt und nuschelt seinem Vater etwas ins Ohr. Die erste Hürde ist geschafft, denke ich und gehe in die Knie, auf Augenhöhe des Kindes.

„Der ist für dich, Lukas.“

Der Junge zögert. Ich reiche den Ball seinem Vater und schaue den Mann freundlich an. „Mir sind die berufsethischen Grundsätze sehr wohl bekannt, an die ich mich auch halten werde, ich bin Psychologe und werde Ihrem Sohn ganz einfache Fragen stellen“, beruhige ich den Mann im Flüsterton und lasse den Jungen mit dem Ball spielen, bevor ich zu der eigentlichen Befragung übergehe. Der Mann nickt erleichtert.

Kapitel 35 (Johannes)

Eine Stunde später

Ich befinde mich in einem Besprechungsraum mit vielen anderen Kollegen, die nicht nur bei der Mordkommission arbeiten. Ich stehe ganz hinten neben einem Fenster, an dem der schwere Vorhang nicht ganz zugezogen ist und ich im linken Augenwinkel die grünen Kronen der Bäume und leise Geräusche von draußen wahrnehmen kann. Meine Brust hebt sich langsam, ich achte auf meine Atmung und konzentriere mich gleichzeitig auf die Bilder auf dem Whiteboard, die von einem Projektor darauf projiziert werden. In unregelmäßiger Abfolge, mal schneller, mal langsamer, huschen die visuellen Informationen an uns vorbei. Alle Gegenstände, die zwecks kriminaltechnischer Analyse für wichtig erklärt wurden, wurden abfotografiert, so wie auch die Örtlichkeiten des Schreckens selbst.

Ich jedoch achte auf Details, die nicht so offensichtlich sind. Das Rot ist die dominanteste Farbe auf den digitalen Aufnahmen, gefolgt von Schwarz, die Farbe des geronnenen Blutes.

Einige Stuhlbeine schaben geräuschvoll über den Boden. Manch einer der Kollegen entschuldigt sich und verlässt den Raum, in dem die Luft schwerer wird. Die körpereigenen Ausdünstungen der Anwesenden vermischen sich mit dem Geruch nach Kaffee, kaltem Rauch und billigem, schweren Parfum eines Polizisten, der neben mir steht. Ich knöpfe den obersten Knopf meines Hemdes auf und tupfe mir verstohlen die Stirn ab. Ein Dutzend besorgte Augenpaare taxieren den Mordkommissionsvorsitzenden, Polizeihauptkommissar Kraut, der die Versammlung leitet. Ein strammer Typ von kleiner, dennoch sportlicher Statur. Ein eitler und nach Erfolg heischender Mann, der seine Größe durch das barsche und bissige Auftreten kompensiert. Er duldet keine Widersprüche, egal in welcher Form, darum meidet er den Kontakt mit mir - immer.

Plötzlich geht die Tür auf. Polizeihauptkommissar Kraut hält mitten im Satz inne und schaut den Störenfried mit eisigem Blick an. Im matten Licht, das den Raum durch die offene Tür flutet, erscheint niemand. Kraut tritt aus dem Lichtschein des Projektors und winkt den jungen Kommissar Lars Böhm hinein, der nur zögernd den Raum betritt. Lars blickt in die Menge, zieht die Tür leise ins Schloss und sucht nach seinem älteren Partner.

„Also, wie es scheint …“, nimmt Kraut seine Rede wieder auf. Nachdem er erneut von Lars unterbrochen wird, platzt ihm der Kragen. „Herrgott nochmal“, flucht der grauhaarige Polizeihauptkommissar leise. Der junge

Kriminologe tauscht einige Sätze mit Karl aus, erst dann erhebt er sich und läuft in geduckter Haltung zum Tisch und knallt eine Mappe darauf. „Das sind die Kopien des vorläufigen Obduktionsberichts“, setzt er seinen Chef flüsternd in Kenntnis, jedoch so laut, dass selbst ich seine Worte verstehen kann.

Dann schweift mein Blick erneut zu dem Bild auf dem Whiteboard. Das zeigt eine kleine, goldene Perle. Kraut murmelt etwas, und bevor er zum nächsten Bild wechselt, höre ich meine Stimme durch den Raum hallen.

„Können Sie das vergrößern?“, rufe ich und bin selbst erschrocken, wie laut und klar meine Stimme klingt. Der junge Mann neben mir zuckt zusammen, weil er eingenickt war. Er schaut sich ungläubig um und braucht einen Moment, um die Lage richtig einzuschätzen. Ein älterer Herr lächelt und boxt ihn leicht gegen die Schulter.

Kraut ist mit meiner Bitte überfordert und reicht die kleine Fernbedienung an einen Polizisten weiter, der aufsteht und das Bild um ein Mehrfaches heranzoomt. „Danke“, sage ich jetzt etwas leiser.

„Ist diese Gravur auf beiden Goldperlen zu sehen?“, will ich wissen, mich an niemand bestimmten gewandt.

Gemurmel verscheucht die Stille. Einige recken die Köpfe zu mir, die anderen starren auf das Bild.

Ein Schrank von einem Mann erhebt sich. Niemand geringerer als Karl Breuer dreht sich zu mir um. „Ja. Wir haben auf beiden dieses Herz.“

„Das sind zwei, ein großes und ein kleines in der rechten oberen Ecke“, berichtige ich ihn.

Karl grunzt. „Joschi, mach das Ding noch größer“, wendet er sich an den Mann mit der Fernbedienung. „Tatsächlich“, grummelt Karl. „Macht das einen Unterschied?“

„Möglich“, erwidere ich trocken. „Dies symbolisiert in meinen Augen die innige Liebe zwischen einem Erwachsenen und einem Kind. Außerdem scheint dieses Schmuckstück keine Massenanfertigung zu sein, die Gravur deutet auf eine Handarbeit hin, eine der Vertiefungen hat eine Einkerbung, die so nicht gewollt war.“

Das Gemurmel wird noch lauter.

„Eine Liebe zwischen einem Kind und einem Erwachsenen“, wiederholt jemand meinen Satz. „Diesen pädophilen Arschlöchern gehört der Schwanz abgerissen, entschuldigen Sie bitte meine Ausdrucksweise“, sagt er dann noch schnell, weil er neben sich eine junge Kollegin bemerkt.

„Bitte, damit will ich etwas ganz anderes ausdrücken. Die Liebe zwischen einer Mutter und ihrem Kind. Ein Herz schlägt im anderen, versteht ihr?“

„Und warum steckt dieser Perversling so etwas in den Mund einer ...“, entfährt es Kraut, der angestrengt nach Worten sucht, die ihm nicht einfallen wollen.

„Einer werdenden Mutter, oder eines geliebten Kindes, oder einer Freundin, die ein Kind erwartet und es verloren hat? Damit wir es finden. Er personifiziert seine Morde, er gibt seinen Taten ein Gesicht.“

Entweder wegen eines technischen Fehlers oder weil der Polizist einfach gezuckt hat und sein Daumen dabei einen falschen Knopf gedrückt hat, ertönt ein mechanisches Klicken. Ein weiteres Bild taucht vor unseren Augen auf. Das Gesicht von Lena Martins, die vom Zug frontal erfasst und in Stücke gerissen wurde.

„Dieses Gesicht? Meinen Sie etwa dieses Gesicht?“, kreischt Kraut beinahe, so als wäre ich schuld an dem ganzen Übel.

„Womöglich hat man ihm genau das genommen?“ Ich bleibe ruhig, was den aufgebrachten Polizeihauptkommissar Kraut noch mehr erzürnt.

„Wen? Diese junge Frau? Sprechen Sie Klartext, Professor Doktor Hornoff“, ermahnt er mich mit gepresster Stimme. Er deutet mit einer wilden Handbewegung auf das Bild.

„Subtile Manipulation nennt man so etwas.“

„Was?“ Krauts Kiefermuskeln pulsieren und schwellen an.

„Kein Mörder trägt ein Schild um den Hals, auf dem steht, dass er gefährlich ist.“

„Was reden Sie da? Auf Ihren Kokolores habe ich keinen Nerv.“

„Ich habe Sie darauf aktiv angesprochen, und Sie haben prompt darauf reagiert, und zwar genauso, wie ich mir das gewünscht habe. So macht es der Mörder auch. Er provoziert uns und gibt uns gleichzeitig Zeichen, so wie Sie gerade eben auch. Sie sind unschlüssig und unsicher. Ich weiß, dass Sie nervös sind, das, was Sie jedoch im Moment am meisten beschäftigt, ist etwas ganz anderes.“ Im Raum herrscht auf einmal

Totenstille. Ich sehe, wie Karl sich in die Faust grinst, weil ich seinem Boss wie so oft als Einziger die Stirn biete. Kraut schluckt und wartet ab. Seine Augen sind auf mich gerichtet. „Wir haben ein Gesicht“, flüstere ich in die Stille. Krauts Gesichtszüge entgleisen, er starrt mich perplex an und dreht sich ungläubig nach links, während Edgar sich langsam von seinem Stuhl erhebt. Das war das Codewort für seinen Auftritt.

In diesem Moment schrillt ein Handy. Karls Stuhl schabt kreischend über den Boden. „Was ist?“, brummt er in den Hörer, während im Raum die Deckenbeleuchtung klackend und zuckend den Raum in mattes Weiß taucht. Viele der Anwesenden blinzeln. Die Stimmen werden lauter.

Kraut nutzt diesen kurzen Moment und kommt mit raschen Schritten auf mich zu. „Sie waren nicht ganz fertig mit Ihrem Plädoyer, Doktor“, flüstert er, sodass nur ich ihn hören kann. „Was beschäftigt mich Ihrer Meinung nach am meisten?“

„Dass ich mehr weiß als Sie. Aber dieses Mal werde ich Sie nicht vor der ganzen Belegschaft blamieren.“

„Das haben Sie bereits“, knurrt er und schaut sich nervös um.

Edgar heftet ein Foto, das stark vergrößert wurde, an die weiße Tafel. Die schwarze Farbe und die Chemikalien haben das Originalfoto stark beschädigt, aber die Jungs haben ganze Arbeit geleistet, um die fehlenden Pigmente zu ersetzen. Wir sehen zwei Mädchen. Eines der beiden ist Luzia Bernstein. Das andere ...

„Sie heißt …“, fällt mir Karl in meine Gedanken und unterbricht sie. Polizeihauptkommissar Kraut fährt herum und mustert den lächelnden Karl mit finsterem Blick.

„Was geht hier vor? Ich möchte auf der Stelle eine Erklärung, und zwar von Ihnen, Polizeihauptkommissar Breuer!“

Karl räuspert sich, schluckt sichtbar eine unpassende Bemerkung runter und steckt das Telefon zurück in seine Hosentasche, dann geht er vor an das Whiteboard.

„Bei unserem letzten Besuch der Familie Bernstein hat Doktor Hornoff dieses Foto unter einer Farbschicht entdeckt, daraufhin haben die Kollegen von der forensischen Abteilung, ich möchte jetzt nicht ins Detail gehen, kurz gesagt, es ist ihnen gelungen, das Bild wieder sichtbar zu machen. Danke, Edgar“, nickt er dem jungen Forensiker zu und richtet seine Aufmerksamkeit wieder auf seinen Chef, der nicht mehr neben mir steht, sondern sich derweil wieder nach vorne begeben hat.

„Ich habe zwei der Männer nach Dresden geschickt, die sich durch die Akten gewühlt und uns den Namen des Mädchens geliefert haben. Das junge Ding auf dem Foto heißt“, er hüstelt sich die Stimme frei, „heißt Janina Helm, auf dem Foto ist sie dreizehn.“

Karl gibt die Geschichte wieder, die mir die Mutter der toten Luzia erzählt hat. Dass die Mädchen ausgerissen sind. Er hat weitere Fotos, die beweisen, dass auf dem Bild Luzia und Janina abgebildet sind. Karl Breuer fischt sein Telefon aus der Tasche, vergewissert sich, dass die Datei auf seinem Telefon vollständig geladen ist, und reicht dieses Lars. Der junge Kommissar schickt die Fotos via Bluetooth auf den Laptop, der mit dem Projektor verbunden ist. Die Fotos aus Dresden sind weniger schön. Auf einem sehe ich das Gesicht eines Kindes. Janina liegt auf einer Trage. Ihre Augen sind mit einem dicken Verband zugedeckt. Die chronologische Reihenfolge scheint nicht zu stimmen, denn auf dem anderen wird sie von den Rettungskräften befreit, sie hängt kopfüber von einem Waggon. Über ihr erkenne ich Stromkabel. Etwas in meinem Kopf verändert sich. Puzzlesteine rücken näher aneinander. Ich erkenne Konturen. Mein Finger klopft schneller gegen die Rippen.

„Sie hat den tragischen Unfall überlebt. Was mit ihr danach geschah, wissen die Kollegen aus Dresden nicht“, schließt Karl seinen Bericht ab und wendet sich an seinen Chef. „Jetzt sind Sie wieder dran“, brummt Karl und geht zurück auf seinen Platz.

„Hat jemand noch etwas zu sagen?“ Kraut ignoriert mich geflissentlich.

„Ich habe mit dem Jungen des Zugführers gesprochen“, sage ich dennoch und bringe den Mann erneut aus dem Konzept. „Es ist wirklich schwierig, die Fantasie eines Kindes von der Wirklichkeit zu selektieren, dennoch glaube ich, dass das meiste, was er mir erzählt hat, uns von Nutzen sein kann. Er sagte, er habe einen großen schwarzen Wagen, einen Pickup gesehen, auf dem Dach war ein Kran abgebildet, der war orange. Ich habe auch eine Skizze anfertigen lassen. Der Zeichner braucht aber noch eine Weile. Ich habe das Gespräch aufgezeichnet. Ich zitiere: Der Kran sah ein bisschen wie Mixi von Bob der Baumeister aus, aber Mixi ist ein Betonmischer.“ Ein gedämpftes Lachen von wenigen Polizisten erfüllt den Raum. Alles Väter, denke ich und warte auf die Reaktion von Kraut.

„Wie bringt uns diese Information weiter?“ Kraut klingt interessiert.

„Wir suchen nach einem Mann, der einem Ninja ähnelt und von Scooby Doo begleitet wird.“

Kraut runzelt die Stirn, bleibt jedoch ruhig. Einige der Männer drehen sich umständlich zu mir um.

Der Kommissionsleiter schürzt die Lippen und schweigt weiter, er versucht mir damit zu sagen, dass er mit meiner Schilderung nicht ganz zufrieden ist. „Sie werden uns sicherlich erklären, was diese geheime Botschaft beinhaltet. Denn bisher ist es nichts als die vage, holprige Schilderung eines Kindes.“

„Ich übersetze es für alle, die keine Kinder haben“, erwidere ich betont gefasst. „Wir suchen nach einem maskierten Mann, der nicht sonderlich groß ist und sich mehr oder weniger schnell und flink bewegen kann. Wir suchen nicht nach einem Karl Breuer, sondern eher nach einem Edgar. Der Mann fährt einen schwarzen Pickup und hat einen großen Hund bei sich. Keinen Schäferhund, der Junge hätte es mir sonst gesagt, wenn es einer wäre. Außerdem hat dieser Kran eine Bedeutung.

Diese Applikation, dieser Kran, lässt mich da an ein Firmenlogo denken."

„Ein Bauunternehmen", ertönt eine unstete Stimme.

„Möglich. Meine Annahme basiert auf der Aussage eines Kindes, aber wir haben einen vagen Umriss."

„Alles Bullshit", knurrt ein Polizist vor mir, ohne mich eines Blickes zu würdigen.

„Wollen Sie vielleicht vor an die Tafel?", frage ich matt und sehe, wie der Mann auf seinem Stuhl kleiner wird. „Oder wollen Sie uns vielleicht erklären, wie komplex die Denkstruktur eines Serienkillers sein könnte? Ich für meinen Teil bin hier fertig", sage ich dann und verlasse den Raum, weil ich keine Luft mehr bekomme. Die Gedanken in meinem Kopf prasseln wie heiße Nadeln auf mich ein. Ich höre laute Rufe hinter mir, die ich jedoch ignoriere. Für einen Moment taucht eine Idee hinter meiner Stirn auf, entwischt mir jedoch sofort. Ich muss mich beruhigen, doch der aufgestaute Unmut in mir schwächt sich nur marginal ab. Ich massiere mir die Schläfen und bleibe einen Herzschlag lang stehen, doch dann laufe ich schneller, weil ich an die frische Luft muss.

Kapitel 36 (Johannes)

Ich nehme dumpfe Schritte hinter mir wahr. Karl holt mich ein, ohne mich zum Stehenbleiben zu zwingen. „Warum bist du gegangen?"

„Ich habe alles gesagt, was es zu sagen gibt."

„Die Ellenbogengesinnung ist nicht deine Art, die Dinge zu klären, habe ich recht?" Karl stampft neben mir her und steckt sich eine Zigarette zwischen die Lippen, ohne sie anzuzünden.

„Da magst du recht haben", lautet meine Antwort, während ich durch die Tür nach draußen gelange und tief Luft hole.

„Du gehörst nicht zu der Spezies Mensch, die beim Fallen die Augen schließt und schreiend darauf wartet, bis sie bei dem Sturz auf der Erde zerschmettert, nein, du genießt die Aussicht bis zum letzten Augenblick, ohne dabei einen einzigen Gedanken an den Tod zu verschwenden. Wie machst du das, Doc?"

„Das habe ich alles meinem Zwillingsbruder zu verdanken. Was danach kommt, kommt danach, wir leben aber im Jetzt, jeder Tag kann dein letzter sein, sagt Benjamin immer, und was danach kommt, weiß keiner. Der Glaube ans Jenseits ist nur ein Mittel, um uns einzuschüchtern, jeder fürchtet sich davor, in die Hölle zu kommen, und trotzdem sündigen wir. Kannst du mich bitte zu Benjamin fahren?"

Karl zieht an seiner Zigarette und nickt. „Lars wird das Internet nach deinem Mixi-Kran durchstöbern. Wer weiß, vielleicht ist da etwas dran“, murmelt Karl und fingert die Schlüssel aus der Tasche. Sein BMW quakt zweimal, als er auf die Fernbedienung drückt.

„Wann kann ich mit den Eltern von Janina Helm sprechen?“, wende ich mich an Karl und zwänge mich in den Sitz.

„Wenn du möchtest, dann morgen früh gleich, für heute ist es ein wenig zu spät, außerdem muss ich noch einiges vorbereiten. Ich möchte so viele Infos wie nur möglich über diese Familie sammeln, bevor ich sie mit meinem unangenehmen Besuch behellige.“

„Das ist gut, dann bleibt Benjamin und mir auch genügend Zeit, um uns darauf vorzubereiten. Noch etwas ...“

„Was?“ Karl gibt Gas. Der Wagen schießt aus der Parklücke. Karl verzieht dabei keine Miene.

„Das zweite Mädchen, ich meine der Tatort, kann ich mir die Gegend vorher anschauen?“

Karl zuckt die Schultern und greift nach hinten. Dichter Qualm umwölkt mein Gesicht. Ich bin gezwungen, die Luft anzuhalten. Mit einem grimmigen Gesichtsausdruck drückt er mir dann eine Mappe gegen die Brust und gibt noch mehr Gas. Der Wagen beschleunigt. Karl macht einen U-Turn mitten auf der Straße. „Hier hat Lars alles Nötige für dich zusammengestellt. Aber vorher fahren wir bei mir Zuhause vorbei, ich habe beinahe etwas Wichtiges vergessen. Und ich habe noch etwas für dich, Doc, das hat mir meine Ex geschenkt, es war ein Zehner-Pack." Karl lacht böse auf. Dann greift er zum Handschuhfach und kramt darin. „Hier, den anderen hast du ja dem Jungen geschenkt. Ein Antidepressionsball hilft dir, um dich zu beruhigen, so aufgebracht wie du bist. Ein Fidget-Spinner für alte Säcke wie dich." Karl schnippt die Zigarette aus dem Fenster und lacht sein schadenfrohes Lachen, weil der Witz auf meine Kosten geht. „Zuhause habe ich noch drei davon." Erneutes Lachen. Seine mit Aggressivität gepaarte Verbohrtheit und sein schwarzer Humor machen diesen ewig murrenden Mann sympathisch. Seine Borniertheit bringt mich zum Grinsen. Ich halte einen roten Ball aus weichem Schaumstoff in meiner Rechten und weiß nicht, was ich damit anfangen soll. Denn die Dinger machen mich echt aggressiv.

„Du musst es zusammenkneten, immer wieder, bis du kurz vor dem Wahnsinn bist, das ist der gleiche Mist wie diese Fidget-Kreisel, was soll daran bitteschön beruhigend sein?", grummelt er weiter und reißt am Lenkrad. Ich knete den Ball zusammen.

Der linke Mundwinkel kräuselt meine Wange, tatsächlich verspüre ich einen leichten Drang, den Ball noch fester zusammendrücken zu wollen. „Das Leben ist manchmal eine stinkende Brühe in einem Porzellanteller, Karl, die ausgelöffelt werden muss, bevor du den nächsten Gang serviert bekommst, doch was dich unter der silbernen, auf Hochglanz polierten Glosche erwartet, kannst du auch nicht wirklich wissen. Vielleicht schmeckt es noch schlimmer als die Vorspeise, nämlich diese stinkende ..."

„Deine Metaphern bringen meine Sackläuse in Rage“, unterbricht Karl.

„Eine Glosche ist eine Servierglocke“, übersetze ich für Karl das französische Wort, doch er hört mir nicht mehr zu, Polizeihauptkommissar Breuer hat ein nächstes Opfer für seinen Wutausbruch gefunden, er schreit einen jungen Mann vor uns zusammen, weil er bei der grünen Ampel langsamer wird.

„Was hast du denn bei dir Zuhause vergessen, Karl? Kann es nicht bis morgen warten?“, frage ich ihn, nachdem er sich wieder beruhigt hat. Aber der BMW rast immer noch mit achtzig Sachen durch die Berliner Straßen.

„Nein, ich habe da ein ...“

„Was?“

„Ach nichts, du wartest einfach so lange im Auto.“

„Karl?“

„Es ist nur ein alter Kater.“

Was ich da höre, macht mich zuerst stutzig, schlussendlich fällt mir einen Moment lang nichts ein. Karl hat ein Haustier? „Jetzt bin ich tatsächlich sprachlos, Karl.“ Der Ball in meiner Hand rutscht mir zwischen die Finger. Ich stecke ihn in die Innentasche meines Jacketts.

„Ja, er ist auf einem Auge blind und genauso alt und fett wie ich. Wenn er in der nächsten Stunde nicht seine Medizin und etwas zum Fressen bekommt, geht er vor die Hunde. Ich werde langsam auch alt, Doc.“

„Du bist nur fünf Jahre älter als ich. Mit sechzig ist man nicht wirklich alt.“

„Ich bin achtundfünfzig, du siehst aber auch nicht unbedingt wie ein Jungspund aus.

Ferdinand braucht seine Medizin, trockenes Futter und etwas Wasser, danach geht es weiter mit uns beiden."

„Ferdinand?", wiederhole ich den Namen und schüttle leicht den Kopf. Dafür kassiere ich einen alles vernichtenden Blick von Karl.

„Wehe, du verplapperst dich und jemand im Präsidium bekommt etwas davon mit, Doc, ich schwöre, ich stopfe dir diesen Ball tief in deinen Schlund, und werde dir beim Ersticken zusehen."

Ich hebe beschwichtigend die Arme und öffne die Mappe.

Kapitel 37 (Der Henker)

Ein ungutes Gefühl beschleicht mich seit Tagen. Meine Haut in den Kniebeugen und auch an den Händen juckt und ist von kleinen Pusteln übersät. An den Ellenbogen ist sie rissig und blutig. Selbst ein Bad in Salbei und Olivenöl lindert das unangenehme Ziehen nicht. Ich habe Atemnot, und meine Brust verkrampft sich, wenn ich aufgeregt bin. Meine Frau ist nicht da, sie ist bei ihrer Freundin. So habe ich wieder etwas Zeit für mich. Aber ich will nicht allein sein. Ich habe das Gefühl, dass sie mich die letzten Tage meidet. Diese Tatsache beschäftigt mich und belastet mich zusätzlich. Hat sie etwas von all dem gemerkt? Sie darf mich nicht verlassen, sie und unsere Tochter sind alles für mich. Sie beide machen mein Leben lebenswert. Ich steige aus der Badewanne und tupfe meinen Körper mit einem weichen Tuch ab, danach schlüpfe ich in einen Frottee-Bademantel und begebe mich auf nackten Füßen in die Küche. Das Wasser in der Badewanne gluckert leise durch den Abfluss. Schmatzende Geräusche meiner nackten Füße verfolgen mich. Der Boden ist klebrig und voller Flecken, irgendwie riecht es in der ganzen Wohnung muffig. Ich reiße das Fenster auf, prüfe das Fliegengitter auf mögliche Beschädigungen, dann erst schalte ich den Wasserkocher ein. Ich lasse den Blick über die unaufgeräumte Arbeitsfläche schweifen. In der Spüle liegen zwei schmutzige Teller, die ich in die Spülmaschine stelle. Als ich die Tür zuschließe und mein Kreuz durchdrücke, treffen meine Augen auf ein Bild neben der Tür. Darauf sehe ich meine Tochter. Janina lächelt in die Kamera und füllt mein Herz mit heißer Erinnerung, die mich von innen heraus verbrüht und mein Herz zum Stolpern bringt. Sie ist so glücklich auf dem Bild. Sie trägt ein Tennistrikot. Dieses Foto haben wir an ihrem Geburtstag geschossen. Sie wollte unbedingt das Trikot noch an demselben Abend anziehen und mit mir ein paar Runden spielen. Ich konnte ihr diesen Wunsch nicht verwehren. Ein weißes T-Shirt und ein gelber Rock, sie war mit so wenig zufrieden. Janina wollte nie ein Smartphone oder Ähnliches haben, weil sie genau wusste, dass ich das nicht für gut heißen würde. Meine Mundwinkel rücken ein ‚kleinbisschen' nach oben, das war Janinas Lieblingswort, ‚kleinbisschen'. Ein harter Klumpen drückt mir schmerzlich gegen die Rippen. Ich starre weiter auf das Bild und komme näher heran, weil es zu entschwinden beginnt. Janinas strohblondes Haar ist streng nach hinten zu einem Zopf gekämmt. Ihre blauen Augen glänzen vor ehrlicher Freude. Tränen brennen auf meiner Hornhaut und lassen das Foto zu einem Aquarell verschwimmen.

Mein Vater war nicht so zu mir, als ich klein war, erinnere ich mich an das letzte Gespräch mit Janina, bevor es mit dieser Pubertät anfing, von deinem Opa erntete ich bestenfalls Gleichgültigkeit, wenn er zu müde war, um mich für mein falsches Benehmen zu verprügeln, zu müde oder zu betrunken.

Mein Vater hat mich stets einen Wasserkopf geschimpft.

Nachdem ich mir das Lesen selbst beigebracht hatte, habe ich alles über Hydrocephalus gelesen, was in der Bibliothek an Literatur zu diesem Thema zu finden war. Ich hatte nur einen etwas überdurchschnittlichen Kopf, aber keinen Wasserkopf, hat mir später der Kinderarzt bestätigt, da war ich dreizehn.

Draußen ertönt ein Piepen. Ich sehe einen Wagen von der Müllabfuhr, der rückwärts in unsere Straße einbiegt. Die holen den Restmüll ab und damit alle Beweise, die gegen mich bei einer möglichen Durchsuchung verwendet werden könnten. Ich wische mir die Tränen grob aus den Augen und gieße das heiße Wasser in die Tasse. Das Kaffeepulver löst sich darin und färbt das dampfende Wasser in ein undurchsichtiges Schwarz. Ich greife nach oben und halte eine kleine, hölzerne Dose mit Schraubverschluss in meiner Hand. Ich schraube den Deckel auf und nippe tief in Gedanken versunken an dem bitter schmeckenden Kaffee. In der kleinen Dose, in der die meisten Eltern Milchzähne ihrer Kinder aufbewahren, liegen bei mir noch mehrere

Goldperlen. Der heiße Dampf legt sich wie ein Nebel auf meine Wangen und verbrüht mir beinahe die Lippen. „Noch drei Stück“, flüstere ich, noch drei weitere Tote. „Ein Mädchen, ein Mann und ein Kind“, flüstere ich und stelle die Dose zurück ins Regal. Ich spitze die Lippen, meine Gedanken wandern zurück zu dem Mädchen, das ich in dem Schuppen gelassen habe. Ich greife in meine Hosentasche und hole das Handy heraus, ich wische über das dunkle Display und gehe auf die Seite, die viele Zuschauer hat – ‚Gaffer‘, und es werden immer mehr. Sie scheint zu schlafen, das Mittel, das ich ihr verabreicht habe, hält sie davon ab, auszurasten und an den qualvollen Schmerzen zu sterben. Sie darf noch nicht sterben, nicht jetzt. Die Kamera produziert scharfe Bilder, selbst in der Dunkelheit, diese ist jetzt von winzigen gelben Strahlen der Sonne durchlöchert. Ich sehe Flusen, die durch die Luft schwirren. Plötzlich regt sich etwas. In der schummrigen, vom schwachen Leuchten der einzelnen Sonnenstrahlen erhellten Schwärze sehe ich die Gestalt. Ich höre ihren schwachen Atem. Sie winselt wie ein verletztes Tier, das in eine Falle geraten ist. Ich zoome das Bild näher heran. Die Qualität ist durch die Bewegung der Linse nicht wirklich überragend, aber genau das verleiht dem Ganzen die nötige Dramatik und lässt alles noch realer erscheinen. Die Zahlen springen wieder nach oben. Mehrere Tausend beobachten mit mir zusammen, wie das Mädchen sich ängstlich umschaut und nicht sofort begreift, wo sie sich befindet. Sie zweifelt an ihrem Verstand, weil sie nicht zu akzeptieren bereit ist, dass das alles tatsächlich mit ihr geschieht. Im ersten Augenblick zerrt sie an den Fesseln, ein heftiger Schmerz durchzuckt ihren Körper. Ihre Augen huschen hin und her, sie blinzelt, weil einer der grellen Lichtpunkte sich auf ihr Gesicht verirrt hat. Für einen Moment irritiert und orientierungslos, hält sie inne und starrt jetzt in die Linse, ohne die Kamera wirklich zu sehen. Sie verzieht das Gesicht und will aufstehen. Erneut zuckt sie zusammen. Tränen glänzen in ihren Augen und laufen über, entlang der Nase, vorbei an den Lippen, und tropfen geräuschlos von ihrem Kinn herunter. Dann erlischt der Widerstand in ihrem Blick, ihre Augen füllen sich mit Angst und der endgültigen Einsicht, dass sie das alles nicht träumt. Der Alptraum ist nackte Realität, in der sie aufgewacht ist. Ich lasse das Bild wieder kleiner werden, sodass ich meine Geisel komplett sehen kann. Ihre nackten Füße schaben über den Boden. Ich nippe wieder an dem Kaffee, der schon lauwarm geworden ist, und schütte den Rest in den Abfluss. Ich bin müde, unsäglich müde, ich brauche etwas Schlaf.

Kapitel 38 (Sam)

Samantha zitterte am ganzen Körper. Der Schmerz war unerträglich. Das Brennen und Jucken auf ihren Händen machte sie wahnsinnig. Die breite Schelle um ihren Hals schien mit jedem Atemzug enger zu werden. Sie wusste, dass sie sich das nur einbildete, dennoch bekam sie kaum Luft. Aus purer Verzweiflung hob sie zuerst die eine Hand an und schlug sie gegen den steinigen Boden. Ein lautes Klimpern, gefolgt von unsäglichem Schmerz am rechten Oberschenkel, brachte sie zum Schreien, das wegen des schmutzigen Lumpen in ihrem Mund nichts weiter als ein verzweifeltes Stöhnen war. Sie biss die Zähne fester zusammen und wiederholte die qualvolle Prozedur erneut, doch diesmal mit ihrer linken Hand. Nun brannte ihr linkes Bein wie Hölle. Aber das Brennen an ihren Händen ließ endlich nach. Sie hob sie an und sah, wie sich die Haut von ihren Fingern zu lösen begann. Schwarze Ameisen krabbelten auf dem nackten Fleisch, das einst ihre Finger waren. Samanthas Nasenflügel blähten sich auf. Sie hörte ein dunkles, tiefes Bellen von draußen. Auch Stimmen von Männern. Aber dann wurde alles um sie herum schwarz. Sie verlor das Bewusstsein. Ihr Blick ruhte noch einen Augenblick lang auf ihren

Händen, dann fielen sie kraftlos zu Boden. Im schalen Licht der Abenddämmerung, das durch die kleinen Ritze ins Innere des kleinen Verschlages eindrang, bekam das einst fröhliche Gesicht einen gelben Ton. Samantha wirkte um Jahre gealtert. Ihre Lider senkten sich. Zwei dunkle Flüsse zogen sich im Zickzack über ihre Wangen. Ihre Brust hob und senkte sich langsam. Ein leises Kratzen von der anderen Seite störte sie nicht mehr, auch das laute Poltern von schweren Maschinen weckte sie nicht auf. Die zackigen Ränder der zerbrochenen Gläser auf ihren blutigen Armen reflektierten die Strahlen der Sonne. All das wurde von einer kleinen Kamera aufgenommen, sodass die Voyeure Samantha beim Sterben zusehen konnten, ohne ihr dabei helfen oder sie gar aus den Fängen ihres Peinigers befreien zu können.

Jeder kam auf seine Kosten, leiden musste dabei jedoch nur sie allein. In dem tranceähnlichen Zustand beschäftigte sie eine einzige Frage: Warum ich?

Kapitel 39 (Johannes)

Karl ist in eine kleine Wohnung umgezogen, in ein Haus, in dem mehr als zwanzig Familien wohnen und ihre Anwesenheit mit lautem Geschrei kundtun. Selbst durch eine geschlossene Tür und ohne mich dabei anstrengen zu müssen, kann ich ihnen bei ihrer lautstarken, verbalen Auseinandersetzung, die zwischen zwei Frauen ausgefochten wird, beiwohnen und jedes Wort mithören. Würde ich ihre Sprache verstehen, könnte ich nachverfolgen, wer im Recht ist, oder zumindest den Grund des Streits erahnen so jedoch ist für mich das dumpfe Geschrei nichts als ein störendes Krakeelen, von dem Karl allem Anschein nach nichts mitzubekommen scheint. Macht der Gewohnheit, denke ich und folge ihm ins Wohnzimmer, das mit ungeöffneten Umzugskartons, die teilweise beschriftet sind, vollgestellt ist.

„Hast du etwa einen Raumdesigner engagiert?“, will ich wissen und warte auf Karls Reaktion, die prompt kommt.

„Du bist ein Arschloch, Johannes“, brummt Karl abwesend und läuft suchend um das kleine Sofa herum - die Stirn in Falten gelegt. „Wo ist der nur?“, grummelt er weiter und geht auf die Knie, um unter das Sofa zu schauen. Seine Knie knacken wie trockene Zweige.

„Nicht, dass du auseinanderfällst, Karl", ziehe ich ihn weiter auf, aber mit deutlich weniger Elan.

Karl lässt sich nicht provozieren und greift mit der rechten Hand in den dunklen Spalt unter das gelbe Ding, dessen Polster an den Nähten fadenscheinig geworden sind und deren Sitzflächen schwarze Brandlöcher haben. „Ah, da bist du ja, du altes Wollknäuel", murmelt der Kommissar und zerrt den Kater mit sanfter Bestimmtheit an der rechten Hinterpfote unter dem Sofa hervor. Der graugestreifte Kater faucht mit weit aufgerissenem Maul sein Herrchen an, wehrt sich jedoch nicht. Wie ein flauschiges Spielzeug, das eigentlich viel zu dick ist, lässt er sich über das Linoleum schleifen, bis er ganz heraus ist. Tatsächlich fehlt ihm ein Auge. Am Rücken hat er eine nackte Stelle, auch an seiner Schwanzspitze fehlt ihm das Haar.

Karl steht umständlich auf, geht zu einer der Kisten, wühlt darin herum und kramt eine weiße Dose hervor. Der Kater liegt in der Armbeuge und beäugt mich skeptisch. „Hier", sagt Karl und steckt dem Kater eine kleine Tablette entgegen. Der Kater leckt daran, bis die Tablette in seinem Maul verschwindet. Erst dann lässt Karl den Kater auf den Boden plumpsen und reibt seine angesabberte Hand an einem Papiertaschentuch sauber.

„Macht ihr beide Diät oder nur dein Kater?", frage ich und sehe Karl mit einem leichten Grinsen an.

„Früher hat er jeden Rivalen verjagt, keine Katze war vor ihm sicher, bis meine Ex sich dazu entschieden hat, ihm die Eier abzuschneiden. Das ist aus ihm geworden: ein fetter alter Taugenichts“, grummelt Karl in nachdenklichem Ton, dann klopft er sich auf den Bauch und fährt mit der gleichen traurigen Stimme fort: „Das kommt von zu wenig Schlaf, meine Eier sind immer noch da, wo sie hingehören.“ Nun grinst er schief.

Ferdinand, so heißt der Kater, wenn ich mich richtig entsinne, quetscht sich unterdessen wieder unter das Sofa. Seine Hinterpfoten kratzen klackernd über den Boden, weil er große Schwierigkeiten hat, hindurch zu kommen.

Karl geht zum Fenster und stellt es auf Kipp. „Seit ich hier eingezogen bin, riechen alle meine Sachen nach Gulasch, und ich hasse Gulasch, selbst die Wände im Treppenhaus stinken nach Gulasch.“

In diesem Moment ertönt das laute Scheppern von Geschirr, das über die Decke in Karls Wohnzimmer dringt.

„Die spülen ihr Geschirr nicht, sie zerschlagen es“, empört sich der große Mann, ohne laut zu werden.

„Und du lässt deines in der Spüle vergammeln, in der Hoffnung, es zerfällt irgendwann zu Staub?“ Ich deute durch die offene Tür in eine kleine Küche. „Dort drin riecht es ganz bestimmt nicht nach Gulasch, eher nach Stockfisch.“

„Ich hätte dich nicht mit raufkommen lassen sollen“, erwidert Karl und gießt aus einer Flasche etwas Wasser in die blecherne Schüssel. „Früher hat sich Elisabeth um uns beide gekümmert, als sie mich rausgeschmissen hat, hat der alte Kater sie an der Hand blutig gekratzt und flog samt der Koffer mit aus dem Haus." Das weiße Licht der nackten Glühbirne flackert kurz, als ein Insekt dagegen fliegt und mit verbrannten Flügeln zu Boden fällt. Plötzlich schießt der dicke Ferdinand unter dem Sofa hervor und schnappt sich die tote Fliege, die er sich gleich einverleibt, um sofort wieder in seinem Versteck zu verschwinden. Karl schüttelt den Kopf. „Lass uns jetzt fahren, sonst ist es zu spät und zu dunkel. Ich muss danach noch aufs Revier."

„Du arbeitest auch hier, nicht wahr? War das der Grund eurer Trennung?"

„Unter anderem", erwidert Karl. Ich betrachte eine Wand aus Kork, die mit unzähligen Blättern und Fotos vollgekleistert ist. „Wer ist diese Frau?"

„Bianca Malzhorn. Sie gilt seit einem halben Jahr als vermisst. Hat in einer Eisdiele gearbeitet. Sie hat eine Tochter, die seit der Geburt ein Pflegefall ist. Bianca Malzhorn ist einer der Gründe, warum mein Leben momentan ziemlich durcheinander ist. Ich glaube, sie ist das erste Opfer des Killers. Aber ihre Leiche haben wir bisher noch nicht gefunden. Auch ihre Akte liegt seit längerem auf meinem Tisch."

Karl klopft mir sacht auf die Schulter und deutet zur Tür. Wir gehen.

Kapitel 40 (Johannes)

Wir stehen vor dem Gleis. Da die Arbeiten der Spurensicherung abgeschlossen sind und der Ort nicht mehr verunreinigt werden kann, gönnt sich Karl eine Zigarette. Ein loses Absperrband hängt schlaff von einem Strauch herunter.

„Was willst du hier noch entscheidendes finden?“, begehrt Karl auf und zieht unruhig an seiner Zigarette. Ich lasse mich jedoch nicht aus der Ruhe bringen.

„Wo genau wurde das Mädchen von dem Zug erfasst?“, will ich von Karl wissen und drehe mich um, dabei ist mein Blick jedoch nicht auf den aufgebrachten Polizeihauptkommissar gerichtet, sondern auf den Untergrund. Noch immer sehe ich braune Tropfen des getrockneten Blutes auf kantigen Steinen. Die Hecke, die von einer grauen Staubschicht bedeckt ist, dient als eine Art Auffangnetz für all den Unrat, den die Fahrgäste durch die geöffneten Fensterscheiben aus den Waggons schmeißen. Pappbecher, Tüten mit halb verzehrten Burgern, Windeln und anderer Müll liegen entlang der Schiene, die im weiten Bogen auf der linken Seite hinter der grünen Wand aus wilden Sträuchern verschwindet. Ein rosa Tennisball liegt neben einem alten Schuh, dessen Sohle sich von dem verschrumpelten Leder gelöst hat. Der kleine Ball passt nicht wirklich hierher und ist wie ein Farbtupfer auf einem grau-weißen Bild.

„Die Strecke, auf der die Leute von der Spurensicherung Leichenstücke aufgesammelt haben, ist fast einen Kilometer lang. Der Lokführer jedoch behauptet, sie stand direkt vor diesem Mast." Karl deutet auf ein verzinktes Rohr, das zwei Meter hoch aus dem Boden ragt, mit einem kantigem Rand an der Spitze, der von dunklem Rost zerfressen ist. Ich hebe den Kopf erneut. Meine Muskeln im Nacken verspannen sich. Nachdem ich den Blick gesenkt habe, schaue ich in Karls Augen, darin bemerke ich einen leisen Zweifel.

„Was ist jetzt schon wieder?", begehrt er auf und bläst eine blaue Rauchwolke zwischen seinen Lippen aus, die in meiner Nase unangenehm kratzt. „Alle Gegenstände, die zwecks kriminaltechnischer Analyse aufgesammelt wurden, befinden sich im Labor, einige auf meinem Tisch", informiert er mich.

Anstatt mir gegen die Brust zu klopfen, greife ich nach dem Ball, den Karl mir geschenkt hat, und knete ihn. „Wir suchen nach einem Mann, der sich für das Mädchen rächt", flüstere ich kaum hörbar.

„Was meinst du, Doc? Das bedeutet, alles spricht für, besser gesagt gegen den Vater des Kindes", resümiert Karl mit skeptischem Ton und kommt näher, dabei sieht er zuerst nach links, dann nach rechts. Kein Zug in Sicht.

„Deine Vermutung stützt also meinen Gedankengang, infolgedessen müssen wir uns auf diesen Herrn Helm konzentrieren. Ich lag mit meiner Argumentation nicht sonderlich weit daneben. Ich habe zuerst an den Freund gedacht", gebe ich zu, dabei drücken meine

Finger den roten Ball so fest zusammen, dass meine Knöchel weiß hervorstechen. Ich senke den Blick zu meinen Füßen. Eine braune Lache berührt beinahe meine Schuhspitzen. Ungewollt trete ich einen Schritt zurück. „Können wir ..."

„Die Jungs bereiten alles vor", unterbricht mich Karl. „Wir müssen uns wirklich sehr gut auf das Gespräch vorbereiten, Doc. Ich brauche dir nicht zu erzählen, wie wichtig das für unsere weiteren Ermittlungen sein kann. Falls wir uns geirrt haben sollten, und der Vater ist unschuldig, können wir beide einpacken, vor allem ich. Kraut wartet nur darauf. Wenn die Kinder ihre Eltern zu Grabe tragen, ist es normal, zwar traurig und tragisch, aber so ist nun mal der Lauf der Dinge." Zum ersten Mal wirkt Karl sentimental. Seine Stimme zittert sogar etwas. Ich lasse ihn reden, höre nur zu. „Ein Kind zu verlieren ist das Schrecklichste, was Eltern passieren kann. Ein Kind, das von jemandem getötet wird, besonders auf eine so bestialische Weise", Karl schluckt schwer, „dieses Schicksal möchte ich nicht einmal meinem ärgsten Feind wünschen." Er lacht traurig auf, fast schon zornig, weil er sich zum ersten Mal geöffnet hat, und das ist ihm auf einmal peinlich. „Ich weiß nicht, warum ich das alles laut gesagt habe, vielleicht ist es deine Art, selbst solche wie mich zum Reden zu bringen, ohne dass du dabei ein Wort sagst", murmelt er gereizt, legt den Kopf in den Nacken, zieht an der Zigarette und atmet einen weiteren Satz aus: „Ich bin nur schrecklich müde, müde von dem, zu was ein Mensch fähig ist, müde, die Spinner zu jagen und dabei zusehen zu müssen, wie mein eigenes Leben mir durch die Finger rinnt, ohne dass ich etwas dagegen unternehme. Jetzt lass uns fahren“, sagt er dann weniger schroff. Die Lethargie ist von ihm gewichen, so als hätte es diesen emotionalen Ausbruch niemals gegeben.

Ich folge Karl zu seinem Wagen.

„Karl, wenn du darüber reden möchtest“, versuche ich das Gespräch aufs Neue zu ergreifen, doch der bullige Kommissar hebt warnend die Hand und stampft weiter, ohne sich umzusehen.

„Das passiert mit einem Mann, wenn er an Sexmangel leidet, da können die Hormone schon mal verrückt spielen, Doc. Deine Psychofloskeln kannst du dir für deine psychisch gestörten Patienten aufheben.“ Karls Ton duldet keine Widerrede. Er zündet sich erneut eine Zigarette an.

Das war's dann wohl, denke ich und setze mich wortlos in den Wagen.

Kapitel 41 (Sam)

Die Schmerzen waren wieder da. Mit jedem Atemzug vervielfachte sich das unsägliche Brennen an ihren Händen. Die kratzenden Geräusche hinter der Tür, begleitet von gedämpftem Winseln, kamen ins Stocken und erstarben. Sams Augenlider flatterten wie die Flügel eines Nachtfalters auf einer nassen Glasscheibe. Schließlich gelang es ihr, die Augen zu öffnen. Auf ihrer Netzhaut verweilte der Nachglanz ihres Alptraumes nur einen Augenblick lang, dann wurde er von der Realität verdrängt. Ein knarrendes Geräusch ließ sie aufschrecken. Eine dunkle Silhouette schälte sich aus dem grauen Licht des frühen Morgens heraus, das das Viereck der Tür erfüllte. Eine zweite erschien direkt neben dem Mann. Es war der Hund. Er reckte den Kopf zu seinem Herrchen und winselte leise. Der Mann tätschelte seinen Kopf, ohne ein Wort zu sagen. Sam war zu keiner Regung fähig. Kalter Schweiß bedeckte ihren Körper und ließ sie frösteln. Dennoch ließ das eingeschnürte Gefühl in ihrer Brust etwas nach.

Ihr Haar klebte nass an der schmutzigen Stirn, das eigentlich hübsche Gesicht der jungen Frau glich im Morgengrauen einer Totenmaske, starr und vor Entsetzen verzerrt. Nur das kaum merkliche Zittern ihres Kinns und die echte, lebendige Furcht in ihren Augen verrieten, dass sie noch lebte. Der Schatten schlurfte über den Boden und ging vor ihr in die Knie, so als wolle er sein Werk näher betrachten. Er inspizierte ihre Hände, dabei legte er den Kopf leicht zur Seite. Die Berührung seiner Hände ließ das Mädchen mehrmals blinzeln. Der Mann zerrte an dem schmutzigen Lappen und warnte sie zischend. „Wenn du schreist, töte ich dich", flüsterte er und hielt ihr währenddessen das Messer vor die Augen, dann verschwand es aus ihrem Blickfeld. Sam spürte, wie die warme Klinge kurz ihren Hals berührte. Nach der flüchtigen Berührung verspürte sie nachfolgend einen zaghaften Stich, etwas Warmes floss über ihren Hals. Der Mann lächelte gequält, sein Grinsen war traurig. Auch sein Haar war zerzaust, die Augen dunkel. Die Furchen auf seiner Stirn wurden dunkler, sobald er den Blick senkte. Konzentriert starrte er auf ihre linke Hand und schüttelte leicht den Kopf. Der Mann roch nach Seife und Rasierwasser, stellte Sam fest, und erschrak darüber, weil sie sich einen Mörder immer als einen stinkenden, mit einer dicken Brille und einer Glatze humpelnden Mann, dem der Geifer an einem Mundwinkel wie eine schwere Perlenschnur hing, vorgestellt hatte, dessen Zähne gelb und krumm wie Grabsteine waren und der nach totem Fleisch und modrigem Keller roch. Ein erneuter Schmerz durchzuckte ihre Gliedmaßen und fuhr ihr bis ins Mark.

„Wir machen einen kleinen Spaziergang", sprach der Mann in gemäßigtem Ton und machte sich jetzt an ihrem rechten Arm zu schaffen. Er hob kurz den Kopf und sah ihr tief in die Augen.

Ein heller Strahl huschte über sein Gesicht, wie von einem vorbeifahrenden Auto.

Sam leckte sich hastig über die Lippen und achtete nicht auf den Schmerz, noch bevor sie aufschreien konnte, schlug ihr der Mann ihre Idee mit der flachen Hand aus dem Kopf. Es klatschte hell. Ihre Wange brannte, ihr Kopf fuhr zur Seite. Der Hilferuf wurde zu einem gutturalen Schrei, den keiner außer diesem Mann hören konnte, es hätte genauso gut das Rufen einer Eule gewesen sein können, fuhr es ihr durch den Kopf. Ihr Kiefer knackte, während sie um Fassung rang und nach Luft schnappte. Blut rann aus ihrem Mundwinkel. „Noch ein Ton, und ich lasse den da auf dich los, hier ist niemand, der dir helfen kann, niemand, begreife es endlich. Seit heute sind wir beide allein, du und ich und Jack Brown natürlich, der auf dich aufpasst, während ich nicht da bin. Sei schön brav, sonst mache ich etwas Unanständiges mit dir“, warnte der Mann sie und deutete mir der Messerspitze hinter seine Schulter auf den Hund, der in der Tür saß und alles genau beobachtete. „Der Braune wird dich in Stücke reißen“, fuhr der Mann mit gepresster Stimme fort, der Hund stand bei der Erwähnung seines Namens auf und wedelte mit dem Schwanz. „Bleib, wo du bist“, knurrte der Mann, ohne sich umzublicken. Das Tier gehorchte. „Trink das“, befahl der Mann, drehte an dem Verschluss und presste ihr den Flaschenhals gegen die blutigen Lippen. Auch sie gehorchte und schluckte das Wasser, das leicht nach Zitrone schmeckte. „Ich werde deine Schmerzen lindern, aber du musst mir versprechen, nicht zu zucken.“ Ohne auf irgendeine Regung zu warten, drehte er die

Flasche zu und griff hinter seinen Rücken. Er hatte einen Rucksack dabei.

Sam schloss die Augen. Etwas berührte ihre verätzte Haut an der linken Hand. Es war kalt, weich und lindernd. Als sie die Lider anhob, sah sie, wie der Mann ihr sanft mit den Händen eine glibberige Masse auftrug. Sam rührte sich nicht. Auch hatte ihr der Mann die scharfen Glasränder abgeschnitten, die jetzt wie zwei Kronen auf dem staubigen Boden rechts und links neben ihr lagen. „Jetzt machst du wieder den Mund auf, ohne dabei zu schreien“, sprach er leise. Er klang nicht mehr gereizt, eher müde. Sam gehorchte. Trotz des pochenden Stechens öffnete sie den Mund.

Der Mann griff erneut in seine Tasche und förderte eine Spritze zutage. Sams Herz zog sich zu einem Eisklumpen zusammen. Aber sie verschloss ihren Mund dennoch nicht. Tränen nahmen ihr die Sicht. Sam blinzelte sie weg und starrte angsterfüllt auf ihren Peiniger - eigentlich nur in seine sanftmütigen Augen, die von Mitleid erfüllt waren, das jedoch nicht ihr galt, das wusste Sam. Dennoch beschäftigte sie dieser Gedanke mehr als alles andere, weil sie sich davor fürchtete, an die Folgen zu denken, an die Folgen, welche diese Spritze mit sich bringen würde.

„Es tut nicht weh, wenn du dich nicht bewegst - halte einfach nur still“, flüsterte der Mann und stach ihr unter die Zunge.

Ein schmerzerfülltes Stöhnen drang aus Sams Kehle. Die Welt um sie kreiste wie ein Karussell. Wie in einem Alptraum gefangen, aus dem sie nicht erwachen konnte, sah sie, wie der Mann ihr die Hände mit einem weißen Mull verband. Sie betrachtete das Ganze wie aus weiter Ferne. Ihre Zunge lag bleiern in ihrem Mund. Wie ein kaltes Stück Fleisch, das viel zu groß für ihren Mund war und nicht richtig hinein passen wollte. Sie war zwar bei klarem Verstand, dennoch fühlte sich ihr Körper fremd an.

Dann schwebte sie über den Boden. Sie war schwerelos. Ihr Kopf lag tief im Nacken. Sie sah das Wellblech über sich, dann den grauen Himmel, Bäume, die ihr im flauen Wind zuwinkten. Das Rascheln der Blätter und das monotone Stampfen der Füße vermischte sich mit dem Rauschen in ihrem Kopf und wurde zu einem angenehmen Geräusch, wie das der Wellen vom blauen Meer, das auf den sandigen Strand traf und sich über die feinen Sandkörner und viele kleine bunte Muscheln ergoss. Der Mann hielt sie fest in seinen Armen und trug sie fort. Sam sah jedoch zum Himmel empor und lächelte.

Kapitel 42 (Johannes)

Das enervierende Trällern an der Tür reißt mich aus einem unruhigen Schlaf. Ich hebe den Kopf, um festzustellen, dass mein Kopf auf meinem Unterarm gelegen hat. Ich bin wieder in meinem Büro eingeschlafen. Zum Glück ist meine linke Gesichtshälfte von Geburt an taub, so bleibt mir das unangenehme Kribbeln erspart. Ich brauche noch einen Augenblick, um zu begreifen, dass das Klingeln nicht das Geräusch aus meinem Traum war, welches mich geweckt hat. Ich zwänge mich aus dem Bürostuhl und verziehe das Gesicht. Meine Beine sind auch taub, aber nicht seit der Geburt, das Kribbeln wie von Tausend Ameisen kriecht von den Fußspitzen bis in meine Lendenwirbel und lässt mich straucheln. Ich stütze mich an der Tischkante ab und manövriere meinen malträtierten Körper zum offenen Fenster. In der Einfahrt erspähe ich einen schwarzen Wagen, der quer steht. Lars, stelle ich fest und rücke mit beiden Händen meine Wirbelsäule durch.

„Lars", rufe ich flüsternd, mich tief aus dem Fenster gelehnt. Der junge Kommissar torkelt rückwärts gen Himmel schauend, so lange, bis er mich im Blickfeld hat.

„Guten Morgen, Doktor Hornoff“, flüstert auch er. Seine Augen sind vom Schlaf gerötet. Er streift sich das blonde Haar hinter die Ohren und macht ein zerknautschtes Gesicht. „Ich wollte Sie nicht wecken, aber Herr Breuer möchte Sie unbedingt sprechen. Er hat die ganze Nacht in seinem Büro verbracht und ist auf etwas gestoßen, das er Ihnen nicht vorenthalten möchte.“

Ich nicke, hebe die Hand vor den Mund und gähne gegen den Handrücken. Auch Lars kann sich das Gähnen nicht verkneifen.

„Ich bin gleich bei dir“, sage ich und warte nicht länger ab.

Ich gehe schnell ins Bad, ziehe das Hemd aus, betrachtete im Spiegel meine Brust, die von einer langgezogener Narbe verunziert ist, hole tief Luft, als müsste ich mich wappnen, und halte meinen Kopf unter den Wasserhahn. Das eiskalte Wasser treibt den Rest des Schlafs aus mir heraus. Eine Gänsehaut krabbelt über meinen Rücken, während ich mir das Haar trocken reibe. Mein dunkles Haar ist an den Schläfen grau, das Gesicht von langen Nächten müde, die Augen leicht angeschwollen.

„Du wirst langsam alt, Johannes“, höre ich eine angenehme Stimme von der Seite und sehe im Spiegel die weibliche Silhouette, die in mein Hemd gehüllt ist. Sonja steht mit der Schulter an den Türrahmen gelehnt da und betrachtet mich.

„Was muffelt hier so nach altem Fett?“, wechsle ich das Thema und rümpfe die Nase.

„Mein Vater ist ein narzisstischer Patriarch, so hat dich dein Sohn bezeichnet, weil er jetzt in einem Schnellimbiss arbeiten muss. Das ist seine Uniform, die so streng nach altem Fett und Schweiß riecht. Obwohl ich sie schon einmal gewaschen habe.“ Sonja lächelt und kommt näher an mich heran.

Eine latente Genugtuung breitet sich in meiner Brust aus, die mich von innen heraus zu wärmen beginnt. Das Leben besteht nicht aus Müßiggang, denke ich mir und schweige beharrlich, lasse Sonja weiter sprechen.

„Er arbeitet als Brater.“ Nun lacht sie etwas breiter und schmiegt sich an mich.

„Er darf also dieses Zeugs, was viele für Fleisch halten, heiß machen?“ Ich drücke meine Frau fest an mich und presse meine Lippen an ihr blondes Haar, das nach Flieder und Vanille riecht.

„Unser Tim hat sich in der Abendschule angemeldet, nächstes Jahr geht er wieder aufs Gymnasium.“ Ihre sanften Finger berühren die Narbe. Mit dem Zeigefinger fährt Sonja darüber. „Du bist ein guter Vater, Johannes, aber ein miserabler Ehemann, wenn du heute Nacht nicht im Schlafzimmer schläfst, werde ich mich von dir scheiden lassen.“ Eine warme Woge durchströmt meinen Körper. Ich drücke erneut einen Kuss auf Sonjas Haar. Jetzt riecht sie eine Nuance nach Sex.

„Ich verspreche dir, dass ich meinen Pflichten nachkommen werde, doch jetzt wartet Lars unten vor der Tür auf mich. Mit einer faulen Ausrede wie Sex kann ich nun nicht wirklich aufwarten.“

Wir beide lachen leise. Ich bekomme von Sonja einen zarten Kuss auf die Lippen. „Ich richte dir deine Sachen. Kämm du dir dein Haar“, flüstert sie und geht auf nackten Füßen ins Schlafzimmer.

Kapitel 43 (Der Henker)

„Du musst keine Angst haben“, beruhige ich Samantha. „Einstweilen habe ich gedacht, ich wäre verrückt, ein Psychopath, aber die Ärzte haben mich beruhigt.“ Meine Finger sind flink. Mit schnellen Bewegungen binde ich ihre bandagierten Hände an die Lehnen eines alten Rollstuhls fest. Sie sitzt mit leicht geöffnetem Mund einfach nur da und starrt scheinbar dümmlich in die Leere. Während ihr Äußeres einen geisteskranken Menschen vortäuscht, ist sie die ganze Zeit über bei klarem Verstand. Alles, was um sie herum passiert, nimmt sie deutlich wahr.

Es folgt ein betretenes Schweigen. Ich wische mir den Schweiß von der Stirn und werfe einen verstohlenen Blick auf einen vorbeihuschenden Fahrradfahrer. Wir befinden uns unweit der Hauptstraße auf einem leeren Parkplatz. Bald werden sie erwachen. Autos werden vorbeirauschen, so dicht an Samantha vorbei, dass sie von dem Sog mitgerissen werden könnte, wenn die Bremse des Rollstuhls versagen sollte.

Meine Stimme klingt sanft, während ich mich erneut an die junge Frau wende: „Heute wirst du nicht sterben, meine Süße.“ Meine Finger fahren sinnlich über ihre Wange, dann über die nackte Schulter. „Ich bin nicht verrückt. Der Grund für den Aufenthalt in der Psychiatrie war ein simpler Zusammenbruch meiner Psyche, der auf einem schicksalhaften Ereignis beruhte. Es war nur eine leichte kognitive Beeinträchtigung, wie gesagt, es war nur eine Art Schutzmechanismus, der mich davor bewahrte, durchzudrehen. Es war keine psychische Erkrankung, nur ein Folgeschaden nach einem Unfall, bei dem mein Denkorgan verletzt wurde. Ich habe mich mit einem Polizisten geprügelt, weil er mich nicht zu ihm ließ, zu dem Mann, der für den Tod meiner Tochter verantwortlich gewesen ist, und du sollst dabei keine untergeordnete Rolle spielen. Später wollte ich den Mann mit einem pneumatischen Bolzenschussgerät erschießen, aber das Scheißding ging zu früh los. Man soll keine China-Geräte aus dem Internet bestellen. Aber wie gesagt, heute wirst du nicht sterben. Komm."

Ich verbinde ihr die Augen, ziehe ihr eine Mütze über und setze ihr eine große Brille auf. Die Augenbinde, die Janina früher zum Schlafen verwendet hat, ist gut kaschiert. „Weißt du eigentlich, was Gaffer sind?", rede ich in beiläufigem Ton und schiebe sie vor mir her. Wie ein Pflegedienstler, der mit einem Patienten einen morgendlichen Spaziergang tätigt. Samantha sabbert, aber auch daran habe ich gedacht und ihr ein Lätzchen umgebunden. Ich erschauere, als ich meine Tochter vor meinen Augen sehe. Wie oft war ich so mit ihr spazieren gegangen.

„Wir sind da", raune ich Sam ins Ohr und bekomme ein keuchendes Stöhnen als Antwort. Ich stelle sie direkt an die Bordsteinkante. Die vorderen Räder ragen fast schon über den kantigen Rand. Eine falsche Bewegung, und sie fällt samt dem Rollstuhl auf die Straße. Ich betätige die Bremse und lasse meinen Blick über die Straße schweifen. Große Häuser stehen auf der gegenüberliegenden Seite. In manchen der Fenster brennt Licht. Wie graue Quader stehen die Wohnkomplexe reihum und versperren mir die Sicht auf die aufsteigende Sonne, die den grauen Himmel in ein dunkles Rot tüncht. Hinter mir ist nichts, nur eine zerfurchte Landschaft. Hier entsteht eine Wohnlandschaft für geringfügig Beschäftigte.

„Konzentriere dich ganz einfach auf deine Ohren“, höre ich meine Stimme, die aufgerieben, matt und ausdruckslos klingt. Schon braust der erste LKW an uns vorbei und bringt uns beide zum Schaukeln. Der Rollstuhl ächzt unter Samanthas Gewicht und der Wucht des Windes, den der Lastwagen gegen uns geschleudert hat.

„Spürst du die Hilflosigkeit, spürst du es in deiner Brust, wie sie in dir aufsteigt? Du warst damals dabei. Erinnerst du dich, wie der Rollstuhl meiner Tochter sich selbstständig gemacht hat? Ich habe dich gesehen. Du standest an der Treppe und hast alles genau beobachtet. Und anstatt etwas zu unternehmen, hast du später die Sanitäter daran gehindert, schnell zum Unfallort vorzudringen. Du bist an einer der Stufen abgerutscht und hast dich am Knöchel verletzt. Einer der Männer eilte nach unten, doch du hast ihn am Hosenbein gepackt und den Mann angeschrien. Währenddessen lag meine Tochter auf den Gleisen und verblutete. Fünfzehn Sekunden, vielleicht zwanzig haben gefehlt, keine halbe Minute, und meine Tochter wäre womöglich noch heute am Leben. 120 Passanten standen daneben, ich habe sie alle gezählt, immer und immer wieder, und keiner hat meinem Kind geholfen, keiner!“ Ich presse die Zähne aufeinander und balle die Hände zu Fäusten. Und wieder fährt ein Wagen an uns vorbei, auch diesmal zieht der Sog an uns und zerrt an unseren Kleidern. Anstatt anzuhalten, hupt der Fahrer, der Beifahrer beschimpft uns in einer mir unbekannten Sprache aus dem offenen Fenster. Ich drehe den Kopf nach rechts und sehe, wie der Mann mir den Mittelfinger ausstreckt.

„Er hat uns einen Stinkefinger gezeigt“, informiere ich Sam. Erneut erklingt ein feuchtes, gequältes Stöhnen, zu mehr ist sie nicht fähig, ich habe ihre Zunge betäubt. „Es gibt nur eine Möglichkeit, dich von diesen Qualen zu befreien, doch glaube mir, du bist noch nicht bereit dazu.“ Ich schweige und stelle mich einfach neben sie, ich trage die schmutzige Montur eines Straßenarbeiters und starre einfach geradeaus. Einige Passanten bedenken mich und Samantha mit einem schiefen Blick, doch keiner spricht uns an. Ich werfe einen kurzen Blick auf die Uhr, in etwa einer Stunde werde ich nach Hause fahren müssen, nicht dass sich meine Frau noch Sorgen macht wegen meiner Verspätung, auch werde ich Samantha wieder zurückbringen müssen. Der Alptraum der gestrigen Nacht, in der ich den Tod meiner Tochter miterlebt habe, will immer noch nicht aus meinem Kopf und verursacht dieselben Schmerzen wie ein mächtiger Kater nach einer durchzechten Nacht. Der milchige Nebel vor meinen Augen verfliegt allmählich, ich lutsche an einer Tablette, die anbrechende Morgenröte verspricht einen sonnigen Tag. Ich hole tief Luft und überlege, wie ich weiter vorgehen werde.

Zuerst wollte ich mein Leben beenden, bin jedoch drei Mal daran gescheitert, scheinbar werde ich da oben nicht gebraucht. Ich hatte mich schon immer nach einer Familie gesehnt, das war mein Lebensziel, doch mit dem Ableben meiner geliebten Tochter zerfiel das festgefügte Beisammensein wie ein Kartenhaus. Alles, was mir geblieben ist, sind die Erinnerungen und eine schwarze Leere.

Kapitel 44 (Johannes)

Lars lässt mir den Vortritt. Ich darf als Erster die Höhle des Löwen betreten. In Karls Büro riecht es nach Unmengen Kaffee, schwerem Zigarettenrauch und altem Papier. Der Polizeihauptkommissar sitzt an einem Tisch, der mit Mappen und Papiertüten überhäuft ist. Zwei große Thermoskannen und ein Papierkorb, der mit leeren Kaffeebechern bis an den Rand gefüllt ist, erklären, warum Karl so beschissen aussieht. Sein Gesicht hat einen gräulichen Teint, das Weiß der Augen ist gerötet und blutunterlaufen. Seine Bartstoppeln sind länger als sein raspelkurzes Haupthaar. Es brennt nur die Tischlampe und haucht der Atmosphäre etwas Unnatürliches ein. Meine linke Hand drückt auf den Lichtschalter, die Deckenbeleuchtung geht flackernd an. Als Karl Breuer den Kopf hebt, blinzelt er und reibt sich mit Daumen und Zeigefinger über die Augen, dann dreht er sich langsam zu uns um. Sein müder Blick irrlichtert zwischen Lars und mir. Fahrig greift er nach seinem Telefon. Seine Augen werden zu zwei schmalen Schlitzen. „Verdammt", brummt er und schlürft an seinem zigsten Kaffee, doch der Becher ist leer.

„Guten Morgen, Karl." Meine Stimme zerreißt die knisternde Stille. Der große Mann steht mit zerknirschter Miene auf und geht zum Fenster. Er macht es auf und zündet sich eine Zigarette an.

„Etwas Unterstützung wäre für mein Hirn, das ich mir wundgescheuert habe, wirklich nötig, Doc“, brummt er dann und bläst eine blaue Wolke in die morgendliche Kühle. „Meine freundliche Unvoreingenommenheit, die ich normalerweise zu pflegen gedenke, wenn ich an einem Fall arbeite, ist erschöpft, alles, was mir geblieben ist, ist unbändiger Hass, Johannes. Warum macht er das alles?“ Der letzte Satz klingt nicht wie eine Frage. Karl hat etwas gefunden. „Er ist psychisch krank, aber er weiß sich zu verstecken. Trotzdem glaube ich, dass wir es hier mit einem Serienkiller zu tun haben, der intelligent genug ist, sich durch seine Taten nicht zu verraten. Er wähnt sich in Sicherheit und geht in dem, was er macht, nämlich dem Abschlachten junger Frauen, vollkommen auf.“

„Urteile sollte man nicht zu vorschnell fällen, Karl. Sag mir einfach, was dich die ganze Nacht wachgehalten hat?“

Karl fährt sich mit der flachen Hand über die Haarstoppeln seiner vernarbten Wange. „Die Zeitabfolge der Geschehnisse, die Tatorte, die Toten selbst ergeben für mich keinen richtigen Reim. Da fehlt etwas.“

„Wie die einzelnen Bilder in einem Film.“ Ich gehe zum Tisch und werfe einen Blick darauf. Karl hat sich viele Notizen gemacht.

„Ja, ich stimme dir da vollkommen zu. Alles wirkt ruckartig, dem gesamten Ablauf fehlen Fragmente ...“

„Die für uns von einer alles entscheidenden Bedeutung sind“, falle ich ihm ins Wort. Karl nickt und schnippt den Zigarettenstummel durchs Fenster.

„Ich habe mich durch unzählige Akten geklickt." Karl kommt näher zu mir. Auch Lars steht neben dem Tisch und wartet auf etwas. „Zuerst du, Lars, sag du unserem Doktor, worauf du gestoßen bist." Der bullige Kommissar zeigt mit dem Kinn auf seinen jungen Kollegen und fordert ihn zum Sprechen auf.

Lars räuspert sich und hüstelt seine Stimme frei. „Die Parzelle wurde eine Zeit lang von Familie Helm gepachtet", setzt er uns in sachlichem Ton in Kenntnis.

„Jetzt bin ich dran. Ich bin auf einen Fall gestoßen, der eigentlich nicht abgeschlossen ist."

„Ein Cold Case? Das ist ..."

„Nicht wirklich", unterbricht mich Karl ungeduldig, „die Kollegen waren sich nicht sicher, ob es sich um einen Unfall oder Selbstmord handelte, also wurde der Fall vorläufig auf die Seite gelegt. Die Überwachungsbilder geben nicht viel her, also bleibt da viel Platz für Spekulationen und Eigenkreativität." Karl kramt in dem Papierwust. Nach einigen Sekunden und mehreren Flüchen fördert er einige Blätter zutage und drückt mir diese in die Hand. „Es geschah vor etwa drei Jahren", redet er weiter, während ich mir die Bilder anschaue. Alles darauf ist verschwommen. „An diesem Tag fiel ein Mädchen samt seinem Rollstuhl auf die Gleise. Janina Helm."

Ich verharre mitten in der Bewegung und schaue Karl durchdringend an. Seine Augen funkeln. „Ganz genau, Doc. Du hast dich nicht verhört. Sie war mit ihrem Vater unterwegs, er hat vergessen, sich eine Fahrkarte zu besorgen, und ließ sie kurz allein. Das Mädchen ist dasselbe, das in Dresden vom Starkstrom sehr schwer verletzt wurde. Sie war gehbehindert und blind. Armes Ding", fügt Karl traurig hinzu und zerrt noch zwei weitere Blätter aus einem Stapel heraus. „Das ist der damalige Bericht." Während ich meinen Blick darauf konzentriere, fährt Karl mit seiner Berichterstattung fort. „Etwas ist an dem Tag schief gelaufen. In der Zeit des Wegbleibens von Herrn Helm muss sich entweder die Bremse gelöst haben oder er hat vergessen, sie zu betätigen. Auf jeden Fall kam der Rollstuhl in Bewegung und fiel nach unten. Die Passanten halfen Janina nicht. Sie schrie auch nicht um Hilfe, so die Zeugenaussagen. Der Zug konnte nicht rechtzeitig angehalten werden. Er rollte über sie hinweg."

Meine Brust schwillt an. Wut und Fassungslosigkeit steigen in mir hoch. „Keiner hat sich verpflichtet gefühlt, da einzugreifen?"

Karl nickt. „Es kommt noch schlimmer. Janina war nicht sofort tot. Die Sanitäter waren auch schnell vor Ort. Doch sie kamen trotzdem zu spät, weil sie von einer weiteren Person aufgehalten wurden."

„Dem Vater?"

Karl schüttelt entrüstet den Kopf. „Eine junge Frau. Samantha Bierstock. Die Sanitäter sahen sich gezwungen, zuerst Samantha notdürftig zu untersuchen, weil sie in dem Durcheinander davon ausgegangen waren, dass sie der Grund des Notrufs gewesen ist. Nur eine Minute später wurden sie von dem aufgebrachten Vater und anderen Passanten aufgeklärt, doch es war zu spät."

„Diese junge Frau, was ist mit ihr? Da ist doch was, ein Zusammenhang, der dir Kopfzerbrechen bereitet, habe ich recht, Karl?“, mutmaße ich.

Karl holt geräuschvoll Luft und nickt knapp. „Ich habe gestern Abend bei ihr Zuhause angerufen.“ Karl macht eine Pause und lässt den Satz in der Schwebe.

„Sie wird vermisst“, flüstere ich.

Erneutes Kopfnicken. „Ein weiteres potenzielles Opfer, befürchte ich.“

Lars und Karl stehen mir direkt gegenüber. Auf ihren Gesichtern liegt eine Mischung aus Wut und Beklommenheit. „Wäre der Fall damals mit mehr Sorgfältigkeit angegangen worden, wer weiß, vielleicht wäre uns all das hier erspart geblieben.“ Karl deutet auf seinen Tisch. „Diese Samantha Bierstock wurde zum letzten Mal von ihrer Freundin gesehen, sie hat auch als Erste das Verschwinden ihrer besten Freundin bemerkt und ihr Wegbleiben bei der Polizei gemeldet. Aber bei einer erwachsenen Frau von sechsundzwanzig Jahren geht man nicht sofort vom Schlimmsten aus. Der eigentliche Grund, warum die Kollegen von der Vermisstenstelle nicht sofort reagierten, ist ein anderer. Wir alle sind einfach überfordert. Unser Staat verkommt, uns fehlt es überall an Mitteln wie auch an Personal.“ Argwohn und bittere Enttäuschung stehen ihm deutlich ins Gesicht geschrieben.

„Wie gedenkst du weiter vorzugehen, Karl?“

„Du und Lars, ihr beide werdet der Familie Helm wie geplant einen Besuch abstatten. Ich schnappe mir Edgar und fahre zum Tätowierer.“

Mir fallen beinahe die Blätter aus der Hand. Ich runzle die Stirn und warte einfach ab.

„Samantha wollte sich ein Tattoo stechen lassen. Samanthas Freundin hat deswegen in einem Tattoo-Studio für sie einen Gutschein besorgt, als Geburtstagsgeschenk. Danach kam Sam nicht mehr zurück. Herr Derr, genannt Igel, ist der Besitzer des Studios, mal sehen, was das für ein Kerl ist, dieser Igel."

„Hast du eine Kopie von den Überwachungsbildern?"

„Ja, klar, liegt alles zum Senden bereit." Karl geht um den Tisch herum und klickt auf die Maus. „Habe alles an euer gemeinsames Postfach geschickt, ist doch recht so? Oder ist Benjamin nicht mehr mit im Boot?"

„Natürlich."

„Dann ist ja alles im Lot. Lasst uns einen Kaffee trinken."

„Ich habe da noch etwas." Unsere ganze Aufmerksamkeit gilt Lars. „Wir haben den Wagen von Lena Martins gefunden. Er ist allem Anschein nach von jungen Randalierern vom Ort des Geschehens gestohlen worden, sie sind damit solange gefahren, bis der Tank leer wurde, und haben ihn dann auf einem Parkplatz abgestellt. Der Kleinwagen, es ist ein VW Polo, wurde später abgeschleppt. Auf jeden Fall ist der Wagen sichergestellt, aber wir haben keine brauchbaren Spuren gefunden."

Obwohl Karl übernächtigt aussieht und seine Kleidung nicht mehr frisch ist, denkt er nicht an eine Pause. Er ist ein Arbeitstier. Als habe er meine Gedanken gelesen, schnappt er nach einer ledernen Mappe, die er sich unter die Achsel klemmt, und bedenkt mich mit einem beschwörenden Blick. „Man muss dem Täter beharrlich auf der Spur bleiben, damit er keine Zeit hat, diese zu verwischen und möglicherweise so zu entwischen, merk dir das, Johannes." Ein schiefes Grinsen kräuselt seinen linken Mundwinkel. „Kommt, solange in dem Scheiß-Kaffeeautomat noch etwas von dem Zeug drin ist, was mich einigermaßen auf den Füßen hält. Eine Frage, Doc", wir gehen in den schmalen Flur, „was meinst du, frönt der Mörder dem Tod, oder ist der Antrieb für seine Taten ein anderer, dient das Töten einem höheren Ziel? Was ist deine Vermutung?" Unsere Schritte hallen von den grauen Wänden wider.

„Auf einem der Bilder, auch wenn sie nicht wirklich scharf sind, kann man deutlich erkennen, wie der Mann, deinen Worten nach ist er Janinas Vater, in die Kamera schaut. Er fragt eine der Passantinnen und deutet dabei auf seine Tochter. Ich glaube, er wollte, dass die Frau während seiner Abwesenheit ein Auge auf Janina wirft. Aber kurz darauf ist diese Frau nicht mehr da." Ich lasse die Blätter an meinem Daumen vorbei zirpen, bis ich das gewünschte Foto entdeckt habe. Es sind immer acht kleine Bilder auf einem DIN-A4-Blatt. „Hier." Wir bleiben stehen. Ich klopfe mit meinem rechten Zeigefinger auf beide Fotos. „Siehst du?" Dann zeige ich auf die Zahlen im oberen Eck, die das Datum und die Zeit anzeigen. „Keine Minute ist vergangenen, schon ist diese Frau nicht mehr da. Sie hält ein Smartphone, an ihren Ohren hängen weiße Drähte runter, sie hört Musik, was der Mann gesagt hat, hat sie nicht interessiert. Danach ist sie einfach gegangen, um weitere Konfrontationen zu umgehen. Sie hatte einfach keinen Bock auf diesen Kerl, so sind wir nun mal geworden." Ich blättere weiter. „Außerdem ergibt es dann gar keinen Sinn. Warum sollte er dann all die Frauen töten?"

„Weil sie vielleicht damals das Mädchen dazu animiert haben, auf den Waggon zu klettern?" Karl bleibt vor dem Kaffeeautomaten stehen und wirft Münzen hinein, seine Bewegung ist mechanisch.

„Das ist der Knackpunkt", erwidere ich und schnappe als Erster nach dem Becher. „Das Alter der Frauen, das passt nicht zusammen. Nur beim ersten Mädchen, aber da wissen wir, dass sie damals dabei war. Luzia und Janina waren beste Freundinnen. Das zweite Opfer und die Vermisste, die sind viel älter."

Ein versunkenes Lächeln tritt auf Karls Gesicht. Er greift nach seinem Becher und betrachtet mich über den Rand. Mit verzogener Miene nippt er an seinem Kaffee. „Nicht schlecht, Doc. Holzauge, sei wachsam." Er schüttelt leicht den Kopf und macht Platz, damit auch Lars sich einen Kaffee holen kann. „Wir sehen uns heute Abend", sagt Karl, greift in seine Hosentasche und wählt eine Nummer. Er entfernt sich von uns. „Edgar, ich brauche dich und deine Requisiten. Hast du ein Tattoo?", brummt er in den Hörer. Ich lausche dem immer leiser werdenden Monolog und muss schmunzeln, selbst in diesem Zustand rückt der Polizeihauptkommissar Breuer mit seinem schwarzen Humor dem jungen Forensiker auf die Pelle. „Dann wird es höchste Zeit für einen

Besuch bei einem Tätowierer.“ Karl lacht dreckig auf und verschwindet hinter einer Tür.

Lars blickt zuerst betreten drein, dann hebt er einen Mundwinkel.

„Und wie läuft es zwischen dir und Michaela?“

Lars ist froh über den Themenwechsel und erzählt von meiner Nichte und ihren gemeinsamen Plänen, mit denen Lars nicht wirklich einverstanden ist. Wir gehen nach unten zu seinem Wagen.

Kapitel 45 (Johannes)

„Ihr seid zu früh dran“, ruft uns Karl über die Schulter zu, während er sich in seinen schwarzen BMW setzt. „Familie Helm erwartet euch erst in einer Stunde.“ Er hebt seinen linken Arm und klopft mit seinem rechten Finger auf die nicht vorhandene Uhr.

„Wir können etwas frühstücken“, schlägt Lars vor.

„Ich lade dich ein“, stimme ich zu und mache die Tür auf. Ich sehe, wie Karls Wagen aus der Parklücke schießt und davonrast.

„Sagte er nicht, das Tattoo-Studio öffnet erst später?“ Lars sieht mich dabei konsterniert an und startet den Wagen.

„Wer weiß, was in einem Kopf vorgeht, wenn das Hirn mit Koffein und Nikotin vollgepumpt ist“, erwidere ich. „Aber Karls Finesse besteht darin, so zu handeln, wie man es von ihm am wenigsten erwartet. Eine gute Taktik, die nicht jeder beherrscht. Diese Arbeit stürzt uns in solche Kontraste, die uns oft psychisch zusetzen. Da muss ein guter Spürhund, wie Karl einer ist, kreativ bleiben, um nicht dem Trott des Alltags zu verfallen. Aber ich glaube, es gibt einen anderen, viel triftigeren Grund dafür, warum er sich kopfüber in den Fall stürzt und sich keine Zeit lässt, um Atem zu schöpfen.“

„Sie meinen die Sache mit Lisbeth?“

„Es wäre seine dritte gescheiterte Ehe. Jetzt lass uns aber bitte zum Bäcker fahren, auf nüchternen Magen kann ich nicht konstruktiv denken."

Kapitel 46 (Sam)

Samantha war gleichzeitig nach Lachen und Weinen zumute, weil alles ein beschissener Alptraum war, der sich ziemlich real anfühlte. Alles erschien ihr komplett irrsinnig.

Während sie nach Luft rang und sich die Seele aus dem Leib kotzte, grinste ihr Peiniger sein kühles, durchsichtiges Lächeln, nur mit den Mundwinkeln. In seinen Augen spiegelte sich Wahnsinn wider.

In Sams Kehle gurgelte es feucht und zischend, doch nichts als gelbe, schleimige Galle tropfte in zähen Fäden von ihrer Lippe. Sie befand sich wieder in dem Versteck, nachdem sie eine gefühlte Ewigkeit um ihr Leben gebangt hatte. So viel Angst hatte sie noch nie in ihrem Leben verspürt wie in den vergangenen Stunden. Erneut stieß sie einen ekelerregenden Husten von sich. In ihrem Mund brannte die Galle wie Feuer und verätzte ihre so schon gereizte Speiseröhre. Der Bauch und der Magen verkrampften sich. Auch sämtliche Muskeln verspannten sich und zerrten schmerzhaft an ihren Fingern und Zehen, die sich wie Klauen zusammenkrümmten. Ihr Blick fiel auf die von frischem Blut durchtränkten Mullbinden.

Eine grobe Hand packte sie an den Haaren und zerrte sie vom Boden hoch. Sam riss den

Mund weit auf. Tränen vermischt mit Rotz und anderen Flüssigkeiten tropften von ihrer aufgeplatzten Unterlippe. „Wenn du schreist, töte ich dich“, raunte ihr der Mann aufs Neue ins Ohr. Sein Flüstern ließ sie frösteln.

„Bitte“, keuchte sie.

„Was, was hast du gesagt?“ Er schleuderte sie von sich weg und verzog angewidert sein Gesicht. „Du kotzt mich an.“

Sam streckte ihre Arme aus und dämpfte so den Sturz, doch sie bereute es sofort, denn der Schmerz raubte ihr für einen Moment das Bewusstsein. Der Verband an ihrer rechten Hand löste sich und rutschte weg. Sie sah das rote, nackte Fleisch, Hautfetzen lösten sich und hingen wie Lappen von ihrem Daumen herunter.

„Du kotzt mich an“, wiederholte der Mann angewidert und verpasste ihr einen Tritt gegen die Rippen.

„Es tut mir leid.“ Sam war sich nicht sicher, ob sie sich nur in Gedanken bei dem Mann entschuldigte oder die Worte laut aussprach. Ihre Hände zitterten. Wie in Trance zupfte sie einen Hautfetzen von ihrem Daumen, so als wäre es ein welkes Blatt, das an ihren Händen hing.

„Was sagst du? Ich höre dich nicht! Was?“

„Es tut mir leid.“

Der Mann machte ein mürrisches Geräusch. „Warum bist du weggegangen? Meine Tochter bat dich genauso wie du mich jetzt um Hilfe. Doch stattdessen bist du einfach weggegangen. Wie fühlt sich das an?“

Samantha hörte ihrem rasselnden Atem zu, dabei tauchten Bilder in ihrem Kopf auf. Sie flimmerten. Wie bei einem Horrorfilm. Schwarz-weiße Fragmente tauchten vor ihrem inneren Auge auf. Tatsächlich erinnerte sie sich an ein Mädchen im Rollstuhl. Das Mädchen sprach angestrengt, so als täte ihr jedes Wort weh. Auch ihre Hände waren verbunden. So wie ihre jetzt. Aber Sams Gedanken waren an dem Tag woanders, in ihren Ohren klang laute Musik. Und die Hände des Mädchens hatten sie abgeschreckt, sie fand es eklig. Das Mädchen hatte ein Lätzchen um. ‚So wie ich', fuhr es durch Samanthas Kopf. Der Gedanke hinterließ eine Eiseskälte in ihr. „So wie ich, so wie ich", wiederholte sie die Worte wie ein Mantra. Sie lag zitternd und bleich auf dem Boden und zog ihre Beine an, das panische Klopfen ihres Herzens war ohrenbetäubend. Der Mann saß in der Hocke vor ihr. Das Gesicht rot. Er schrie sie an, doch sie hörte nur das laute Wummern in sich.

„Haben Sie uns gerufen, sind Sie verletzt?", drang die beruhigende Stimme eines jungen Sanitäters aus ihrer vergessen geglaubten Erinnerung bis zu ihr durch. Doch er sprach zu ihr mit der Stimme dieses Wahnsinnigen. Statt in ein nettes Antlitz starrte sie in die Augen ihres Peinigers, obwohl sie ihre Augen geschlossen hielt. Sie wurde schier wahnsinnig.

„Ja, ich glaube, ich habe mir das Bein gebrochen", herrschte sie den Mann mit weinerlicher Stimme an.

„Meine Tochter, sie stirbt, bitte helfen Sie mir, meine Tochter, sie …", schrie jemand in ihrem Kopf. Sie sah die Bilder wieder, jemand zwängte sich durch die Menge, die immer dichter wurde. Es war ein Mann, er lief wie ein Irrer umher, dann packte er einen der Sanitäter in der grellgelben Warnweste am Arm und zerrte ihn mit sich.

„Warten Sie, mein Bein“, empörte sich Sam und hielt den Mann am Hosenbein fest. Sie ließ ihren Blick über die Menge schweifen, doch die Gesichter hatten sich von ihr abgewandt. Einige hielten wie bei einem Konzert ihre Handys über den Köpfen.

„Aber wir wurden wegen eines Notfalls ...“

„Ich bin verletzt“, schrie Samantha den Mann an.

Samantha wurde erneut an den Haaren gepackt. Die Erinnerung riss ab, und sie befand sich wieder in dem Verschlag. Zwei grobe Finger drückten ihr gegen die Wangen. „Trink das, sonst verreckst du mir heute noch.“ Sie schluckte das warme Wasser und musste husten. Dann stopfte der Mann ihr den schmutzigen Lappen tief in den Mund. Seine Hand zerrte sie am Handgelenk. Ihre Fersen schleiften über den Boden und hinterließen zwei kaum sichtbare Spuren. Etwas schnappte metallisch zu und drückte fest gegen ihr Fleisch. Er hatte sie wieder in Ketten gelegt.

„Die Polizei sucht nach mir.“

Etwas wie Hoffnung glomm in ihr auf, doch Sam war zu verstört, um das Gesagte richtig zu deuten. Der Mann kauerte wieder dicht vor ihr. Sie konnte sogar seinen faulen Atem riechen. Doch als sie die Lider hob, sah sie nicht den Mann, sondern den großen Hund. Er hechelte. Seine riesige Zunge hing schlaff zur Seite. Der redete mit ihr. Halluzinierte sie etwa? Die Netzhaut brannte bei jedem Lidschlag, weil ihr jemand mit der Taschenlampe in die Augen leuchtete.

„Die Polizei fahndet nach mir. Selbst die Reporter zerreißen sich die Mäuler, schreiben gegenseitig ab und interpretieren sogar etwas hinein. Und weißt du, was die über mich sagen?“ Der Hund lachte ein dreckiges Lachen. „Der Mann ist unberechenbar. Er wählt seine Opfer scheinbar zufällig, doch bisher sind es ausschließlich junge Frauen. Er überwältigt sie und hält sie tagelang in seinem Versteck gefangen. Danach tötet er sie auf bestialische Weise. Für die Ermittler bedeutet das viel Blut und zerfetzte Körper. Aber mein Aufwand soll sich auch lohnen, darum töte ich euch erst, nachdem ich mich ausgetobt habe. Ein organisierter Serienmörder ist nicht leicht zu fassen, er nimmt sich viel Zeit für seine Planung. Ich erfülle die meisten Klischees. Verstehst du? Ich bin ein Illusionist. Ich lasse die Polizei glauben, dass ich aus purer Lust am Töten so handle. Aber das, was mich antreibt, ist Rache. Ich möchte den Gaffern da draußen Angst machen. Ein Exempel statuieren. Ich gehe methodisch vor, das hat so ein alter Schnösel von der Mordkommission gesagt. Kraut heißt er. Ein passender Name für einen Bullen. Habe ich recht? Ein unorganisierter Wahnsinniger ist leichter dingfest zu machen als ein gewiefter Mörder ohne moralische Skrupel. Ich bin ein Mörder mit Grips.“

„Du bist ein blöder Hund“, murmelte Sam. Ihre Lider flackerten. Ihr Atem wurde flach.

„Weißt du, was mich von anderen Killern unterscheidet? Ich morde weiter, obwohl mir bewusst ist, dass ich von den Bullen gesucht werde, und zwar massiv." Jetzt lachte der Kerl gellend, dann hörte Sam nichts mehr.

„Komm, Brauner", sagte der Mann und zerrte den Hund am Halsband von dem Mädchen weg. „Sie ist jetzt nur noch ein seelisches Wrack." Der Hund ließ sich nur widerwillig von der verletzten Frau wegzerren. „Komm jetzt", begehrte der Mann zischend auf und zog noch heftiger. Endlich bewegte sich der Hund.

„Sie wird mich noch anflehen, sie zu töten, glaub mir, Brauner, sie wird mich auf Knien darum anflehen", wiederholte der Mann. „Nicht wahr?", brüllte der Mann, kam zurück und schlug die scheinbar Tote ins Gesicht. Der Schrei prallte von den Wänden ab und brachte Samantha unvermittelt zurück in die Realität. Ihre linke Wange bekam einen dunklen Fleck und glühte, auch ihr Auge schwoll langsam zu. Wie durch einen Nebelschleier nahm sie die Umgebung wahr. „Bitte", formte sie lautlos mit den Lippen. „Bitte", flüsterte sie erneut.

„Na, was habe ich gesagt?", sprach der Mann süffisant, was die Boshaftigkeit seiner Worte noch mehr unterstrich. Dann nahm er eine Dose und versprühte den Inhalt. „Ich hasse die verdammten Viecher", zischte er und warf den aufgebrauchten Behälter achtlos auf den Boden, ging hinaus und verriegelte die Tür.

Samantha atmete schwer. Die vergiftete Luft brannte in ihrer Lunge, aber wenigstens war sie wieder allein. Alles, was blieb, war Hoffnung, nur das war ihr geblieben. Doch noch hatte sie nicht aufgegeben, noch glomm der Funke in ihr, noch glomm das kleine Feuer, dachte sie und senkte die Lider.

Kapitel 47 (Johannes)

Wir stehen vor der Tür eines Mehrfamilienhauses und warten, bis uns jemand hereinlässt.

Lars' Telefon klingelt. Er geht sofort ran, derweil versuche ich unser Glück erneut und lasse meinen Finger zwei Sekunden länger auf dem Klingelknopf verweilen als die Male zuvor.

„Ja. Double Di, super, du bist der Beste, ich weiß, ja, du kannst alles knacken. Okay, ja, du hast dir jetzt eine Pause verdient." Lars bemüht sich um einen freundlichen Ton. „Klar, das werden wir. Ja, ich weiß. Selbst auf die Gefahr hin, von Herrn Breuer eine Moralpredigt verpasst zu bekommen, ja Double Di, ich habe dich wirklich verstanden. Wir alle hätten nichts davon, wenn wir die anderen gegen uns aufbrächten, wir sind ein Team, okay?" Den letzten Satz lässt er beiläufig klingen, trotzdem ist die Verbitterung in seiner Stimme nicht zu überhören. „Ja, ich melde mich bei Herrn Breuer persönlich. Versprochen."

Dann legt der junge Kommissar auf und sieht mich mit einem müden Blick an. „Manche Kollegen sind einfach nur nervtötend", sagt er dann und steckt das Telefon weg.

„Double Di?"

Lars senkt die Schultern. „Ist nur ein Spitzname. Eigentlich heißt er Detlef Dietrich, ein ziemlich doofer Name für einen Kerl Mitte Dreißig. Er ist unser Kollege von der EDV-Abteilung - hat soeben Lena Martins Passwort geknackt. Die

Daten ihres Laptops werden nun durch mehrere Filter gejagt und analysiert. Spätestens morgen werden wir etwas mehr über sie erfahren. Eins steht schon fest, sie war eine YouTuberin, hatte nicht wirklich sehr viele Abonnenten und nur wenige Videos hochgeladen. Vielleicht ist da etwas Brauchbares dabei ...“ In diesem Moment meldet sich eine Frauenstimme mit einem „Hallo“ aus der Sprechanlage und unterbricht Lars. Der junge Polizist wirkt auf einmal nervös. „Hier sind Kommissar Böhm und Doktor Hornoff, wir sind von der Polizei, wir haben unseren Besuch angekündigt und uns für heute verabredet.“ Ein atmosphärisches Rauschen ist alles, was wir zur Antwort bekommen. Dann klappert es mechanisch. Eine Ewigkeit lang passiert nichts, dann endlich ertönt der Summer. Wir nehmen die Treppe und bleiben auf jedem Stockwerk stehen, weil wir nicht wissen, auf welcher Etage sich die Wohnung befindet. Etwas außer Atem erreichen wir den vierten Stock und stehen erneut unschlüssig da. Wir schauen uns in beide Richtungen um, da bemerkt Lars, wie sich eine Tür auf der linken Seite des Korridors bewegt. „Ich glaube, wir werden beobachtet“, flüstert er und deutet mit dem Kinn in die Richtung. Der Gang ist von je drei Türen flankiert. „Entschuldigung“, sagt er dann etwas lauter, sich an den unsichtbaren Spion gewandt. Die Tür fliegt scheppernd ins Schloss.

„Sie müssen noch zwei Etagen höher“, erklingt eine weibliche Stimme von oben. „Wir wohnen im sechsten Stock“, präzisiert die Frau und schweigt wieder.

Frau Helm erwartet uns hinter einer Tür, die von einer Kette gesichert ist. „Können Sie sich ausweisen?“, verlangt sie von uns. Lars‘ aufgesetzte Nonchalance macht einem ernsten Gesichtsausdruck Platz, während er seinen Dienstausweis zückt und dicht vors Gesicht der Frau hält.

„Und Sie?“

„Ich bin nur ein Psychologe“, versuche ich es mit einem Lächeln und reiche der Frau durch den Schlitz eine Visitenkarte. „Sie können sie gerne behalten“, füge ich mit sanftem Ton hinzu und versuche es mit einem Lächeln. Ihre Miene bleibt unverändert skeptisch.

„Mein Mann schläft gerade, er ist erst vor kurzem von der Arbeit zurückgekommen und braucht Ruhe. Also bemühen Sie sich bitte, leise zu sein. Auch müssen Sie Ihre Schuhe ausziehen. Sie dürfen nichts ohne meine Erlaubnis anfassen, sonst könnte mein Mann unangenehm werden“, instruiert sie uns. Daher weht also der Wind. Hier hat der Mann nicht nur das Sagen, er bestimmt in diesem Refugium auch, wie weit die Frau springen muss, wenn er hopp sagt.

„Ganz wie Sie wünschen.“ Meine Lippen sind immer noch zu einem dümmlichen Grinsen verzogen.

„Bitte, lassen Sie uns jetzt rein, wir wollen uns nur mit Ihnen unterhalten und ein paar Fragen stellen. Sie wollen doch nicht wegen Behinderung von Ermittlungen belangt werden.“ Hoffentlich hat Lars mit diesem Satz nicht den Bogen überspannt, denke ich im Stillen. Die Tür geht zu. Ein hölzernes Scheppern durchflutet den Flur, der nicht beleuchtet wird. Das fahle Licht, das durch die Glassteine im Treppenhaus hindurch dringt und den Gang in mattes Grau taucht, macht die Atmosphäre nicht wirklich freundlicher. Die braunen Fliesen und die grünen Wände tun ihr Übriges und treiben mir kalten Schweiß auf die Stirn. Ich greife in die Innentasche meines hellgrauen Jacketts und ertaste den Ball, den Karl mir geschenkt hat. Ich knete den roten Schaumstoff. Endlich geht die Tür auf. Mein Puls senkt sich langsam, aber ich knete weiter.

„Denken Sie bitte an die Schuhe", ermahnt uns die Frau und zeigt mit der rechten Hand auf zwei Paar Hausschuhe. Wir gehorchen. In der linken Armbeuge hält die Frau ein Mädchen. Das Kind ist eigentlich zu groß und zu schwer für die zierliche Frau, um so durch die Gegend getragen zu werden. Frau Helm lässt ihre Tochter auf die Füße hinunter. „Ich heiße Liana", stellt sich das Mädchen vor und reicht mir zuerst die Hand. Ich gehe auf Augenhöhe und drücke ihre klebrige Hand sanft zusammen. „Ich bin Johannes", stelle ich mich vor, danach ist Lars dran.

„Bist du Polizist?", will Liana von dem jungen Kommissar wissen und versteckt sich dann hinter ihrer Mutter.

„Ja, aber wir verhaften heute niemand." Er zwinkert Liana zu. Das Mädchen lächelt und läuft unbeholfen, wie es für ein dreijähriges Kind nicht unüblich ist, in ein anderes Zimmer, um kurz darauf mit einem großen Plüschbären wieder aufzutauchen. „Das hier ist Bobo, er ist mein Freund."

„Hallo Bobo", begrüßen Lars und ich den Bären unisono.

„Liana, geh bitte auf dein Zimmer“, schickt die Mutter ihre Tochter weg und macht einen Schritt nach hinten und zur Seite. Wir stehen in einem Flur, rechts und links sind je zwei Türen von dunklem Braun. Auf dem Boden liegt ein ziemlich neuer, heller Läufer, jedoch von billiger Qualität. Komplizierte Ornamente schlängeln sich über die ganze Länge. Die Wände sind tapeziert und gestrichen. Das Kanariengelb lässt die Türen noch dunkler erscheinen. Eine Kommode und ein Schrank auf der rechten Seite, dessen linke Tür eine Schräglage hat, drücken zusätzlich auf mein Gemüt und schnüren mir die Luft ab.

„Kommen Sie mit“, sagt die Frau, nachdem wir in die Schuhe geschlüpft sind, die aus einem Hotel mitgenommen wurden. ‚Hurghada‘ steht in weißen Lettern auf weißem Hintergrund geschrieben.

„Sind Sie oft in Ägypten?“, durchbreche ich die Stille und das Eis, hoffe ich.

Frau Helm bleibt wie angewurzelt stehen und sieht mich durchdringend an. Unsicher betastet sie ihr kurzes Haar, das nicht wirklich von Natur aus blond ist. Der dunkle Haaransatz ist von grauen Strähnen durchsetzt. Sie färbt sich ihre Haare selbst, stelle ich fest, weil es an den Schläfen heller ist.

„Woher wissen Sie das?“, fragt sie dann und streckt kurz den Arm aus. Mit dieser unscheinbaren Geste dirigiert sie uns durch eine Tür, die ins Wohnzimmer führt.

„Ich habe nur geraten“, lüge ich. Sie soll ruhig denken, dass ich als Psychiater übernatürliche Fähigkeiten besitze und eventuell ihre Gedanken lesen kann. Alle Türen stehen offen, bis auf eine, die zum Schlafzimmer führt, in dem der Mann seinen Schlaf nachholt. Ich kann nirgendwo ein Bücherregal erkennen, dafür einen riesigen Fernseher. „Dürfen wir uns setzen?“ Wieder ergreife ich die Initiative, weil ich das Gespräch führen möchte. Die Frau ist es gewohnt, nicht viel sagen zu dürfen. Ihr Mann übernimmt das Denken und alle Entscheidungen für sie und ihre kleine Tochter. „Ihr Mann arbeitet als was?“, will ich wissen und nehme Platz auf einem harten Sofa aus grobem, dunklem Stoff.

„Er ist auf Probe“, weicht sie mir aus und nimmt neben Lars Platz. Sie sitzt aber nur auf der Kante, die Hände ruhen auf ihren Knien. Frau Helm hat ein weißes T-Shirt an, darunter hängt ihr schlaffer Busen, weil sie keinen BH trägt. Ihre Beine stecken in einer Jeans. Die Fingernägel sind an den Kanten schartig, das Nagelbett aufgekratzt. „Sie sind doch wegen unserer Tochter hier, nicht wahr, also warum interessiert Sie, was mein Mann arbeitet?“ Ihr Ton wird rauer. Verstohlen schaut sie zur Tür, steht auf und macht sie vorsichtshalber zu.

„Haben Sie vielleicht Fotos von Janina?“ Die Frau stockt, dreht sich um und schlurft zur Wohnwand: schwarz, hochglänzende Oberfläche, mit hellem Korpus. Frau Helm macht eine der Türen auf und zerrt mehrere Alben mit Klapptaschen heraus.

Sie reicht mir alle drei. Lars blickt kurz auf, weil er sich Notizen macht, ohne uns abgesprochen zu haben, übernimmt er den Part des Schreibers. Ich halte immer noch den Ball in meiner Hand und stopfe ihn in meine Hosentasche, während die eingeschüchterte Frau sich mit dem Rücken zu uns gewandt, die anderen Alben zurechtrückt und die Tür wieder schließt.

Zu meinem Erstaunen setzt sich Frau Helm nun neben mich und wartet, bis ich das erste Album aufmache.

Die ersten Fotos zeigen Janina als Baby. Auch sehe ich Frau Helm. Die ist darauf nicht älter als Mitte Zwanzig. Zerzaustes Haar. Müdes Gesicht. Sie liegt im Bett, an ihrer Seite ein kleines Baby mit rosa Strampler und puterroten Pausbacken, der zahnlose Mund ist weit aufgerissen, der Schnuller liegt daneben. „Sie war schon immer ein Schreihals“, erzählt Frau Helm. Die Erinnerung an die schöne Zeit lässt ihre Stimme zittern. Sie wischt sich heimlich eine Träne weg. Lachend und weinend, berichtet sie weiter, wie zu sich selbst redend: „Auch wenn ich diese Tage damals als katastrophal empfunden habe, jetzt, im Nachhinein, denke ich anders darüber. Es war eine sehr schöne Zeit. Mit dem Größerwerden der Kinder wachsen auch die Probleme. Wie gerne hätte ich Janina als eine Frau und vielleicht Mutter erlebt.“ Ihre Worte ersticken. Ich blättere schnell weiter. Mit jedem Foto wird Janina erwachsener, so als blättere ich die Zeit zwischen meinen Fingern um. Alles ändert sich bis auf ein Detail, auch fällt mir auf, dass manche der Fotos kürzer sind, sie haben nicht mehr die Standardgröße. An einem der Bilder bemerke ich einen abgeschnittenen Arm, der sich um die Schulter von Janina gelegt hat. Sie trägt ein Tennistrikot und lächelt fröhlich in die Kamera.

„Warum ist Ihr Mann nie auf den Bildern mit dabei?"

„Er hat lieber die Fotos geschossen", weicht sie meiner Frage aus und senkt den Blick, als verheimliche sie mir etwas. „Er hat sie mit einer Beständigkeit geliebt wie kein anderer, oft war ich sogar eifersüchtig auf ihn und auf meine Tochter, jetzt schäme ich mich dafür."

Weitere Fotografien folgen. Auch die nächsten Alben zeigen Janina und ihre Mutter. Das dritte Album beinhaltet nur zwei Fotos. Ich blättere zaghaft weiter um. Doch die Taschen sind leer. Da endete das Leben des Mädchens. ‚Nein', sage ich im Stillen zu mir selbst. Ein ungutes Gefühl beschleicht mich. „Haben Sie Janina nach ihrem Unfall nicht mehr fotografiert?"

Schweigen.

„Das hier, das ist alles, was Ihnen von Ihrer Tochter geblieben ist." Dieser Satz ist keine Frage. „Gibt es Videos?"

„Wir haben nie eine Kamera besessen, dafür fehlte es uns an Kleingeld." Der große Fernseher straft ihre Worte Lügen, aber ich gehe nicht näher darauf ein. „Vielleicht hat Ihr Mann einfach einen besseren Job gefunden." Ich greife wieder nach dem ersten Album und suche das Foto mit dem abgeschnittenen Arm heraus. „Darf ich dieses Foto ausleihen?"

Die Frau zuckt die Schultern.

Lars reicht mir eine Pinzette, ohne dass ich ihn darum gebeten habe. Ich ziehe das Foto vorsichtig aus der Folie und reiche es Lars samt Pinzette. „Kommissar Böhm, können Sie dies bitte als Beweismaterial eintüten?“ Lars holt eine Asservatentüte heraus und öffnet das Kuvert.

Kapitel 48 (Johannes)

„Ich dachte, Sie wollen nur reden“, empört sich eine männliche Stimme. Ohne dass wir es bemerkt haben, ist der Mann ins Wohnzimmer gekommen und steht nun breitbeinig in der Tür. Er trägt nur eine Hose und ein Unterhemd. Seine stark behaarten Arme und die Brust verleihen ihm etwas Animalisches. Sein genauso dunkles Haar ist zerzaust. Das Gesicht faltig vom Schlaf, die dunklen Augen taxieren mich eisig.

Ich stehe einfach auf. Streiche meine Hose glatt und richte das Jackett, indem ich am Revers zupfe. „Sie müssen Herr Helm sein?“

Der Mann schweigt. Die Ähnlichkeit der kleinen Liana mit diesem Mann, der mit seinem Äußeren die Evolutionstheorie mehr als bestätigt, ist unbestreitbar. Die gleichen Augen, markante Gesichtszüge, auch wenn bei Liana diese nicht so stark ausgeprägt sind wie bei ihrem Vater. Der Körperbau und auch die Finger, kurz und stumpf. Alles das, was Janina nicht hat, fällt mir sofort auf. Ihre Hände waren schmal, die Finger lang, die Mimik und der Ausdruck der Augen - alles komplett anders, selbst die Mutter gleicht ihrer Tochter nicht wirklich, obwohl ihre Züge weich und weiblich sind, trotz der Spuren, die ihr die Zeit ins Gesicht getrieben hat - dennoch erkenne ich keine Ähnlichkeit. Um meinen Verdacht nicht zu verraten, gehe ich auf die Wohnwand zu und nehme ein Foto in die Hand, das in einen wuchtigen Rahmen eingefasst ist, und betrachte es. Janina steht in der Mitte, Frau und Herr Helm links und rechts. Janina hält eine große Zuckertüte in der Hand. Einschulung.

„Was ist an dem Tag passiert? Sie, Herr Helm, waren doch an dem Tag dabei, als Janina auf das Gleis fiel?“ Ich wende mich so unvermittelt an den Mann, dass er mit offenem Mund einen Schritt nach hinten taumelt und über seine Tochter stolpert, die sich zwischen seinen Beinen hindurch zwingen will. „Janina ist nicht Ihr leibliches Kind, habe ich recht?“ Ich zeige ihm das eingerahmte Bild. „Janina steht viel weiter von Ihnen weg als von ihrer Mutter, auch ihr Blick ist zur Seite gerichtet. Ihre Frau hat gesagt, Janinas Vater hätte sie abgöttisch geliebt. Dieses Foto verrät mir aber etwas ganz anderes.“

„Ohne Anwalt sage ich kein Wort!“ Er funkelt seine Frau finster an. Liana weint, weil keiner sie bemerkt. Nachdem sie eine Weile auf dem Boden gelegen hat, läuft sie schreiend und mit ausgestreckten Armen zu ihrer Mutter, um von ihr getröstet zu werden.

„Ich gehe einkaufen, verdammte Scheiße, und ihr beide verpisst euch aus meinem Haus“, flucht der erboste Mann und stampft hinaus. Während ich das Foto zurückstelle, erscheint der aufgebrachte Ehemann mit einem Baseballschläger bewaffnet wieder vor mir. Er klopft mit dem dicken Ende gegen die linke Hand, die Rechte hält den Griff fest umklammert. „Ich habe meine Tochter geliebt, doch nach ihrem Tod werde ich jeden Tag daran erinnert, dass ich derjenige bin, der sie umgebracht hat, und nun kommen Sie und fangen von Neuem an. Gehen Sie lieber“, warnt er uns durch zusammengebissene Zähne.

Halt. Da war doch was. Lass dich nicht einschüchtern, ermahne ich mich und fahre so schnell herum, weil mir etwas aufgefallen ist, das mein Gehirn nicht sofort als wichtig eingestuft hat. „Diese Kette!“ Ich greife wieder nach dem Foto, meine Stimme überschlägt sich beinahe. „Diese Kette“, sage ich eindringlich und sehe zu Frau Helm. Doch in ihren Augen sehe ich nichts als Resignation. Sie wird mir nichts mehr sagen, nicht im Beisein ihres Mannes. Wie bei einem Kartenspieler taucht in meiner rechten Hand eine Visitenkarte auf. Nur Frau Helm kann sie sehen, wie ich sie unter den Bilderrahmen schiebe, so als wäre sie meine Komplizin. Ihre blutunterlaufenen Augen streifen kurz die meinen.

„GEHEN SIE!“, drängt der Mann und reißt mir das Foto aus der Hand. Seine Augen sind riesig. Zornesröte färbt sein Gesicht dunkel. Liana schreit und wird hastig von ihrer Mutter an die Brust gepresst, doch das Kind schreit umso lauter.

Lars und ich verlassen das Wohnzimmer.

Im Flur auf einer Pinnwand bemerke ich beim Vorbeigehen einen Post-it-Zettel mit dem mir bekannten Doppelherzen darauf, welches in der oberen rechten Ecke abgebildet ist. Das Symbol, das auf den Gliedern der Kette eingraviert ist. „Das Essen steht im Kühlschrank“, lautet die Nachricht. Die Handschrift darauf ist schön und gleichmäßig.

„Zieht eure Schuhe an und verpisst euch!“, ertönt erneut das warnende Knurren.

„Wir werden Sie vorladen, dann werden Sie auf dem Revier zur Rechenschaft gezogen und uns Rede und Antwort stehen, ohne dieses Teil da.“ Lars deutet auf die Keule. Und schlüpft ohne große Probleme in seine Sneaker.

Der Schläger schwingt kurz vor meiner Nase. Wie in Hast schnappe ich nach dem Schuh des Hausherren. Größe 42. „Das sind meine, Sie Trottel.“ Die Aggressivität, die der Mann an den Tag legt, ist nicht gespielt. Ich will ihn auch nicht weiter provozieren. „Kommen Sie, Herr Böhm, auf diese Art von Kooperation können wir gern verzichten.“ Ich stecke zuerst den rechten Fuß in den Lederschuh, dann zeige ich auf den Schuhlöffel. „Sind Sie so nett?“ Der Mann starrt mich perplex an und greift nach dem Schuhlöffel, der sehr lang und aus verchromtem Stahl ist. Ich stehe neben der kleinen Pinnwand und nutze den kurzen Moment der Unaufmerksamkeit. Eine zweite Gelegenheit werde ich nicht bekommen, denke ich mir und handle ohne zu zögern. Meine rechte Hand fegt das gelbe Post-it von der kleinen Tafel und taucht kurz in die Jackettasche. Dann schlüpfe ich in meine Schuhe. Die Tür hinter uns fällt scheppernd ins Schloss.

Kapitel 49 (Johannes)

Während wir die Treppen runterlaufen, klingelt Lars‘ Telefon.

„Böhm ... Alles klar“, ist alles, was er sagt.

In demselben Moment vibriert auch mein Handy, ich gehe ran, es ist Karl. „Na, hat er euch mit seiner Keule eins über den Schädel gezogen? Das macht er nämlich sehr gern.“ Karl klingt amüsiert. „Keiner meiner Männer wollte diese Aufgabe übernehmen, ich dachte, ich schicke einen, der wortgewandt und intelligent ist, aber auch dir ist es nicht gelungen, ihn zu einem netten Gespräch zu überzeugen, habe ich recht, Doc?“ Seine Worte triefen vor Sarkasmus. Vielleicht dient Schadenfreude Karl dazu, den Schrecken dem er Tag für Tag begegnet, zu überstehen, ohne größeren Schaden an seiner Psyche zu nehmen. „Aber in jedem Krieg gibt es Kollateralschäden, Doc. Ist es euch wenigstens gelungen, an neue Details heranzukommen?“ Nun klingt er wieder ernst.

„Ist Janina das leibliche Kind der beiden? Scheinbar hat hier jemand geschlampt, Karl.“

Ich höre, wie der Polizeihauptkommissar in den Hörer atmet. Die leichte Rüge bringt ihn dennoch nicht aus der Fassung. „Familie Helm lebte früher in Dresden, dann zogen sie nach Berlin. Wir gingen davon aus ...“, Karl sucht nach Worten, „wir sind davon ausgegangen“, startet er einen zweiten Versuch, „wir dachten, Janina wollte zurück in ihre Stadt, darum sei sie von zu Hause abgehauen. Sie wollte ihren Eltern auf diese Weise die Stirn bieten. Doch bei ihrem Versuch, bei ihrer Revolte, passierte das Unglück, bei dem sie um Haaresbreite ihr Leben verloren hätte."

„Das beantwortet jedoch nicht meine Frage. Wessen leibliches Kind war Janina?" Ich akzentuiere jedes Wort.

„Ich bin nicht dämlich, Johannes", fährt Karl auf, ich höre, wie er an der Zigarette zieht.

„Also, seid ihr dieser Frage nachgegangen?"

„Nein", gibt Karl zu. „Unsere Behörden sind ein verdammter Wald von Vollpfosten. Die Kommunikation und die Zusammenarbeit sind ein einziges Chaos", spricht er in gemäßigtem Ton weiter. „Wir wissen nur, dass Frau Helm zum zweiten Mal geheiratet hat. Früher hieß sie Graugruber, ihr Ex hieß Wolfgang Graugruber. Aber ein Wolfgang Graugruber ist nirgends zu finden. Er war in psychiatrischen Behandlung, seit seiner Einweisung hat sie nichts mehr von ihm gehört."

„Wann, Karl, wann wurde er eingewiesen?"

„Das weiß sie nicht mehr. Eine unterhaltsame Erzählung aus der unbeschwerten Vergangenheit war es nicht, ihr jetziger Mann hat uns dabei gestört, genauso wie dich heute. Und im Beisein ihres Ehemanns verschließt sie sich wie diese verdammte Büchse der Pandorra", knurrt Karl. „Ich erwarte euch heute Abend in meinem Büro, Kraut will in zwei Tage eine zweite Pressekonferenz einberufen. Als ob das was bringt", murmelt er, „wir haben so viele Hinweise aus der Bevölkerung, dass uns bald der Tisch zusammenkracht, die jedoch allesamt einen Dreck wert sind. Und diesem Herrn Helm werde ich eine ordentliche Vorladung zukommen lassen, aber andererseits kann ich seine Reaktion auch verstehen, seit vielen Monaten wird die Familie nicht in Ruhe gelassen." Dann legt er auf, ohne sich zu verabschieden.

„Wir haben ein Video", wendet sich Lars an mich. „Lena Martins hat etwas gefilmt, das uns beide interessieren könnte."

„Wir sehen uns das gemeinsam an, aber nur, wenn Benjamin dabei ist."

Lars zuckt die Schultern und steigt in den Wagen.

Kapitel 50 (Der Henker)

Ich schaue mir das Video von heute früh an. Der Titel lautet: „Die Gefesselte - Teil 12." Wieder ein dreiminütiger Film für alle, die auf diese Art von Gewalt stehen. Auch wenn die meisten der Abonnenten meine Filme als Fake betrachten, so sind sie dennoch sehr interessiert daran.

‚Was hat dich zu dieser Idee verleitet, du krankes Arschloch?', lautet einer der Kommentare zum letzten Film. Ich grinse stumm und ziehe genüsslich an meinem Joint. ‚Du bist ein krankes Arschloch, Bibodido, weil du immer dabei bist, wenn das Video ON geht', denke ich im Stillen.

Ich stelle das Video online. Meine Frau hat sich für einen Spaziergang entschieden, und ich, ich bin zu aufgebracht, um einzuschlafen. Ich gehe auf die Seite der Polizei und sehe mir erneut die Pressekonferenz an, die der grauhaarige Polizeihauptkommissar Kraut eröffnet. Er wendet sich an die Bevölkerung.

„Die Hinweise können einen entscheidenden Impuls geben und die Ermittlungen in die richtige Richtung lenken." Er richtet das Mikro so, dass er fast darauf kauen kann. „Alle Beteiligten, die dem Wahnsinn ein schnellstmögliches Ende setzen wollen, sind stets bemüht, den Täter zu stoppen. Gleichzeitig appelliere ich an die Kooperation eines jeden von euch, dennoch möchte ich euch nicht unnötig beunruhigen. Bitte filmt nicht alles, was euch merkwürdig erscheinen mag, das kann gefährlich werden und ist gesetzeswidrig."

„Bla bla bla", fahre ich dem Mann ins Wort und schalte die Lautsprecher aus.

Das einzige Gefühl, das sich meiner bemächtigt, ist ein leichtes Ziehen in der Brust. Ein immer stärker werdendes Pochen an der rechten Schläfe gesellt sich dazu. Ich ziehe erneut an meiner Kippe, der schwere Rauch wabert durch meine Nase und umwölkt mein Gesicht. Mit den Fingern trommle ich gegen die Tischplatte und überlege meinen nächsten Schritt. Ich werde mir noch heute den Kerl schnappen. Diese Sam macht es nicht mehr lange, sie ist zu schwach.

Kapitel 51 (Johannes)

„Schau mal, wer da ist!“, ertönt Benjamins Stimme. Er sitzt im Garten an einem Tisch und macht irgendwelche Notizen. Unter seiner rechten Hand, direkt unter seinem Zeigefinger, klemmt sein Smartphone. Vor ihm, auf einem massiven Tisch steht ein Notebook, er bewegt den Cursor nur mit Hilfe seines rechten Zeigefingers. Der Pfeil schwebt über der virtuellen Tastatur. Ich sehe das morgige Datum, dann blicke ich zu Cristina. Das schwarze, lockige Haar hängt ihr tief ins Gesicht, sie sitzt neben meinem Bruder und malt in einem Buch. „Onkel Joghurt, ich habe ein neues Malbuch“, strahlt sie über beide Ohren. Sie hebt den Kopf und fegt die Locken aus dem Gesicht. Michaela, meine große Nichte, kommt durch die Terrassentür nach draußen und drückt Lars einen Kuss auf die Wange.

„Michaela, was meinst du, kann Cristina mir einige Babybücher schenken?“, wende ich mich an meine große Nichte, ohne Cristina zu beachten. Michaela zieht die Stirn kraus.

„Oh ja“, freut sich der kleine Wuschelkopf und zieht ihre große Schwester an der Hand ins Haus.

„Du bist ein wahrer Meister der Manipulation“, lobt mich mein Zwillingsbruder. Er bringt seinen Rollstuhl in Bewegung und fährt auf uns zu. Das leise Surren der Motoren ist kaum hörbar. „Ich bin gespannt, was ihr mir mitgebracht habt.“

„Wir sollten lieber in dein Zimmer gehen, das, was Lars uns zeigen will, ist nichts für Kinder.“

„Ich weiß“, murmelt Benjamin und navigiert sein Gerät zielsicher durch die offene Tür. „Aber auch ich habe etwas für euch, dank meiner flinken Fingerspitze und meiner Schreibtechnik bin ich auf etwas gestoßen, das vielleicht brauchbar sein könnte. Merk dir das Wort Kranich, Johannes, Kranich“, wiederholt er. Dann, als habe er etwas Wichtiges vergessen, bleibt er abrupt stehen. „Ich habe mein Notebook draußen auf der Terrasse vergessen“, sagt er und atmet laut aus. Etwas stimmt hier nicht.

„Ich hole es“, erklärt Lars und geht zurück, um das Gerät zu holen.

Als Lars uns wieder einholt, sagt er: „Danke, Benjamin, ich hätte es sonst vergessen.“

„Was?“, will ich wissen. Die beiden duzen sich, denke ich und sehe Lars fragend an.

„Das junge Pärchen hat morgen seinen Jahrestag“, sagt Benjamin leise.

Lars läuft rot an. Auf dem Bildschirm sehe ich das Datum und die Nachricht. ‚Lars, denk dran‘, steht in roten Lettern geschrieben. „Michaela liegt mir schon seit Tagen damit in den Ohren, sie will mit dir essen gehen. Aber das weißt du nicht von mir. Jetzt brauche ich diese Email nicht abzuschicken, nun lasst uns mit der Arbeit beginnen. Ich habe heute noch einen wichtigen Termin.“

Kapitel 52 (Johannes)

Das helle Zimmer mit einem großen Fenster, das zum Garten zeigt, gleicht einem Überwachungsraum, nur das Bett passt nicht ganz zu den drei großen Flachbildschirmen, die an der Decke angebracht sind und einzeln herausgefahren werden können. Drei Rechner und jede Menge unterschiedliche Kabel, die alles miteinander verbinden, vervollständigen Benjamins Ausrüstung. Lars und ich hieven meinen Bruder aufs Bett. „Wo ist Oliver?“, schnaufe ich und renke meine Wirbel ein. Auch Lars atmet schwer, weil Benjamin nicht gerade leicht ist.

„Er hat heute frei. Er geht mit Nadine aus ... lege meine Hand auf die Halterung, Johannes“, weist Benjamin mich überflüssigerweise an.

„Und wer passt in der Zeit auf dich auf?“

„Cristina“, sagt Benjamin schlicht und klickt zweimal auf eine Kugel, die unter seinem Finger steckt und ihm die Maus ersetzt. Sein Bett fährt nach oben. Rechts vor ihm, in Augenhöhe, befindet sich ein kleiner Monitor mit bunten Buttons. Der Cursor berührt ein rotes Fenster. Erneut ertönt ein leises Klicken. Alle drei Bildschirme fahren nach unten. Sie flackern und gehen an.

Lars schließt sein Laptop an einen der Rechner an. Er kennt sich hier mittlerweile bestens aus, stelle ich fest und bin nicht wirklich überrascht. Auf dem linken Fernseher taucht ein Desktop auf, von dem aus mich zwei glückliche Gesichter anlächeln. Michaela und ihr Freund Lars. Dann verschwindet das Bild. Eine Videodatei erfüllt den gesamten Bildschirm.

„Soll ich das Video starten?“ Lars steht an einem Tisch, auf dem ein Multifunktionsdrucker, eine Karaffe mit Wasser und mehrere Gläser stehen.

„Ich bin bereit“, meldet sich Benjamin als Erster.

Ich setze mich auf den einzigen Stuhl neben dem Bett. Unsere Aufmerksamkeit gilt dem linken Bildschirm. Die Luft im Zimmer riecht auf einmal unangenehm, weil wir uns gleich auf etwas Unschönes konzentrieren müssen, trotz des schönes Wetters draußen wirkt der Raum auf einmal kühler.

„Wir müssen uns auf etwas gefasst machen, hat der Techniker gesagt“, ermahnt uns Lars und reckt den Hals.

Die Bilder sind zuerst unscharf und verwackelt. Menschen laufen umher. Das Video wurde mit einem Smartphone aufgenommen, in einer U-Bahn, ich werde an die unscharfen Bilder erinnert, die Karl mir schon mal gezeigt hat. Nur ist die Perspektive hier eine andere, genauso wie die Qualität. Nach dem ersten Ruckeln fokussiert die Kamera eine Frau. Sie steht neben einem Mädchen im Rollstuhl. Die junge Frau im Rollstuhl wendet sich an die Frau neben sich. Plötzlich stoppt das Video.

„Das ist Samantha, Samantha Bierstock. Die als vermisst gilt“, sagt Lars stockend und beugt sich nach unten. Er kramt in seiner Tasche und holt ein Foto heraus, welches er uns zeigt. Tatsächlich. Er drückt weiter auf ‚Play‘. „Das Mädchen im Rollstuhl ist Janina Helm“, höre ich die Stimme des jungen Kommissars im Hintergrund. Weil ich mich so sehr auf die Bilder konzentriere, nehme ich die Geräusche um mich herum wie ein entferntes Echo auf.

„Können Sie mir bitte helfen ... ich glaube, bitte zurück, Lars, spul zurück und lass das Video langsamer laufen.“ Benjamins Stimme zittert vor Aufregung. Ich verstehe zuerst gar nichts, dann geht in mir auf ein Licht auf. Benjamin kann von den Lippen ablesen, was jemand sagt. Wegen seiner Krankheit hat er sich das Lippenlesen selbst beigebracht.

Lars spult den Film zurück.

„Können Sie mir helfen, ich glaube, die Bremse ... Entschuldigung ... können Sie vielleicht ...“ Dann verstummt Benjamin, weil Janina enttäuscht den Blick senkt. Samantha hat Kopfhörer in ihren Ohren und beachtet das Mädchen nicht. Janinas Hände erscheinen, in dicken Verbänden, wie blutige Boxerhandschuhe.

„Ihre offenen Wunden gingen nie richtig zu.“ Erneut spricht Lars zu uns, ohne jedoch den Film anzuhalten. Obwohl er leise spricht, vermittelt seine Stimme Kompetenz und suggeriert uns, dass er weiß, wovon er spricht.

Langsam gerät der Rollstuhl in Bewegung. Janina sieht sich hilfesuchend um. „Ich habe noch nie gesehen, wie jemand von einem Zug überfahren wird“, erklingt eine Stimme aus dem Off.

„Halt, stopp, eine Sequenz zurück, Lars“, höre ich mich selbst. „Schaut, seht ihr das auch?“

Ein Gesicht, eigentlich eine vage Reflexion eines verglasten Werbeschilds. Wir sehen zwei Mädchen, eine von ihnen ist Lena Martins. Mir wird die Kehle eng. Lars blickt sich um, sein verdatterter Blick wird zu einer Maske.

„Weiter“, flüstere ich. Lena wird angerempelt, sie flucht leise, dann richtet sie die Kamera erneut auf den Rollstuhl, der nun über die Kante rollt und dann verschwindet. Ich sehe, wie zwei Lichtkegel aus dem Tunnel immer heller werden. Samantha ist nirgends zu sehen. Schreie ertönen. Einige der Passanten beugen sich über die Kante und winken dem herannahenden Zug hektisch zu.

„Oh Gott“, schreit jemand und verpasst Lena einen heftigen Stoß, das Handy fällt zu Boden. Das Video wird unterbrochen. Dann sehen wir eine Massenansammlung von Menschen, viele halten ihre Handys über den Köpfen hoch auf die Stelle, an der Janina nach unten gestürzt ist. Lena kreist und filmt die Umgebung. Zwei Sanitäter bahnen sich den Weg durch die Schaulustigen.

„Da ist sie wieder“, flüstere ich und erkenne die grellrote Jacke von Samantha. Sie stolpert die Treppe hinunter und bleibt liegen. Die Kamera schwenkt weiter und kommt langsam wieder zurück. Ein Sanitäter kauert jetzt neben der verletzten jungen Frau und winkt seinen Kollegen zu sich, doch dieser schüttelt entschieden den Kopf und deutet zu den Gleisen. Dann endet die Aufnahme.

Kapitel 53 (Johannes)

„Ich kenne dieses Video.“ Michaelas Stimme lässt uns zusammenschrecken. Sie steht in der Tür. Sie hält Cristina mit beiden Händen die Augen zu. Das kleine Mädchen protestiert und zerrt an Michaelas Fingern, sie schiebt den Wuschelkopf zurück aus dem Zimmer und verschließt die Tür hinter sich. „Nur war das Video, das ich gesehen habe, ohne Ton und etwas kürzer“, sagt sie dann. „Das schicken sich die Leute über WhatsApp. Es war auch eine Zeit lang auf YouTube zu sehen, wurde jedoch gelöscht, trotzdem ist die YouTuberin durch dieses abscheuliche Video berühmt geworden und lädt jetzt weniger brutale Videos hoch.“

„Kannst du das konkretisieren, Michi?“ Ich gehe zwei Schritte auf sie zu.

„Auf eurem fehlt etwas.“

Ich sehe sie schweigend an. Michaelas Gesicht wirkt noch blasser. Sie kaut auf der Unterlippe. „Hier sieht man nicht, wie das blinde Mädchen auf die Gleise fällt.“

‚Der Ruhm kennt kein Leid und keinen Kummer‘, hat sich mein Vater einst ausgedrückt. ‚Das ist Demokratie, mein Sohn. Wenn du eine Million verdienen willst, überzeuge eine Million Idioten von deiner Idee, die bereit wären, eine Mark in deine Idee zu investieren.‘

Tausend Gedanken rasen durch meinen Kopf, die Synapsen senden unzählige

Informationen. Der Film rauscht wie ein Schnellzug vor meinem geistigen Auge vorbei.

„Blind?“, wiederhole ich.

„Ja, ich habe mir das Video mehrmals angeschaut. Ich habe gedacht, ich würde das Mädchen vielleicht kennen.“

Das war es also, was mich bei der einen Szene gestört hat. Das Mädchen im Rollstuhl hielt den Kopf anders, als es für einen Sehenden üblich ist, dann wurde das Video unterbrochen.

„Wir haben zwanzig Bücher aussortiert“, unterbricht Michaela meinen Gedankenfluss. „Cristina will mit dir verhandeln“, fügt sie noch hinzu und geht raus.

„Kranich - was war damit, Benjamin?“, wende ich mich an meinen Bruder. Meine Stimme ist belegt.

Benjamin schaltet den zweiten Bildschirm ein und lädt ein Foto hoch. „Kranich“, sagt er. „Ein Wortspiel, Firma Kranich ist ein Schrotthändler.“ Tatsächlich sehe ich einen Vogel, der mehr oder weniger einem Kran ähnelt. „Ich habe zwar keinen Pickup gefunden, aber das könnte ein Anlass für einen Besuch sein, nicht wahr?“ Benjamin verzieht den Mundwinkel und sieht mich etwas beklommen an. „Eigentlich wollte ich nur die Suchbegriffe Kran, Pickup und Autos eingeben, weil ich aber ein wenig gehandicapt bin, bin ich versehentlich ausgerutscht und ganz woanders gelandet.“

Lars‘ Handy klingelt. Er geht ran. Das Gespräch dauert nur wenige Sekunden. „Das war ...“

„Karl?“

Lars nickt. Er sammelt seine Sachen zusammen.

„Ist die Party schon vorbei?“ Oliver steht in der Tür und sieht uns abwechselnd an. Sein Blick ist prüfend. „Das ist gut, weil unser guter Mann durchgeknetet werden muss.“

Die angespannte Atmosphäre lässt den anfangs gut gelaunten Mann verstummen.

„Was würde ich alles dafür geben, mit euch kommen zu dürfen“, spricht Benjamin seinen Wunsch laut aus.

„Wir wollen jetzt nicht sentimental werden“, unterbricht ihn der Pfleger und bugsiert uns nach draußen. Im Wohnzimmer werde ich von Cristina erwartet. Sie steht da mit verschränkten Armen vor der Brust, vor ihr auf dem Boden stapeln sich Bücher zu einem schiefen Turm. „Ich verkaufe alle Bücher für je einen Euro“, sagt sie mit ernster Miene und schürzt die Lippen.

Ich nehme drei der oberen Bücher und reiche Cristina einen Zehn-Euro-Schein.

„Ich habe aber kein Rückgeld“, sagt sie entschieden.

„Der Rest ist für dich“, sage ich schnell und ringe mir ein Lächeln ab, dann ziehe ich Michaela zur Seite. „Woher weißt du so viel über diese YouTuberin?“, flüstere ich ihr ins Ohr.

Lars wartet ungeduldig vor der Tür.

„Weil Jackie damals auch nur auf sich aufmerksam machen wollte, und dann wurden wir entführt, den Rest kennst du ja. Auch damals begann alles mit einem dummen Handy.“ Ihre Stimme bebt, die Erinnerungen reißen in ihr aufs Neue die Wunden auf, die niemals ganz verheilen werden. Ihre Augen quellen über. Sie wischt sich hastig die Tränen weg.

„Michaela, ich hasse mich jetzt schon dafür, aber ich muss dich das fragen." Ich schlucke schwer. „Hast du das Video noch? Du sagtest, da fehlt etwas, und wir brauchen jedes noch so kleine Detail, sonst bleibt das Puzzle unvollständig."

„Ich habe es gelöscht", flüstert sie.

Die Hoffnung in mir zerplatzt wie eine Seifenblase. Jetzt müssen eventuell die Beamten von der IT-Abteilung das Internet nach dem Video durchforsten, was wiederum nur mit einem enormen Zeitaufwand zu bewältigen ist, während uns die Zeit davon rennt.

„Aber ich kann mich umhören", sagt sie dann schnell und sieht mich mit einem schiefen Lächeln an. „Ich danke dir, Onkel, dass du mich damals gerettet hast", flüstert sie rasch und drückt mir einen flüchtigen Kuss auf die Wange. Im Augenwinkel flackert das Licht, das von etwas reflektiert wird, das durch die großen Fenster hereinscheint, und lässt mich blinzeln. Ich senke den Kopf und sehe zu Cristina, die neben dem hohen Stapel Bücher steht. In großen ungelenken Lettern hat sie ein einziges Wort geschrieben, das sie jetzt zwischen die Bücher schiebt: ‚Angebot' steht da drauf. Ich muss schmunzeln.

„Weinst du wegen der Bücher? Dann verkaufe ich sie nicht. Warum lachst du, Onkel Joghurt?" Cristina steht, den Kopf tief in den Nacken gelegt, neben ihrer Stiefschwester, wirft den Geldschein auf den Boden, zerrt das Blatt mit dem Angebot heraus, knüllt es zu einem Ball zusammen und wirft es nach mir, dann klammert sie sich fest an Michaela. Michaelas Kehle entringt sich ein leises Geräusch, das teils nach einem traurigen Lachen und einem wimmernden Weinen klingt. Sie nimmt Cristina in den Arm und küsst sie auf die Wange. „Onkel Joghurt ist nicht schuld daran, ich habe nur etwas ins Auge bekommen“, spricht sie beschwichtigend auf den Wuschelkopf ein. Der Zorn in Cristinas Augen flackert nicht mehr. Dennoch wirft sie mir einen warnenden Blick zu.

„Wen liebst du mehr, mich oder deinen Larsie Darsi?“ Michaela lacht und küsst Cristina auf beide Wangen. Der Wuschelkopf taxiert den jungen Kommissar, mich beachtet sie nicht mehr.

„Dich natürlich!“ Jetzt lacht Michaela.

Lars sieht uns perplex an. Da er in ein Telefonat vertieft ist, ist er wie vor den Kopf gestoßen und versteht nicht, warum seine Freundin lächelnd weint und Cristina ihm ihre Zunge rausstreckt.

„Ich muss jetzt gehen, passt gut auf euren Onkel auf, nicht dass Oliver ihm alle Knochen bricht“, sage ich und ziehe den verdutzt dreinschauenden Lars mit mir nach draußen zum Auto.

Kapitel 54 (Sam)

Sam zitterte, obwohl ihre Stirn von winzigen Schweißperlen bedeckt war. Ein leises mechanisches Klacken zwang sie dazu, die Lider zu heben. Ihr Atem ging flach, es roch nach faulen Eiern. Wirre Gedanken nisten sich in ihrem Kopf ein wie ein Schwarm wilder Bienen.

Erneut klackte etwas. Dann hörte sie nichts mehr.

Die gespenstische Stille war bedrückend. Die Furcht nagte an ihr und ließ ihr keine Ruhe. Jede Sekunde rechnete sie damit, von dem Verrückten aufgesucht zu werden. Nach einer gefühlten Ewigkeit ging mit einem kreischenden Stöhnen die Tür auf. In dem diffusen Licht der Abenddämmerung tauchte eine dunkle Silhouette auf und kam mit langsamen Schritten auf sie zu. Er war wieder da. Samantha winselte, doch ihr fehlte jegliche Kraft, sich zu wehren. Jede Bewegung tat ihr weh.

„Dein zartes Alter und deine Behauptung, unschuldig zu sein, werden dich nicht davor retten, ich bin für solche Empfindungen wie Nächstenliebe abgestumpft. Empathie und Vergebung sind alles leere Worte. Ich werde dich nicht verschonen, also brauchst du dir auch keine falschen Hoffnungen machen, das steht mehr als fest“, sprach der Schatten in ruhigem Ton zu ihr.

Seine Worte gaben ihr ein Gefühl, als wäre sie nur ein unnützes Ding, auf das jeder verzichten könnte, so als wäre sie dieses Monster, das jeder hasste und nicht er.

„Heute gehen wir auf eine Reise, und ich habe noch eine Neuigkeit für dich, es dauert nicht mehr lange, und ich erlöse dich von deinen Qualen. Zu alledem habe ich einen Begleiter für dich gefunden, so wird das Warten nicht mehr so langweilig sein wie bisher. Ihr werdet zwar nicht miteinander sprechen können, aber jeder von euch wird den anderen in seiner Nähe wissen. Ist das nicht tröstlich?" Der Mann lachte schallend und klatsche in die Hände. „Mit meiner Show werde ich etwas aufs Tapet bringen, das dich und deinen Begleiter berühmt machen wird, aber der Ruhm kommt leider erst nach eurem Tod, doch passiert das nicht jedem Künstler?" Er stand jetzt ganz nah bei ihr, das Gesicht dicht vor ihren Augen. Sein warmer Atem roch nach Menthol. „Wusstest du eigentlich, dass wir nicht nur von unseren moralischen Ansichten dirigiert werden?" Er hauchte ihr die Worte wie ein Geheimnis ein, von dem niemand erfahren durfte. Sam schloss die Augen und weinte stumm. Sie wollte ihn mit keiner Regung verärgern, zudem war sie an Armen und Beinen gefesselt, auch steckte in ihrem Mund immer noch der schmutzige Lappen. Der Mann leckte sich über die Lippen und fuhr fort: „In jedem von uns steckt immer noch ein prähistorisches Unwesen mit all seinen Instinkten, das nur eines will, nämlich Rache. Verstehst du? Ihr habt meines geweckt, es hat solange in mir geschlummert, bis ihr es geweckt habt, jetzt dürstet es nach Blut, nach eurem Leben und nach

dem Gefühl, sich gerächt und die Schale der Gerechtigkeit wieder ins Lot gebracht zu haben. Auge um Auge, hörst du mich? Auge um Auge."
Sam sah nicht, wie der Mann in seine Tasche griff. Auch merkte sie nichts davon, wie er einen scharfkantigen Löffel aufklappte. Nur als eine spitze Nadel ihre Haut berührte, zuckte sie zusammen. Der Stich trieb ihr eine einzelne Träne unter dem geschlossenen Lid hervor. Sam schluchzte. Die zart irisierende Perle funkelte auf ihrer linken Wange und reflektierte das wenige Licht der untergehenden Sonne, der Mann wischte ihr zärtlich mit dem Daumen darüber, nichts als ein schmutziger Fleck blieb von der winzigen Träne übrig.

Kapitel 55 (Johannes)

„Da seid ihr ja“, begrüßt uns Karl hektisch und zieht mich kurz am Ärmel, weil ich anscheinend für seine Absichten nicht schnell genug bin, und schließt die Tür hinter uns. Durch eine dunkle Scheibe sehe ich einen Mann, der an einem Tisch sitzt und sich ängstlich umschaut. „Wie ihr wisst, sind wir anfangs von einem Suizid ausgegangen. Der Fall wurde als tragisch, doch gleichzeitig als abgeschlossen deklariert und ad acta gelegt. Ich war heute in der U-Bahn und habe mir alles nochmal angesehen, auch habe ich mit den Verantwortlichen gesprochen. Unsere Bilder sind nur deswegen so scheiße“, Karls Blick huscht zu dem Mann im anderen Raum, „weil eine Spinne sich davor ein Netz gesponnen hat.“

„Wir haben eine Videoaufnahme“, unterbricht Lars seinen Redefluss und geht einen Schritt auf Abstand.

„Wir wollen nicht, dass unser Gespräch zu einer Kontroverse ausartet, nicht wahr, Lars? Wenn du mich noch einmal unterbrichst, drehe ich dir den Hals um, und das bleibt dann auch so, verstanden?“, spricht er in gemäßigtem Ton und wendet seine Aufmerksamkeit erneut mir zu, „das gilt auch für dich, Doc.“ Er reibt sich das Kinn und fährt fort: „Dieser Penner behauptet, etwas gesehen zu haben“, Karl zeigt auf den eingeschüchterten Mann im Verhörraum, „ich habe ihn vor dem Tattoo-Studio aufgegabelt unter einem Dach aus Pappe.“ Der Mann hinter dem

Spiegel sitzt da und summt ein Lied, welches über multidirektionale Mikrofone zu uns geleitet wird. Karl dreht am Regler, das Summen wird leiser. „Deine Aufgabe besteht darin, Doc, alles aus ihm herauszuquetschen und das Gequirle für mich zu übersetzen. Die richtigen Informationen will ich haben, seine Hirngespinste kannst du für dich behalten, habe ich mich klar und deutlich ausgedrückt, Johannes? Ich brauche nur Fakten. Während ihr hier miteinander plauscht, fahre ich zum Schrotthändler. Einen Riesendank an deinen Bruder übrigens“, fügt er rasch hinzu und meint es auch so.

„Was ist mit dem Tätowierer?“, unterbreche ich ihn trotz der eindringlichen Warnung.

„Ein Typ, der sich Igel nennt, ist so harmlos wie ein Mädchen. Er war sehr redebereit, aber das, was er von sich gab, war wenig informativ. Nur ein Detail könnte für die Ermittlung wichtig sein, das Mädchen hat ein Blatt mit einem Motiv mitgenommen. Dieses war bei dem Kerl dort gut aufgehoben, er behauptet, er hätte es dem Mädchen aus den Händen gerissen und sie anschließend getötet.“

„Hat dieser Igel ...“

„Ja, er hat bestätigt, dass das Foto aus seiner Sammlung stammt und er es dem Mädchen einen Tag zuvor ausgeliehen hat. Wir haben noch etwas, einen Schuhabdruck.“ Karl greift nach seiner Mappe, die er unter seinem rechten Arm eingeklemmt hielt. „Hier …“ Er reicht mir ein Blatt, das in einer Folie steckt. Ich sehe nur eine bunte Feder, die von einem Profi gemalt wurde. Karl packt energisch nach meiner Hand und verdreht sie samt dem Blatt. Jetzt sehe ich einen schmutzigen Schuhabdruck.

„Doc Martens“, sage ich trocken.

„Was? Sprich lauter, Doc, der Kerl dort kann dich nicht hören, und ich übrigens auch nicht.“

„Das ist ein typischer Abdruck von einem Doc Martens-Schuh, die sehe ich immer auf unserem Parkettboden, wenn mein Sohn im Herbst nach Hause kommt. Er hat so eine Angewohnheit, die Schuhe anzulassen, um später zu behaupten, dass nicht er derjenige war, der ...“

„Ist gut, Johannes, deine familiären Probleme kannst du gern für dich behalten.“

„Größe 48, vielleicht 49“, vervollständige ich.

„Wo steht das jetzt?“, brummelt Karl und reißt mir das Blatt aus der Hand, um es ans Licht zu halten.

„Mein Sohn hat diese Schuhgröße, dieser hier ist nicht viel kleiner. Aber unser Täter hat einen viel kleineren Fuß, was bedeutet, der Schuh gehört nicht ihm, oder er hat sich mit Absicht welche besorgt, die ihm viel zu groß sind. Das Abrollen passt nicht zu einem gewöhnlichen Tritt. Die Fußspitze hat einen merkwürdigen Knick und ist nicht so deutlich wie der Rest, da hat der Schuh sehr stark nachgegeben, weil er keinen Widerstand der Zehen hatte.“

„Das ist mir auch aufgefallen“, lügt Karl. „Ich habe mich anders entschieden. Du und ich gehen jetzt da rein. Guter Cop, böser Cop zieht bei dem Typen nicht. Seine Welt besteht nur aus bösen Jungs. Wir spielen böser Cop und böser Doc, ich unterbreite ihm ein Angebot, das er nicht abschlagen wird. Eine Suite bei einem Kerl, der auf Männerärsche steht, mit allem Pipapo, schalldicht und kein Licht in der Kammer inklusive, was meinst du, Doc? Ist doch ein guter Ansatz fürs Erste. Das wird bestimmt seine Zunge etwas lockern, und du hilfst mir dabei, ihn davon zu überzeugen, dass ich nicht bluffe. Was mir noch unter den Fingernägeln brennt, ist, ob die Hasenpfote tatsächlich dem Mörder gehört hat." Karl hält eine durchsichtige Tüte in die Luft, darin liegt eine weiße Pfote. Karl knetet mit Daumen und Zeigefinger seine Oberlippe, so als müsse er nachdenken, dann hellt sich sein Blick etwas auf. „Ach ja, der toxikologische Bericht hat noch etwas ergeben. Die erste Leiche, damit ist das erste Opfer gemeint, wurde sediert. Sie hatte mehrere Einstiche von einem scharfen Gegenstand im linken Unterarm. Was bedeutet, der Täter ist entweder ein Junkie, oder er weiß, wie man die Nadel in die Vene einführt."

„Dann passt die Aussage, dass die Stiche laienhaft ausgeführt wurden, nicht ins Profil."

„Stimmt nicht ganz, schließlich kann jede Krankenschwester einem Blut abnehmen, oder er hat es einfach nicht für wichtig befunden, die Augen professionell zu vernähen", erwidert Karl, was wiederum logisch erscheinen mag, wenn man davon ausgeht, dass der Täter seine Spuren fingiert.

„Wie lange befragst du ihn eigentlich schon, Karl?"

„Warum? Zeit zum Nachdenken hatte er jetzt genug. Was bezweckst du mit deiner Frage?" Karl sieht an mir vorbei zu dem Mann, der unbeweglich dasitzt und seinen Blick auf einem imaginären Punk festhält.

„Ich möchte nicht, dass du ihn damit in einen Zustand der selektiven, gar posttraumatischen Amnesie versetzt hast. Angstzustände können einen dazu bringen, dass unser Denkorgan einen fatalen Schutzmechanismus bildet, durch welchen ich nur schwer durchdringen kann und es mich viel Anstrengung kostet und Zeit."

„Deine Art zu übertreiben amüsiert mich immer, Johannes. Ich habe mich mit ihm wie ein zivilisierter Beamte unterhalten, schließlich werden die Gespräche aufgenommen."

Kapitel 56 (Johannes)

„Und was mache ich in der Zeit?“ Lars steht unschlüssig da. Karl ist sichtlich erleichtert, von seinem jungen Kollegen unterbrochen geworden zu sein, und dreht sich zu Lars Böhm um.

„Du, Lars, du fährst zu diesem Kranich und schaust dich erstmal dort gründlich um. Behaupte einfach, du brauchst etwas Exklusives, also kein 08/15-Ersatzteil, sondern etwas, das nicht jeder Depp braucht.“

„Welches?“ Lars wirkt irritiert.

„Was weiß denn ich, einen Endtopf für einen Porsche Spyder 918, etwas, das nicht jeder hat eben, jedenfalls keine Stoßstange von einem Golf. Ich möchte, dass du dir alles merkst und aufschreibst. Der Doc und ich kommen später nach.“

Ich werfe einen kurzen Blick auf meinen Chronograph, weil mir einfällt, dass ich heute noch nichts zu Mittag gegessen habe. Achtzehn Uhr fünfunddreißig, dann kann ich ja noch eine Stunde lang aushalten und gleich zu Abend essen, denke ich und spüre, wie sich mein Magen verkrampft.

„Was ist, Doc, du willst mir doch jetzt nicht etwa abkratzen? Was machst du für ein Gesicht?“ Karls Stimme nimmt einen besorgen Ton an.

„Mir geht es gut, nur ist der Obdachlose kein Mörder.“

„Woher die Sicherheit?“

„Die meisten Mörder sind unterdurchschnittlich intelligent“, sage ich. Endlich löst sich der Knoten in meinem Bauch.

„Dieser dort sieht nicht gerade wie ein Harvard-Student aus“, scherzt Karl.

„Was ich meine ist, sie morden im Affekt, ihre Taten sind unorganisiert. In den Romanen werden sie gerne als gerissene Kerle dargestellt, die impulsiv und ohne jegliches Gefühl der Reue handeln.“

„Komm endlich in die Gänge, Doc.“ Karl wird ungeduldig.

„Aber wenn der Mörder hochintelligent ist, er seine Taten akribisch vorausplant, wenn seine Herangehensweise nicht von psychotropen Substanzen, sondern von seiner Genialität gelenkt wird, so müssen wir darauf achten, dass wir bei dem bevorstehenden Gespräch nicht zu viel preisgeben. Der Obdachlose kann eine Ente sein, ein Informant, verstehst du, Karl?“

„Hältst du mich etwa für einen Grünschnabel?“

Ein bedrückendes Schweigen legt sich über mich.

„War nur so ein Gedanke“, sage ich, sobald die Atmosphäre zu knistern beginnt.

Karl klatscht kurz in die Hände und stürmt nach draußen. „Kommt, wir haben keine Zeit zu verlieren. Du, Doc, kommst mit mir, du, Lars, schnappst dir Edgar. Ich erwarte euch beide in einer Stunde wieder hier in meinem Büro, mit Ergebnissen.“ Lars und ich tauschen einen Blick und folgen den Befehlen.

Kapitel 57 (Der Henker)

Meine Hände zittern vor Anstrengung. Während ich das Lenkrad umschließe und den kleinen, unscheinbaren Nissan Micra auf die Straße steuere, werfe ich noch einen kurzen Blick in den Rückspiegel. Das große Tor gleitet langsam zu und wird mit einem lauten, metallischen Knall verriegelt, sobald der Schlossmechanismus zuschnappt. Ich werde nicht lange brauchen, um zurückzukommen, weil ich nach dem Rechten schauen muss. Mein Arbeitgeber ist seit gestern im Urlaub, das bedeutet, ich habe das ganze Gelände für mich allein. Er war dieses Jahr erst vor kurzem im Süden und hat den Sommer in vollen Zügen genossen, ich hatte meine Ruhe und konnte mich mit meinen Mädchen austoben.

Just in einem kurzen Moment der Unaufmerksamkeit ertönt ein lautes, warnendes Hupen.

Aus Reflex trete ich auf die Bremse und reiße den Wagen nach rechts. Steine knirschen unter den Rädern, der kleine Nissan gerät für einen Augenblick ins Schleudern. Es hat nicht viel gefehlt und ich wäre in den schwarzen BMW gefahren. Mein Herz wummert wie ein Presslufthammer.

„Passen Sie auf“, ermahnt mich ein junger Mann, der am Steuer sitzt, und mich durch das offene Fenster anspricht. Sein Haar ist dunkel und kurz. Die Gesichtszüge gleichmäßig, und irgendwie kommt er mir bekannt vor. Neben ihm auf dem Beifahrersitz kann ich einen zweiten Mann ausmachen, ohne ihn wirklich zu sehen. Er trägt ein Sweatshirt mit Kapuze, die er sich über den Kopf gezogen hat.

„Ist das hier der Schrottplatz?“, reißt mich der dunkelhaarige Typ aus meinen Gedanken. Er lehnt sich ein Stück weiter aus dem Fenster und späht zum Tor.

„Wer will das wissen?“, stelle ich mich stur, weil mir nichts Gutes dabei schwant. Irgendwie sehen die Typen gehetzt aus. Sie sind bestimmt schneller als die erlaubten fünfzig Kilometer pro Stunde gefahren und hätten beinahe einen Unfall verursacht, um ihn mir später in die Schuhe zu schieben. Das Ganze ist mir nicht geheuer, aber ich muss Ruhe bewahren.

„Wir sind von der ...“, der Mann stockt und wirft einen hastigen Blick zu seinem Kollegen rüber. „Wir tunen Autos und brauchen ein paar Ersatzteile“, lacht er gezwungen auf und streckt mir ein Foto entgegen. Ich starre auf einen Porsche Cayenne, älteres Modell, kaum dreißigtausend Euro wert.

Die anfängliche Furcht, es könnten Bullen oder zwei Mitglieder der polnischen Bande sein, die hier ihr Unwesen treibt und die Schrottplätze leerräumt oder dort von der Polizei gesuchte Fahrzeuge versteckt, ist verflogen. Die zwei Milchbubis sehen wirklich wie diese Möchtegern-Tuner aus dem Fernsehen aus, denke ich und ringe auch mir ein Lächeln ab. „Ja, aber ich muss euch enttäuschen, die haben seit zwei Wochen zu."

Der Mann furcht die Stirn und sieht erneut zu seinem Partner, der ununterbrochen etwas zu tippen scheint. Sein Blick fährt nur für den Bruchteil einer Sekunde nach oben, dann versinkt er wieder in seiner Arbeit. Und jetzt werde ich den Eindruck nicht los, ihn von irgendwoher zu kennen.

„Wie das?" Der Fahrer reibt sich an der ungewöhnlich geraden Nase.

„Betriebsurlaub, wollte selbst eben was besorgen." Ich zucke theatralisch die Schultern und mache einen enttäuschten Gesichtsausdruck. „Dumm gelaufen", füge ich schnell hinzu. Das mit der Urlaubszeit von zwei Wochen stimmt ja beinahe, das andere ist nur eine Notlüge, die mir sanft über die Lippen rutscht, ohne mich verdächtig aussehen zu lassen.

„Shit happens", pflichtet der Mann mir bei und schlägt entrüstet aufs Lenkrad. Der andere Kerl macht eine unbestimmte Kopfbewegung und streckt seine Hand aus. „Danke", sagt der Fahrer und drückt aufs Gas. Der Wagen schleudert nach vorne. Rollsplitt spritzt unter den Rädern, einige Steine krachen gegen das Blech meines Wagens. Befände ich mich in einer anderen Situation, hätte ich die beiden auf Sachschaden verklagt, so jedoch sehe ich zu, hier schnellstmöglich zu verschwinden.

Kapitel 58 (Sam)

Am nächsten Tag

‚Atmen', sprach Samantha zu sich selbst, ‚nur atmen.' Doch jeder Atemzug wurde zur Qual. Alles um sie herum war in ein tiefes, undurchdringliches, zähes Schwarz getaucht. Sie versuchte zu blinzeln. Ein unsäglicher Schmerz durchfuhr ihre sämtlichen Glieder. Ihr Schrei wurde im Keim erstickt und war nichts als ein tonloses Stöhnen. Ein kalter Schauer lief ihr den Nacken hinab, und trotzdem glühte sie am ganzen Körper. Ihre Haut, insbesondere die Partie um die Augen, brannte wie Feuer.

„Hallo?", vernahm sie eine tiefe Stimme. „Ist da jemand?", fragte ein Mann mit gequälter Stimme.

Samantha warf den Kopf hin und her wie im Delirium, doch zu ihrer Bestürzung konnte sie überhaupt nichts sehen. Als habe man mir die Augen herausgeschnitten, dachte sie voller Bestürzung. Eine Welle unbändiger Panik brach über ihr zusammen und ließ ihre Muskeln verkrampfen. Etwas fiel dumpf polternd zu Boden. Vor lauter Schreck geriet ihr Herzschlag aus dem Takt, ihr Atem stockte, auch war ihre Nase verstopft, weil sie Rotz und Wasser heulte. Ihre Nasenschleimhaut schwoll weiter an und schnürte ihr zusätzlich die Luft ab. Jeder ihrer Atemzüge glich einem feuchten Pfeifen, das von einem Röcheln und Winseln begleitet wurde.

‚Ich werde dir weh tun, so richtig, verstehst du?', hallten die Worte in ihrem Kopf nach. Sie roch wieder den fauligen Atem des Mannes, der nach einem Hauch von Menthol roch.

‚Deinem Gesichtsausdruck nach zu urteilen leidest du bereits, doch diese Qualen sind nur der Anfang, verstehst du, was ich meine?' Sein verzerrter Mund taucht aus ihrer Erinnerung auf. Der stechende Schmerz und etwas Kaltes an ihrem Auge lassen sie aufs Neue erschauern.

‚Ich tue das nicht zum ersten Mal', fuhr die Stimme in ihrem Kopf fort. Das kalte Etwas drang unter ihr Oberlid und verursachte ein kratzendes Geräusch.

‚Woran denkst du, Samantha, weshalb nehme ich solch grausige Rache an dir?', frönte die Stimme ihrem Leid. Sie trat mit den Füßen, doch die Fesseln hatten ihre Bewegungen eingeschränkt und hielten sie fest umklammert. Ihr Oberkörper bäumte sich nach außen auf, doch der Mann fuhr ungehindert in seiner Arbeit fort.

„Nein, nein, NEIN, NEEEIN!!!", schrie sie jetzt und verscheuchte die Bilder aus ihrem Bewusstsein.

‚Zugegebenermaßen fiel mir das wirklich schwer, aber nur beim ersten Mal', lachte die

Stimme und ließ sich nicht vertreiben. Samantha zerrte auch jetzt an ihren Fesseln. Sie spürte wie die wunde Haut darunter riss und zu bluten begann. Sie konzentrierte sich auf andere Geräusche und vernahm wieder ein leises Flüstern.

„Bitte, sag es mir, wer bist du?", sprach der Mann zu ihr.

„Samantha", presste sie durch den Stoff in ihrem Mund. „Ich bin Sam!", gab sie nicht auf und drückte mit der Zunge gegen den Knebel.

‚Du baust darauf, von der Polizei gefunden zu werden', gab die Stimme nicht auf, ‚aber all das ist für mich ohne Belang, ich habe es bald vollbracht, all das, was ich mir vorgenommen habe, hat bald ein Ende', sprach der Mann zu ihr und wandte sich dem zweiten Auge zu.

„Nein", stammelte Samantha und wehrte sich dagegen, im Wissen, dass ihre Gegenwehr nichts mehr nützen würde, gegen das, was geschehen war, konnte man sich nicht mehr wehren.

‚Ich bin müde, und außerdem rennt mir die Zeit davon.' Ihr Peiniger stach aufs Neue zu. Alles um sie herum wurde dunkel, so wie auch jetzt. Doch nun sprach jemand anderer zu ihr, und sie war nicht mehr allein. „Nicht mehr allein", wiederholte sie, „nicht mehr allein."

„Wer bist du, was willst du von mir?", sprach der Unbekannte und wartete vergebens auf eine Antwort. Dann hörte Sam Schritte. Er kam wieder zurück. Ein Kratzen, wie mit einem Metallrohr über den harten Bodenbelag, dieses

Geräusch kannte sie aus einem Horrorfilm, in dem sie jetzt die Hauptrolle spielte, dieses Kratzen und Schaben wurde immer deutlicher.

„Oh Gott, nein“, flehte der Mann, der noch kurz zuvor geflüstert hatte, den Verrückten lautstark an. „Du?!“ Der Mann hatte scheinbar die Stimme erkannt, die beiden waren sich also nicht fremd.

„Ja, ich!“, entgegnete der Verrückte. Hart und gebieterisch klangen seine Worte.

„Was willst du von mir?“, schrie die männliche Stimme, zitternd vor Angst.

„Das Leben deines Kindes“, hallte die eisige Stimme durch den Raum und brachte die Luft zum Vibrieren.

Als der Mann etwas sagen wollte, ertönte ein feuchtes Schmatzen. Dann kehrte Ruhe ein.

Kapitel 59 (Johannes)

Ich sitze in meinem Zimmer und mache mir Notizen. Das Gespräch mit dem Obdachlosen hat viele weitere Fragen aufgeworfen und verlief weniger zufriedenstellend als erhofft.

Ich erstelle eine Liste und versuche, ein Profil des Täters zu erstellen. Er weist viele Eigenschaften eines Menschen mit einer multiplen Persönlichkeitsstörung auf. Ich erinnere mich an einen Mann, in dem ich während unserer unzähligen Gespräche mehr als sechs Persönlichkeiten entdeckt habe. Mit all den dazugehörigen Komplexitäten und Charaktereigenschaften, die eine Person, ein Individuum ausmachen, das, was uns Menschen auszeichnet. Aber er, sein erstes ich, hat von den anderen Charakteren nichts mitbekommen, erst durch Video-Aufzeichnungen konnte ich ihm vor Augen führen, dass sein Körper eine Art Haus für eine Wohngemeinschaft war, das von Menschen bewohnt wurde, deren Charaktereigenschaften von Grund auf verschieden waren. Auch die geistige Entwicklung und das Alter wie auch die Geschlechter der einzelnen Bewohner waren nicht gleich.

In dem Moment, in dem ich mir das Nasenbein mit Daumen und Zeigefinger zu massieren beginne, glaube ich auch ein Geräusch vernommen zu haben. Wie das weit entfernte Rattern einer Motorsäge. Erst beim zweiten Mal fällt mir auf, dass mein Smartphone auf der Tischplatte sich durch den Vibrationsalarm um seine eigene Achse dreht. Ein kurzer Blick auf die Uhr verrät mir, dass erneut ein Tag an mir vorbeigerauscht ist.

Im ersten Impuls will ich aufstehen und nach unten gehen, um mir einen weiteren Kaffee zu holen, doch meine Hand hört nicht auf den Befehl von oben und greift nach dem Telefon. Eine Videodatei von Michi. 23 Megabyte stelle ich stirnrunzelnd fest. Das Video muss eine Länge von fünf Minuten haben, wenn die Qualität gut ist. Das Verlangen nach Koffein weicht der Ungeduld. Die WLAN-Verbindung ist gut, es dauert nur wenige Augenblicke, bis ich das Video anschauen kann. Mit einem leichten Kribbeln unter den Fingernägeln drücke ich auf ‚Play'. Schon während der ersten zwanzig Sekunden stelle ich fest, dass bei dem ersten Video, das wir bei Benjamin angeschaut haben, die Ton- und Videospur nicht synchron zueinander lagen.

Das hier ist das Original, sagt mir mein Kopf. Die Netzhaut brennt, weil ich vor Anspannung vergessen habe zu blinzeln.

Das Video wird kurz durch einen Kommentar unterbrochen. „Ich habe das Video auch Onkel Benjamin gezeigt", lautet die Botschaft, die statt mit einem Punkt mit einem nach oben gestreckten Daumen endet. Ich antworte ihr mit demselben Emoji und starre weiter auf den kleinen Bildschirm.

Die Person, die das Video aufgenommen hat, war an diesem Tag nicht allein unterwegs, sondern in Begleitung einer Freundin, was an sich nichts Ungewöhnliches ist. Laute wie ‚Oh' oder ein leises Aufkreischen kommen von überall her. „Sie ist gestürzt", schreit jemand aus der Menge. Eine pummelige Hand schiebt eine Passantin die im Weg steht, zur Seite. Dann ertönt wieder der eine Satz. „Ich habe noch nie gesehen, wie jemand von einem Zug überfahren wird." Die Stimme überschlägt sich aus Angst und Neugier. Die Perspektive, aus der die Aufnahme gemacht wurde, zeigt zuerst den grauen Boden, dann die Markierung, langsam kriecht das Auge der Kamera über den Rand. Ich sehe ein Mädchen. Es ist blutüberströmt, aus der Kopfwunde fließt dunkles Blut. Sie hält ihre Hände in die Luft gestreckt. Ihre Augen sind weit aufgerissen, starren jedoch ins Leere. Sie hört zwar Stimmen, doch begreift sie nicht, was mit ihr passiert ist. Die Stimmen und Schreie werden lauter. Die Kakophonie aus warnenden Rufen und dem lauten Warnsignal des herannahenden Zuges vermischen sich zu einem Cocktail aus Tönen, die nicht mehr zu entwirren sind. Die Frau mit dem Handy wird ruckartig zurückgerissen, in der Faszination, dem Menschen zuzuschauen, wie er stirbt, hat sie allem Anschein nach die Gefahr, die ihr droht, nämlich vom Zug erfasst zu werden, nicht erkannt. Ihr Selbsterhaltungstrieb war ausgeschaltet. „Lena, bist du verrückt?", schreit das zweite Mädchen. Die Kamera macht einen

Schwenker nach rechts. Wieder taucht die Reflexion einer jungen Frau auf, wieder in einer Scheibe, nein, es ist ein Getränkeautomat. Ich spule die Aufnahme zurück und schließe das Handy an meinen PC an.

Auf dem großen Bildschirm erscheinen die Bilder realer. Ich stöpsle die Kopfhörer an und drehe die Lautstärke auf. Immer und immer wieder lasse ich das Szenario auf mich einwirken, auch jetzt kann ich den Sanitäter sehen, nur kurz zwar, dennoch kann ich ihn oben auf der Treppe erkennen, wie er sich um Samantha kümmert, um kurze Zeit später grob von seinem Kollegen von der Frau weggezerrt zu werden.

‚Hast du das Video gesehen oder warst du gar dort bei diesem Unfall mit anwesend?, frage ich den Mann, der jetzt schon zwei Mädchen umgebracht und sich allem Anschein nach auch das dritte geschnappt hat. Aus den Berichten, die wir aus Dresden bekommen haben, geht hervor, dass sich damals insgesamt vier Mädchen dort befunden haben, das haben auch ihre Eltern bestätigt. Karl hat sie alle überprüft. Ich strecke den Daumen nach oben. Das erste war Janina, zähle ich auf, danach folgte Luzia, sie war ihre beste Freundin und hat ihre damalige Freundin dazu ermutigt, auf den Waggon zu steigen und eine coole Pose einzunehmen. ‚Mach so, zwei Peacezeichen‘, lese ich aus meinen Notizen, die ich jetzt wieder vor mir liegen habe. Da waren noch Josephine und Alina dabei, doch die beiden

Mädchen leben noch. Josephine studiert in Hamburg, Alina ist schwanger mit Zwillingen und bezieht seit zwei Jahren Arbeitslosengeld. Stehen die zwei Mädchen als Symbol für die beiden, für Alina und Josephine? Musste Lena statt Josephine sterben und Samantha statt Alina? Darum hat er sich die beiden ausgesucht. Von diesem Unfall habe ich noch weitere Videos im Internet gefunden, doch diese wurden von drei Jungs, zwei Männern und einer Frau gemacht.

Die drei waren das Syndikat des Bösen, sie allein waren für den Tod von Janina verantwortlich.

Mein Handy vibriert erneut. „Das hier ist ein anderes Video, in voller Länge, habe ich d r via Email zugeschickt, Gruß Benjamin. PS: Diese Perspektive öffnet nicht nur dir die Augen." Der Cursor schwebt zum Postfach-Icon. Meine Hand klopft ungeduldig gegen den Oberschenkel.

Es dauert eine Ewigkeit, bis ich das Video starten kann. Benjamin hat es irgendwo in den Tiefen des Internets ausgegraben. Nachdem er den kurzen Ausschnitt gesehen hat, wusste er, wonach er suchen musste, lautete der zweite Text im Anhang seiner Email.

Zuerst sehe ich einen Mann. Ich erstarre, als ich in dem Mann Herrn Helm erkenne. Er steht neben Janina. Er sieht sich um und löst absichtlich die Bremse, dann wendet er sich an Samantha – pro forma, wie ich feststelle. Ohne Hast schiebt er den Wagen mit dem rechten Reifen über ein Stück

Pappe, das zu einer Rampe, die eine Keilform hat, zusammen gefaltet ist. Er klopft Samantha leicht auf die Schulter, sie reagiert darauf mit einem Schulterzucken, dann deutet Herr Helm auf Janina. Er braucht nur ein Alibi. Aber genau dieses Verhalten, dieses eine Detail, will einfach nicht in das von mir erstellte Puzzle passen, egal wie ich es drehe und wende. Warum lässt er das Mädchen sterben, um sich später an den anderen zu rächen? Oder ist er tatsächlich von mehreren Geistern besiedelt? Leidet er eventuell an einer gespaltenen Persönlichkeit?

Meine Hand greift nach einem Kugelschreiber und schreibt alles auf, was in meinem Kopf herumschwirrt.

Eine Frage von Karl bringt mich zum Innehalten. ‚Ich habe jetzt eine Antwort darauf', flüstere ich.

Der Luftaustausch, lautet die Überschrift, die ich zwei Mal unterstreiche. Der Zug im Tunnel erfüllt die Funktion eines Luftkolbens: Der Zug drückt die verbrauchte Luft vor sich her, gleichzeitig zieht er die frische Luft mit sich - dieser kaum wahrnehmbare Luftschub hat ausgereicht, den Rollstuhl, den Herr Helm kurz zuvor auf ein Stück Pappe gestellt hat, in Gang zu setzen. Die Luftbewegung und die kleine Erhöhung waren nötig, damit Janina in die Tiefe stürzte.

Ohne länger zu zögern, wähle ich Karls Nummer und teile ihm die neu gewonnene Information mit.

„Welches kranke Arschloch tut so etwas einem Kind an, einem hilflosen Kind?“, fragt Karl in mühsam gezügelter Wut. „Ich bin in zehn Minuten bei dir, dann knüpfen wir uns das Arschloch vor“, sagt er und legt auf. Ich weiß, dass es keine leere Drohung ist und sehe zu, dass ich schnell all meine Gedanken zu Ende schreibe und noch vor Karls Erscheinen nach unten komme.

Kapitel 60 (Johannes)

„Guten Tag, Frau Helm, hätten Sie eventuell eine Minute Zeit?“ Wir stehen vor der Wohnungstür und hoffen, dass wir herein gelassen werden. Zum Glück stand die Eingangstür zum Haus offen, und wir konnten ungehindert das Haus betreten. Frau Helm sieht uns wieder durch den Spalt unschlüssig an.

„Mein Mann ist aber nicht zu Hause, er ist mit unserer Tochter eine Runde spazieren. Liana schläft immer so schlecht ein.“

„Ich habe hier drei Bücher, die Sie Ihrem Kind vor dem Schlafengehen vorlesen können, danach kann sie bestimmt besser einschlafen als nach dem Fernsehen. Die flimmernden Bilder aus dem Fernseher fördern den Schlaf nicht wirklich.“ Ich versuche, es nicht wie einen Vorwurf klingen zu lassen.

„Woher wissen Sie, dass Liana vor dem Schlafengehen fernsehen darf?“ Ihr Blick ist skeptisch.

„Doktor Hornoff ist Psychologe, da wir jetzt bei dem Thema sind, möchten wir Ihnen einige Fragen zu Ihrem Gatten stellen“, ergreift Karl das Wort.

„Haben Sie mir etwa nicht zugehört? Mein Mann ist nicht Zuhause.“ Den letzten Satz lässt sie so klingen, als wäre der Polizeihauptkommissar ein Trottel oder der deutschen Sprache nicht mächtig, egal wie, das erzürnt Karl. Er schweigt jedoch für einen Augenblick.

„Wie lange ist er jetzt weg?“, fragt er in gezwungen gemäßigtem Ton.

„Eigentlich müsste er schon längst wieder da sein“, entgegnet Frau Helm und dreht ihren Kopf über die rechte Schulter. Sie schaut auf eine Uhr, die neben der Garderobe hängt, mutmaße ich. „Mein Mann ist ein guter, nur ist er manchmal widerborstig, aber er ist ein guter Ehemann und Vater.“ Die Frau macht den Eindruck, als müsse sie sich von der Richtigkeit ihrer Aussage selbst überzeugen. Ihre Stimme klingt spröde, und sie muss sich räuspern, weil sie gegen die sich anbahnenden Tränen und Zweifel kämpft.

„Da sind wir aber anderer Meinung“, erwidert Karl. Seine Stimme ist genauso kernig wie sein Auftreten. Er duldet keine Ausflüchte mehr. „Wenn Sie uns nicht in die Wohnung lassen, so passen wir Ihren Mann vor der Tür ab und nehmen ihn mit. Hier ist Gefahr im Verzug.“

„Was bedeutet das?“ Frau Helm sieht hilfesuchend mich an und öffnet die Tür. Ich reiche ihr die Bücher, die ich Cristina abgekauft habe. Wie in Trance greift sie nach dem kleinen Stapel und wankt rückwärts durch den schmalen Flur, diesmal lassen wir die Schuhe an und begeben uns ins Wohnzimmer.

„Bitte, setzen Sie sich.“ Frau Helm deutet auf das Sofa. Ihr Argwohn schlägt in Angst um. Immer wieder fährt ihr Blick zum Wecker, der neben dem großen Fernseher steht. Ihr Mann ist länger weg, als sie es zugegeben hat. „Stephan hat mit dem ganzen nichts zu tun.“ Die Fassungslosigkeit in ihrer Stimme spiegelt sich in

Karls Verhalten wider, denn er steht wieder auf und geht zum Fenster.

„Was hat Ihr Mann für einen Beruf?“ Er schiebt den Vorhang ein Stück zur Seite und späht nach draußen.

„Er ist im Moment arbeitslos ...“

„Sagten Sie nicht, er arbeitet schwer und braucht seinen Schlaf?“ Ich taxiere sie. Frau Helm steht in der Tür, ihr Blick ist auf ihre Füße gerichtet.

„Er arbeitet schwarz. Wir brauchen das Geld.“

Ich stehe auch auf und trete näher an die Frau heran. Ich sehe wieder auf das Foto und greife danach. „Wurde Janina adoptiert? Bitte, jedes Wort kann für uns wichtig sein, denken Sie bitte an Ihre zweite Tochter, ich will Ihnen keine Angst einjagen, aber ...“

„Nein“, unterbricht mich Frau Helm. „Stephan wird seiner Tochter nichts tun. Er liebt Liana mehr als sich selbst.“

„Dann war Janina nicht sein leibliches Kind?“

Ein zaghaftes Kopfschütteln ist alles, was sie zustande bringt.

„Auch Sie sind nicht Janinas Mutter.“

Schweigen.

Ich sehe in zwei Augen, die von Tränen nass sind und im weißen Licht der Deckenbeleuchtung glänzen.

„Und die Fotos?“

„Mein Exmann war verheiratet, seine Frau war schwanger. Bei der Geburt gab es

Komplikationen, seine Frau ist dabei, also sie ist“, sie schluckt, „noch am selben Tag verstorben.“

Erneutes Schweigen. Ich lasse ihr die Zeit, um sich zu sammeln.

„Er wollte, ich und Wolfgang, wir waren, also, er und ich“, stammelt sie, ohne einen zusammenhängenden Satz auf die Reihe zu bringen.

„Wolfgang und Sie hatten schon vor der Geburt Gefühle füreinander, und nach dem Tod seiner Frau haben Sie die Rolle der Mutter übernommen?“, helfe ich ihr auf die Sprünge.

Sie nickt. „Wir waren schon mal zusammen und wollten Kinder, aber es hat nicht so richtig geklappt.“

„Ist Liana Ihr leibliches Kind?“

Frau Helm schaut an mir vorbei. „Ja, mit Stephan hat es gleich beim ersten Mal funktioniert, aber Wolfgang denkt, sie wäre von ihm, auch laut Gesetz ist Liana Wolfgangs leibliches Kind.“

„Sie sind also fremd gegangen und sind von Stephan schwanger geworden?“

Sie schluchzt nur und wischt sich grob die Tränen weg.

Ich sehe kurz zu Karl. Er furcht die Stirn und macht sich Notizen.

„War Janina ein Hindernis in eurer Beziehung, warum lebte sie bei Ihnen und nicht bei ihrem Vater?“

„Janina wollte es, sie wollte bei Wolfgang leben, aber mein Exmann, er arbeitete viel, er war Lokführer.“ Sie schluckt und wischt sich mit dem

Handrücken über die Nase. Ich tippe alle Informationen in mein Smartphone.

„Darum ist Janina damals nach Dresden gefahren“, spricht Karl für die Frau, „sie wollte zu ihrem Vater. Darum ist sie auf den Zug geklettert, weil sie dort auf Wolfgang, ihren Vater warten wollte, darum hasste Janina Sie und Ihren Mann, weil Janina ihn, ihren Vater, mehr liebte als Sie.“ Karl sieht die Frau herausfordernd an. Er ist ein sehr guter Zuhörer.

„Ich werde nichts mehr sagen“, flüstert Frau Helm mit einem Unterton, der uns suggeriert, dass sie uns eine Antwort auf diese Frage schuldig bleiben wird.

„Das müssen Sie nicht. Ihr Mann hat sich Janinas entledigen wollen. Wollen Sie uns vielleicht etwas anderes erzählen?“

Frau Helm sieht Karl unschlüssig an, ihr Kinn zittert. Sie schweigt.

„Ist Ihr Mann jemals handgreiflich geworden? Damit meine ich den Ex.“ Karl hat eine geschickte Methode angewendet, er fokussiert den Groll, der eigentlich uns gilt, auf den Exmann.

Die Emotionen brechen sich Bahn und zwingen die Frau zum Reden. „Nein, aber er war nie da, und Janina, also ihre Oma, hat ihr alles erzählt, von dem Tod ihrer Mutter, und die alte Hexe hat sogar behauptet, ich hätte ihre Mutter umgebracht. Diese Hexe hat alles zerstört. Irgendwann habe ich es nicht mehr ausgehalten. Ich habe alle meine Sachen gepackt und bin abgehauen, das Gericht hat zu meinen Gunsten entschieden, ich habe das alleinige Sorgerecht bekommen. Um alles hinter mir zu lassen, habe ich auch den Wohnort gewechselt. Als Janina in die Pubertät kam, fingen die Probleme richtig an. Dann, eines Nachts, ist sie mit ihren Freundinnen abgehauen. Den Rest scheinen Sie zu kennen."

„Wie lautet der Nachname ihrer Ex-Schwiegermutter?" Bei dieser Frage ist selbst Karl wie vor den Kopf geschlagen. Die beiden sehen mich verdutzt an und begreifen nicht wirklich den Sinn meiner Frage.

Frau Helm runzelt nachdenklich die Stirn. „Trauer", sagt sie dann leise. Ich ziehe meine Hand aus der Hosentasche und suche nach dem passenden Video, zuvor habe ich alle Informationen, die ich im Morsecode eingegeben habe, an meinen Bruder geschickt.

Noch immer von Panik beherrscht, zittert Frau Helm am ganzen Körper, sie schweigt jedoch, als ich mich ganz dicht neben sie stelle, so nah, dass unsere Schultern sich berühren. Ich habe das Video ausgesucht, welches Benjamin zusammengestellt hat. Es zeigt nur die Menschen, die damals bei dem Unfall anwesend waren. „Schauen Sie sich bitte das Video genau an. Ich weiß, es wird schwer für Sie sein." Ich hebe den Blick und sehe kurz zu Karl rüber. Er nickt knapp.

„Ich werde jemanden herbeordern." Obwohl er sehr leise spricht, vermittelt seine Stimme die Kompetenz und das Wissen, welches er sich mit den Jahren angeeignet hat. „Sie bekommen psychologische Unterstützung. Doktor Bleibtreu wird Ihnen heute Nacht zur Seite stehen. Ein Gespräch mit ihr wird für Ihre Familie das Beste sein", sagt Karl und verlässt den Raum. Er verschweigt, dass er noch zwei Polizisten anweisen wird, das Haus Tag und Nacht zu überwachen.

Frau Helm bewahrt nur mühsam die Fassung. Ich höre, wie sie atmet, schnell und abgehackt. „Bitte, ich will das nicht mehr sehen. Ich habe mir dieses Video nie angesehen.“

Auch dieses Mal weigert sie sich, die Szene anzuschauen. In ihrem Gesicht spiegelt sich der Ausdruck nackter Panik wider, sie geht einen Schritt nach hinten, fleht mich stumm an und schüttelt zaghaft den Kopf. „Ich kann das nicht, Sie können mich nicht dazu zwingen.“

Ich weiß, dass sie recht hat. Ich werde sie dazu nicht zwingen können. Ich stecke das Gerät zurück in meine Jacke.

Karl kommt zurück und sieht mich fragend an. Auch ich schüttele enttäuscht den Kopf.

Wir gehen in die Küche, weil Karl einen Kaffee haben möchte, eigentlich will er somit die Zeit überbrücken, die Doktor Bleibtreu benötigt, um herzukommen.

„Ich lasse die Familie observieren“, flüstert Karl, während die Kaffeemaschine zischend einen angenehmen Duft durch den kleinen Raum verströmen lässt. „Die Schrotthändler sind wieder da. Wir fahren gleich danach zum Schrottplatz“, fährt er in gedämpftem Ton fort und greift mit einem schiefen Lächeln nach der dargebotenen Tasse Kaffee.

„Karl, kannst du diesen Namen durch die Suchmaschine jagen?“, wende ich mich an den Polizeihauptkommissar, während Frau Helm damit beschäftigt ist, für mich den Kaffee zu bereiten.

Ich schiebe ihm einen Zettel unter die Tasse, auf dem steht: Wolfgang Trauer.

„Ist in Arbeit“, entgegnet Karl und sieht mich pustend über den Rand der dampfenden Tasse an.

Kapitel 61 (Der Henker)

Langsam kommen wir zur Schlussphase. Stephan Helm. Miriam, meine zweite Exfrau, hat sich für das versoffene Schwein entschieden. Sie hat nur das Geld gewollt, mein Geld, das ich von meiner Oma erben sollte, wenn sie das Zeitliche gesegnet hat. Meine Ex glaubte tatsächlich, dass meine Oma meine Mutter wäre, diese blöde Kuh hat sich nie richtig für meine Familie interessiert, und ich war in meiner Verzweiflung blind wie ein Maulwurf. Meine Oma hat mich stets vor solchen Frauen gewarnt. Ich wuchs bei ihr auf, weil meine Eltern bei einem Unfall ums Leben gekommen sind, ich bin ein Waisenkind und meine Oma hat keine Verwandten mehr.

Das war von Anfang an Miriams Plan gewesen, das Geld zu erben und sich danach scheiden zu lassen. Doch meine Oma lebt immer noch, und sie ist 103 Jahre alt und raucht. Ich kann mir ein hämisches Grinsen nicht verkneifen, weil das Arschloch jetzt vor mir sitzt und sich die Hose nass macht.

Zuerst haben sie mir das Sorgerecht weggenommen, später das Kind. Ich werde ihnen alles mit gleicher Münze heimzahlen.

Nach dem Unfall bin ich in der Psychiatrie gelandet. Dieser tragische Zwischenfall mit Janina und meine Einweisung haben den beiden in die Hände gespielt. Sie haben mir die Tochter genommen und den Willen zum Leben. Doch durch die Medien habe ich erfahren, dass mein Kind den Unfall überlebt hat.

Ich habe wieder zurück ins Leben gefunden und zurück zu meiner Tochter. Um ganz nah bei ihr zu sein, zog ich nach Berlin und nahm den Mädchennamen meiner Oma an. Das ging ohne Probleme. Ich habe behauptet, der Name Mösle gefällt mir nicht mehr. Auch meine Ex wollte bei der Heirat meinen Namen nicht annehmen, ich konnte ihr das nicht verübeln, auch nicht, nachdem sie ihren Namen bei Janina eingetragen hatte. Ich konnte dieselbe Schmach, die ich als Kind all die Jahre über mich ergehen lassen musste, meiner Tochter nicht antun. Ich wollte, dass ihr die Beleidigungen erspart blieben, Kinder können sehr grausam sein.

„Aber es hat euch nicht gereicht", flüstere ich und verpasse dem Mann einen Tritt zwischen die Beine. „Wie hast du davon erfahren, dass ich Janina heimlich im Krankenhaus besucht habe? Wie hast du von unseren heimlichen Spaziergängen erfahren? Ihr habt das arme Kind in ein Heim gesteckt. Sie war nichts als eine menschliche Hülle und ich ein seelisches Wrack. Aber da hast du dich getäuscht. Ich habe den Weg in die Gesellschaft zurückgefunden. Ich habe erfolgreich eine Ausbildung abgeschlossen und arbeitete wieder. Nicht als Lokführer, aber mein Beruf ist nicht minder wichtig. Ich weiß, warum du genau diesen Abschnitt der U-Bahn gewählt hast, du krankes Arschloch. Du hast alles von langer Hand geplant. Dir war es wichtig, dass ich meinem Kind beim Sterben zusehe. Und fast hättest du es geschafft, dass ich mir das Leben genommen hätte. Aber jetzt ist es Zeit für meine Rache.“ Ich schreie ihn an. „Deine Tochter wird dasselbe durchmachen wie Janina. Janina war ein Wunschkind, sie war mein Kind, auch wenn sie nicht mein Fleisch und Blut war“, mir fällt das Reden mit jedem Wort schwerer, „aber ich habe sie geliebt, mehr als mich selbst, und du hast sie mir genommen.“ Ich blinzle die Tränen weg. ‚Sie werden keine Kinder haben können‘, höre ich die Stimme des Urologen, ‚Ihre Spermien sind tot‘. Meine erste Frau und ich haben uns für einen Spender entschieden und waren beide überglücklich, nachdem es beim zweiten Versuch endlich geklappt hat, doch das gemeinsam Glück blieb uns nicht vergönnt, meine Frau starb, mit ihr auch Janinas Zwillingsbruder. Ich schiebe die unschönen Erinnerungen zur Seite und fahre mit geklärter Stimme fort: „Auch wenn Liana laut der Papiere meine Tochter ist, so glaube mir, werden du und deine Frau keinen Cent von mir sehen, ich habe das Testament ändern lassen, und falls ich verrecken soll, geht alles Geld an eine gemeinnützige Organisation“, brülle ich ihm ins Ohr. „Deine Tochter werde ich heute vor einen Zug werfen, so wie du es mit meiner gemacht hast“, flüstere ich.

Das ist eine Lüge, sein Kind ist oben und sieht fern, ich werde ihr kein Haar krümmen. Aber er soll ruhig flennen. Auch Samantha ist hier und wimmert. „Bald, sehr bald ist alles vorbei“, flüstere ich. Aus seinem Ohr fließt frisches Blut und mäandert über seinen Hals, um dann in seinem schmutzigen Kragen zu verschwinden. Der bunte Stoff bekommt rote Flecken. Morgen früh ist der Spuk vorbei. Ich schalte das Licht aus und gehe zurück in meine Wohnung. Die beiden werden mich nicht verraten. Ich habe ihnen die Mäuler gestopft.

Kapitel 62 (Johannes)

Wir stehen vor einem großen Tor.

„Wir haben eigentlich erst morgen ..."

„Papperlapapp", unterbricht Karl einen schmächtigen Kerl und zeigt ihm seinen Dienstausweis. Der Typ gerät ins Stocken. Sein unsteter Blick pendelt zwischen uns beiden hastig hin und her. „Ich bin ein Bulle, das hier ist ein Psychologe, wenn Sie uns nicht rein lassen, werde ich Sie wegen Behinderung der Justiz einsperren." Karls Nonchalance und Feingefühl sind unübertrefflich. „Wird's bald, oder soll ich von meiner Dienstwaffe Gebrauch machen und das Schloss aufschießen?" Tatsächlich schiebt Karls Pranke den Zipfel seiner Lederjacke zur Seite, sodass auch ich die schwarze Pistole sehen kann.

„Ist ja gut." Der Mann hebt abwehrend die Hände und greift in seine Hosentasche.

„Sachte, nur keine hektischen Bewegungen", ermahnt ihn der noch gut gelaunte Polizeihauptkommissar Breuer.

Der Mann drückt auf einen Knopf, ohne die Hand aus der Tasche zu nehmen, das Schloss klackt metallisch, langsam fährt das schwere Tor zur Seite.

Ich lasse meinen Blick über das riesige Gelände schweifen. Alles ist mit alten Autowracks vollgestellt. Das Chaos hat eine Ordnung und ist nur auf den ersten Blick nicht übersichtlich, doch alles hat sein System, stelle ich fest. Auch kann ich zwei weitere Personen ausmachen. Eine Frau und einen Mann.

„Bleiben Sie bitte hier“, bittet uns der Mann und sieht sich hastig um. Ich sehe zwei Lichtkegel, die auch dem Mann nicht entgangen sind. Er sieht auf seine Uhr und beißt sich auf die Unterlippe, dann wippt er auf den Fußballen unschlüssig vor und zurück.

„Wir haben Sie ertappt“, freut sich Karl. „Sie wurden seit Tagen observiert, haben das Ihre Kameras etwa nicht aufgenommen?“

„Das sind nur Attrappen“, gibt der Mann kleinlaut zu.

„Wollen Sie sich nicht vorstellen?“, fährt Karl fort und zündet sich eine Zigarette an.

„Kranich, mir gehört der Laden. Ohne gerichtlichen ...“

„Sachte, sachte, wenn ich die Erlaubnis des Richters hätte, würde ich den ganzen Laden hier auf den Kopf stellen“, erwidert Karl und macht einen langen Zug. „Wir wollen nur reden. Nicht wahr, Professor Doktor Hornoff?“ Ich weiß, was Karl damit bezweckt. Jetzt liegt es an mir, dem Mann auf den Zahn zu fühlen.

„Wer hat hier während Ihres Urlaubs den Aufpasser gespielt?“ Karl sieht sich um.

„Niemand“, sagt der Mann trotzig.

„Das ist eine Lüge.“ Meine Stimme ist ruhig. „Diese beiden Männer dort“, ich zeige mit dem Daumen hinter meinen Rücken, „wussten, dass Sie heute da sein werden, obwohl Sie offiziell noch im Urlaub sind. Auf dem Schild steht immer noch der Name Ihres Vaters. Ludwig

Kranich, Sie heißen Friedrich. Dort neben dem Gebäude steht eine Frau, sie ist Ihre ältere Schwester.“

„Woher wissen Sie das?“ Er kämpft um Fassung und dagegen an, sich nicht umzudrehen.

„Attitüde.“

„Wie bitte?“ Er starrt mich entgeistert an.

„Sie sind schwul, der große Kerl, der sich neben Ihrer Schwester postiert hat und uns skeptisch beobachtet, ist Ihr Freund. Er greift zum Telefon und verjagt die beiden Männer, denen Sie etwas schwarz verkaufen wollten.“

„Woher wissen Sie, dass ich schwul bin?“ Seine Sicherheit währt nur kurz.

Der Wagen hinter uns verschwindet.

„Wie eben schon erwähnt: Attitüde, Ihre Körperhaltung, die Gestik und die Mimik, all das hat Sie verraten. Sie übertreiben. Früher, ich vermute, noch vor Ihrer Pubertät, haben Sie festgestellt, dass Sie anders sind als die anderen Jungs in Ihrem Alter, haben angefangen, Ihrer Schwester nachzustellen. Sie haben sie im Spiegel beobachten und angefangen, ihre Gebärden nachzuahmen, doch viele Männer haben eine Neigung zum Übertreiben. Keine Frau wedelt so mit den Händen, wie es schwule Männer tun. Ihre Schwester zupft am linken Ohrläppchen, wenn sie nervös ist. So wie jetzt gerade Sie es tun, nur greifen Sie zum anderen Ohr. Spiegelverkehrt eben.“ Der blonde Kerl nimmt seine Hand vom rechten Ohrläppchen, er fühlt sich ertappt. „Ihr Vater weiß davon nichts. Er zählt noch zum alten Eisen. Er hat seinen jüngeren Sohn zum Nachfolger ernannt und nicht seine Tochter, obwohl sie mehr Ahnung hat als Sie.“ Das war jetzt ein Bluff, aber ich habe damit ins Schwarze getroffen. „Wenn Sie kooperieren, wird Ihr Vater in dem Wissen sterben, dass der große Kerl dort nur Ihr bester Freund und Geschäftspartner ist. Jetzt zurück zu der Frage von Herrn Polizeihauptkommissar Breuer, wer passt hier darauf auf, dass in der Zeit Ihrer Abwesenheit niemand teure Teile klaut und Ihren Laden leerräumt? Und nebenbei erwähnt, Ihre Pupillen und das dümmliche Grinsen verraten mir, dass Sie stoned sind.“

Friedrich Kranich knetet die Finger.

„Aber wir sind nicht vom Drogendezernat“, fügt Karl hinzu. „Wir werden diese Sache nicht weiter verfolgen, wenn Sie kooperieren.“

„Versprochen?“

„Klar“, streckt Karl ihm den Daumen hin und zwinkert ihm freundschaftlich zu.

„Na gut“, knickt der etwas irritiert wirkende Mann schließlich ein.

„Na also“, grummelt Karl und zerdrückt die Kippe mit seinem schweren Schuh.

„Warten Sie hier, normalerweise bin ich nicht so, aber für Sie mache ich eine Ausnahme.“ Der Mann mit den androgynen Zügen entfernt sich rückwärts laufend von uns und wirft mir einen vielsagenden Blick zu. Ich vernehme ein tiefes Bellen. Karl steht neben mir, ich stupse ihn mit dem Ellenbogen leicht an und deute mit einem Kopfnicken nach links. Karl folgt meiner Geste. In einem Verschlag aus verrostetem Wellblech sehen wir einen schwarzen Pickup stehen.

„Die Sache fängt an, interessant zu werden“, flüstert Breuer und reibt sich die Hände.

„Kommen Sie mit“, schreit Kranich Junior und winkt uns zu sich, seine Schritte werden schneller.

„Lasst die Spiele beginnen“, brummt Karl und setzt sich als Erster in Bewegung. Mir erscheint der Stimmungswechsel (denn der Mann mit den blondierten Locken lächelt breit) nicht ganz geheuer. Meine rechte Hand knetet den Ball, den Karl mir geschenkt hat.

Friedrich Kranich lächelt immer noch, doch seine Augen sind kalt und von Hass erfüllt.

Kapitel 63 (Sam)

Samantha kam wieder zu sich. Sie hörte Stimmen. Ja, sie hörte wieder Menschen. Zwar wie in einem Traum, aber sie war sich sicher, da redete jemand. Ihre Gedanken waren zu verworren, um daraus etwas zu entwirren, das Sinn ergab, aber sie konnte schwören, dass da jemand war.

Die Schwärze, von der sie seit Tagen umgeben war, machte sie wahnsinnig und setzte ihrem Geist zusätzlich zu, doch zumindest spürte sie nicht mehr diese Schmerzen. Auch gab ihr der Mann etwas zu trinken. Eine Mischung aus Kraftnahrung und etwas, das ihre Sinne betäubte und ihr die Schmerzen nahm, aber sie gleichzeitig des Zeitgefühls beraubte.

Mit wachsender Aufmerksamkeit konnte sie sogar einzelne Stimme ausmachen. Es waren mehrere Personen, die sich miteinander unterhielten. Sie riefen einander zu. Doch gleichzeitig erkannte sie ihre Ausweglosigkeit und das Ausmaß der Situation, in der sie sich befand, all das nahm ihr die Hoffnung wieder. Die Einsicht, dass sie dem Verrückten schutzlos ausgeliefert war, riss ihr das Herz aus der Brust und brachte sie erneut zum Weinen. Die Luft glich einer Wand aus warmem Gift.

‚Bitte, lieber Gott, mach, dass ich nicht mehr leiden muss‘, betete sie in Gedanken, und als wären ihre Worte erhört worden, nahm sie das Schaben von schweren Schritten war. Ihr Herz hörte für einen Augenblick lang auf zu schlagen.

Jemand kam, um sie zu holen.

Kapitel 64 (Johannes)

Wir folgen dem Mann, der sich immer weiter von uns entfernt. Karl hüstelt nervös und betastet mit seiner rechten Pranke die Pistole. „Was führt dieser Kerl im Schilde?“, grummelt er und tritt gegen eine kaputte Rückleuchte, die laut gegen einen Kotflügel fliegt und in mehrere Teile zerspringt.

Ich sehe einen Schienenstrang.

„Herr Kranich“, wende ich mich an den Mann, der uns immer noch weit voraus läuft, dennoch nicht außer Hörweite ist. „Was ist das hier für eine Konstruktion?“

„Das hat mein Vater für mich gebaut, ein Wagen auf Rädern, hier war früher eine riesige Firma, die schwere Geräte herstellte. Nach der Wende ging alles den Bach runter. Mein Vater hat das Gelände gekauft. Hier fuhr früher ein Kran auf Schienen, daher dieser dämliche Kranich. Mein Vater liebt Wortspiele.“ Friedrich Kranich setzt einen Fuß vor den anderen und blickt sich ständig um, weil er immer noch rückwärts läuft. Karl und ich sind von zerquetschten, ausgeschlachteten Karosserien umzingelt.

„Warum haben Sie Ihrem Vater nicht reinen Wein eingeschenkt und ihm alles über Ihre Vorlieben erzählt?“, rufe ich ihm zu.

„Für ihn wäre die Wahrheit zu kompliziert. Die Unterschiede zwischen mir und meinem Vater waren schon immer unüberbrückbar. Die Differenzen waren viel zu weit auseinander.

Unsere Ansichten, was die Entstehungsgeschichte der menschlichen Population und anderen Lebewesen betrifft, sind zu konträr. Er glaubt an Gott, ich wiederum an die Evolutionstheorie. Die menschliche Intelligenz steht uns meistens im Weg, oft wäre es viel einfacher für uns alle, wenn wir die Probleme wie die Tiere lösen würden. Da wir bei dem Thema Tiere und ihren Instinkten angelangt sind, hier ist meine Antwort auf Ihre Frage." Er verschwindet hinter einem Berg aus Sprungfedern und anderen Teilen, die wie menschliche Knochen aussehen.

Karl und ich tauschen einen nervösen Blick aus. Ein lautes, tiefes Bellen hallt durch die Luft und strömt wie ein wilder Bach zwischen den Bergen von Metall direkt auf uns zu. Als ich eine riesige Dogge auf uns zu rennen sehe, schwindelt es mich für einen Augenblick. Karl und ich bleiben wie paralysiert stehen. Eine schmächtige Silhouette taucht auf einem der Hügel auf und lacht schadenfroh darüber, wie er uns in die Falle gelockt hat.

„Apropos tierische Reflexe", höre ich mich sagen und strecke meinen Arm aus. Der rote Ball in meiner Hand bringt den großen Hund, der noch ziemlich jung sein muss, ins Stolpern. Geifer tropft aus seinem Maul. Die schwarzen Lefzen glänzen in der Sonne. Er bellt mich an, doch seine Aufmerksamkeit gilt jetzt ganz allein dem Ball. Ich werfe das Ding in hohem Bogen von mir durch den langen Gang. Der Ball prallt vom Boden ab und hüpft nach rechts. Die Dogge rauscht dem Ball hinterher.

„Im Tontaubenschießen war ich schon immer gut“, brüllt Karl, „einen Kranich vom Schrotthaufen abzuknallen wird ein Leichtes für mich sein, bei der Entfernung treffe ich dich ganz bestimmt, und ich werde nicht auf deinen Kopf zielen, darauf kannst du Gift nehmen“, fügt er drohend hinzu und zückt seine Waffe, die er unverzüglich auf den verdattert dreinblickenden Mann richtet. „Komm runter da, du Schwachmat, sonst hast du zwischen deinen Beinen noch ein Loch“, knurrte Karl Breuer.

Während der Mann nach unten steigt, kommt der Hund zurück, zwischen seinen Zähnen hält er den vollgesabberten Ball. Seine schlauen Augen mustern mich. Dann, mit gesenkter Schnauze, lässt er den Ball in den Staub fallen und stupst diesen sanft mit seiner feuchten Nase in meine Richtung. Der Ball rollt zu mir. Der Hund hebt den Blick und wartet ab. Ich beuge mich nach vorne, es kostet mich alle Überwindung, den schleimigen Ball in die Hand zu nehmen. Die lange Rute der Bulldogge wedelt wie eine kleine Antenne die man angespannt und losgelassen hat, schnell hin und her.

Der Hund rennt wieder davon. Karls Funkgerät knistert. Friedrich Kranich steht dicht vor ihm. Bei diesem Geräusch wird er auf einmal kreidebleich.

„Breuer hier.“

„Nein“, stammelt Friedrich und sieht sich hilfesuchend um.

„Halt deine Schnauze“, knurrt Karl und packt den Mann am Kragen, für einen Lidschlag schweben seine Schuhspitzen eine Handbreit über dem Boden. Er ist Mitte dreißig, doch die Angst lässt ihn jetzt viel älter aussehen, auch der Rausch scheint verflogen. „So ein Scheiß, welchen du hier verzapft hast, gehört eigentlich mit einer saftigen Maulschelle aus deinem kranken Hirn herausgetrieben. Ich weiß jetzt, was du zu verbergen versuchst. Putz dir die Nase, Bürschchen, sie ist weiß, als hätte man dich ins Mehl getunkt. Die Kollegen vom Drogendezernat werden bestimmt ihre Freude daran haben.“ Karl lässt von ihm ab und spricht mit einem seiner Männer.

„Aber Sie haben versprochen ...“

„Das war, bevor du den Hund auf uns gehetzt hast, du Trottel.“

„Entweder Sie kooperieren jetzt, oder …“, beginne ich und ziehe den Mann mit in die Richtung, in die der Hund verschwunden ist.

„Ein Mann, er hat hier gearbeitet, schwarz, eines Tages fiel die ganze Anlage aus, und wir wurden komplett leergeräumt, damit meine ich nicht das hier“, er deutet unbeholfen auf die Berge von Schrott, „die Typen kennen sich gut aus und nahmen nur das, was richtig viel Geld kostet. Dann kam dieser Typ auf mich zu und unterbreitete mir dieses Angebot“, stottert Friedrich und wirft einen kurzen Blick zu Karl. „Diese Bulldogge ... eigentlich zerreißt sie jeden in Stücke, nur mein Vater und Richie ... so nennt er sich, nur vor ihnen hat die Dogge Respekt.“

„Hat er einen Namen?“

„Ja, Jack Brown, er ist auch registriert und geimpft ...“

„Nein, der Mann, wie lautet sein bürgerlicher Name?“

„Das weiß ich nicht“, antwortet Friedrich gehetzt. Sein leicht feminin wirkendes Auftreten verstärkt sich zusätzlich, je länger er sich in Karls Nähe befindet. Die letzten Worte schreit er fast wie eine Frau, die sich vor etwas fürchtet.

Dann kommt Jack Brown wieder zurück, doch in seinem Maul steckt nicht mehr der weiche Ball.

„Wir haben einen Volltreffer“, flüstere ich.

„Was ist?“ Karl sieht mich fragend an und versteht nicht, was mich in diesem Moment beschäftigt. „Was ist?“

„Sie muss hier irgendwo sein!“

„Wer, verdammt? Johannes, sprich Klartext mit mir, oder hast du etwa mit diesem Schnösel eine Line gezogen?“

„Samantha, sie muss irgendwo hier sein.“

„Jack Brown, wo hast du diesen Ball her?“, spreche ich zu dem Hund, so als wäre er ein Mensch und könnte mich verstehen, und die Dogge sieht mich so an, als wäre ich dämlich, denn genauso komme ich mir in diesem Moment vor. „Karl, wir brauchen Verstärkung, trommle alle zusammen, die du herbeordern kannst. Dieser Tennisball, dieser verdammte Tennisball, er ist rosa.“

Jetzt dämmert es auch in Karls Kopf. „Janina spielte gern Tennis.“

„Ja, verdammt", entringt es meiner Kehle. „Der Hund ist am letzten Tatort dabei gewesen, zumindest kennt er den Mörder, dieser Ball ..."

„... lag neben den Gleisen", beendet Karl und greift nach seinem Funkgerät.

Kapitel 65 (Sam)

„Deine Stunde ist gekommen“, sprach die Stimme zu Samantha. Der Mann zerrte sie grob auf die Beine und zog mit einem heftigen Ruck den Knebel aus ihrem Mund. Er steckte ihr zwei Finger hinter die Oberlippe und versetzte ihr mit der anderen Hand einen heftigen Schlag. Sie spürte, wie ihre Haut aufplatzte. Etwas steckte in ihrem Fleisch, ein Fremdkörper, wie eine Perle.

„Wehe, du schluckst es runter“, warnte sie die Stimme und verpasste ihr einen Stoß gegen die Brust.

Samantha taumelte und fiel rückwärts hin. Sie landete hart in einem Stuhl.

„Du kommst mit. Wenn du dich weigerst, stirbt deine Tochter“, wandte sich der Mann an jemanden, der sich noch in diesem Raum befand. Samantha drehte ihren Kopf nach rechts. Erneut spürte sie zwei Hände, die sie an den Haaren packten. Sie wollte schreien, doch dann erinnerte sie sich an die Warnung. Sie schluckte nur das warme, nach Metall schmeckende Blut herunter.

Der Mann berührte sie an den Augen. Sie spürte kaum etwas, weil ihre Haut, ihre Lider taub waren. „Mit der Maske siehst du nicht mehr so aufsehenerregend aus. Wir müssen uns beeilen, sonst verpassen wir noch den letzten Zug. Und für die Stickerei fehlt mir dieses Mal die Zeit. Die Bullen haben meinen ganzen Zeitplan durcheinander gebracht. Aber du wirst auch so eine beeindruckende Show abgeben.“ Der Mann lachte höhnisch. Samantha merkte, wie sie in Bewegung gesetzt wurde. Sie klammerte sich blind mit beiden Händen an den Griffen fest. „Halt, habe es beinahe vergessen“, herrschte die Stimme jemanden an, der sie vor sich herschob, mutmaßte Samantha, denn ihr Rollstuhl blieb wie geheißen stehen, doch die Stimme kam von vorne. „Hier, trink das, wir wollen ja nicht, dass du unser Geheimnis ausplauderst.“ Der kühle, glatte Rand einer Glasflasche drückte gegen ihre Unterlippe. Zögernd nahm sie einen Schluck, dann noch einen.

„Das reicht, schließe den Mund und presse die Lippen fest aufeinander“, sagte die Stimme barsch. Eine warme Flüssigkeit ergoss sich über ihre Lippen und versiegelte ihren Mund. „Jetzt kann nichts mehr schief gehen“, murmelte die Stimme zufrieden.

Kapitel 66 (Der Henker)

Wir stehen an einer Haltestelle in einem kleinen Ort in der Nähe von Berlin. Keine Menschenseele traut sich allein hierher. Zu viele schlimme Nachrichten kursieren über potentielle Schläger und ihre feigen Übergriffe. Die Zivilcourage ist längst vergessen, dank unserer Medien traut sich keiner etwas zu sagen, geschweige denn einzugreifen.

Ich stelle meine Kamera auf und warte auf den Zug. Die Überwachungskamera ist auf Stephan Helm gerichtet. Ich stehe abseits im Schatten, sodass mich niemand sehen kann. Er zittert wie eine Jungfrau in einem Bordell. „Auf los geht's los“, sage ich so laut, dass nur er mich hören kann. Ich schaue auf die Uhr. Endlich vibrieren die Gleisstränge und kündigen den Zug an, der hier einen nicht geplanten Zwischenstopp einlegen wird. „Und denk an deine Tochter, sie schlummert seelenruhig in meinem Bett. Wenn die Wirkung des Tees nachlässt und ich nicht rechtzeitig zu Hause erscheine, wird meine Frau sie aus dem Fenster werfen. Meine Frau ist mir hörig und tut immer das, was ich sage.“

Stephan nickt heftig.

Der Zug rast mit geschätzten sechzig Stundenkilometern heran. „Jetzt“, brülle ich. Meine Stimme wird von dem Rattern der Räder fast verschluckt. Der blöde feige Arsch zögert. Galle steigt in mir hoch, weil er alles vermasseln kann, doch dann schiebt er sie direkt vor den Zug. Räder kreischen. Funken sprühen und erhellen die Nacht. Es riecht nach heißem Metall und Blut. ‚Gut gemacht', lobe ich das Arschloch in Gedanken und verschwinde in der dichten Wolke des Grauens.

Kapitel 67 (Johannes)

Drei Tage später

„Ihr seid nichts als ein Haufen Idioten in Uniform." Kraut tigert in dem großen Raum vor und zurück. Alle hier Versammelten schweigen. Der kleine Mann bleibt vor Karl stehen und versucht ihn mit seinem Blick zu durchbohren.

„Er war die ganze Zeit vor unseren Augen, vor Ihren Augen, Karl Breuer. Wie oft wurde er von Ihnen befragt?" Spucke fliegt aus seinem verzerrten Mund, einige Tropfen landen auf Karls Miene, die einer Statue gleicht, seine Gesichtszüge sind starr und wie eingemeißelt. Er blinzelt nicht mal. „Und dein ständiger Begleiter? Was hat er dieses Mal für uns getan, welchen Nutzen hat seine Anwesenheit unseren Ermittlungen gebracht? Schön, ihr habt einen Drogendealer auffliegen lassen! Prima!" Er klatscht laut in die Hände und lacht hysterisch auf.

„Aber wir haben einen Namen", mischt sich Lars ein und fängt sich für sein vorlautes Mundwerk einen eisigen Blick seines Chefs ein.

„Welchen?" Polizeihauptkommissar Kraut klingt provokant, so als wäre Lars ein Schwachkopf. „Den eines Sanitäters? Ja? Wolfgang Trauer?"

„Er ist der Vater von Janina", bietet Lars seinem Boss die Stirn und gibt nicht kleinlaut auf.

„Was haben Sie denn gegen ihn in der Hand?“, will er von Kommissar Böhm wissen und geht so dicht an ihn heran, dass keine Hand zwischen ihre Gesichter passen würde.

„Wolfgang Helm ist nicht der Mörder“, ertönt meine Stimme. Ich habe auf eine Pause gewartet und auf eine Nachricht von meinem Bruder.

„Was erlauben Sie sich eigentlich?“, zischt der Kommissionsleiter und presst die Lippen zusammen. Einige der Polizisten ziehen die Köpfe ein. Ein Raunen ertönt und bringt die Luft ins Schwingen.

„Anhand des Videos ist ersichtlich, dass der Mann fremden Anweisungen gefolgt ist, die ihn viel Überwindung gekostet haben.“

„Welches der beiden Videos meinen Sie, Professor Doktor Hornoff? Können Sie sich vielleicht etwas präziser ausdrücken?“

„Das letzte“, lautet meine knappe Antwort.

„Das sind nur Vermutungen. Wir haben jedoch Beweise, die allesamt gegen ihn sprechen.“

„Weil der wahre Täter es so wollte.“

„Ich habe den Mann auf den Videos in der U-Bahn wiedererkannt.“ Edgar ist es nicht gewohnt, jemandem zu widersprechen. Er sucht mit seinem Blick bei mir nach Unterstützung. Ich kann für ihn keine Entscheidung übernehmen. Der junge Kriminaltechniker holt tief Luft und sagt mit noch mehr Elan: „Ich habe ihn am Schrottplatz gesehen, er hat behauptet, er bräuchte nur ein Ersatzteil.“

„Das ist kein Grund, ihn der Morde zu beschuldigen, und noch etwas, nach dem

Zwischenfall damals in der U-Bahn hat er den Job an den Nagel gehängt“, lacht Kraut bitter auf.

„Lassen Sie mich das machen“, brummt Karl und bewegt sich nach vorne.

„Da bin aber wirklich sehr gespannt.“ Kraut lächelt maliziös und verschränkt die Arme vor der Brust. „Nur zu, die Bühne gehört Ihnen.“

Karl hebt indigniert die Augenbrauen. Er schaut seinen Chef pikiert an und räuspert sich. „Auf die Gefahr hin, mit dem Doc im selben Schiff unterzugehen, erlaube ich mir, als Erster das Wort zu ergreifen. Darf ich, Johannes?“

„Nur zu, Polizeihauptkommissar, du bist hier der Bulle, ich bin nur ein Psychodoktor.“

Karl bedenkt mich mit einem schiefen Lächeln.

„Lars, kannst du bitte die Vorhänge zuziehen?“, bittet er seinen Partner. „Edgar, sind Sie bereit?“ Der junge Forensiker nickt und geht an den Projektor.

„Wie gesagt“, ergreift Karl wieder das Wort. Er klingt müde und bedrückt.

Alle Blicke sind auf ein weißes Viereck gerichtet. Ich sehe wieder den Obdachlosen und mich selbst. Karl hat das Gespräch aufgenommen. Der Mann ist kein Penner, wie Karl ihn bezeichnet hat. Sebastian Stutz war Lehrer. Nach einem Zwischenfall, welchen der Mann nicht näher erläutern wollte, lief so ziemlich einiges schief in seinem Leben, und alles, was er sich aufgebaut hatte, ging zu Bruch.

„Also, können Sie Ihre Aussage wiederholen?“, höre ich meine mechanische

Stimme. Die Kamera ist direkt auf den Mann gerichtet, ich bin auf dem Bild nicht zu sehen.

Sebastian Stutz zögert und rutscht unruhig auf dem Stuhl hin und her, ehe sein Blick nach links oben wandert. „Herr Stutz, ich möchte Sie daran erinnern, dass ich ein Psychologe bin. Mir sind die Grundregeln der Verhaltenspsychologie wohl bekannt, eine davon besagt, dass das, was Sie gerade vorhaben, keine gute Idee ist."

Eine emotionsgeladene Pause entsteht.

„Und die sagt was?" Sebastian Stutz' Stimme klingt angenehm, trotz des Zorns darin. Sie hat etwas Rauchiges – wie die von Bryan Adams.

„Sie versuchen, auf Ihren visuellen Cortex zuzugreifen, um etwas zu konstruieren, das Ihrer Phantasie entspringt und nicht der Wahrheit entspricht. Sie haben schon einmal bewiesen, wie kreativ Sie sein können, aber ich möchte Sie erinnern, dass Ihre Informationen sehr wichtig für uns sind."

Herr Stutz legt seine Hände auf die zerbeulte Tischplatte und verschränkt die Finger ineinander. „Also gut, fragen Sie." Sein Blick ist jetzt auf mich gerichtet.

„Was geschah an dem Abend, an dem Sie zum Zeugen eines Überfalls auf eine junge Frau geworden sind?"

„Das weiß ich nicht."

Er lügt nicht. Ich fahre mit der Befragung fort. „Erzählen Sie uns bitte, was Sie wissen. Und nur das."

Er nickt. Sein Haar, das grau und fettig ist, hängt in langen Strängen nach unten, als er seinen Kopf senkt. Dann streift er sie zur Seite.

„Ein Mann ist auf mich zugekommen, er hat mich am Kragen gepackt und gesagt, er will meine Schuhe haben."

„Marke und Schuhgröße?"

„Doc Martens, Größe 49. Er hat mir dafür einhundert Euro in die Hand gedrückt und ein Blatt, auf den er zuvor meinen Schuh drauf gestellt hat, um einen Abdruck zu hinterlassen."

„Welcher Tag ist heute?"

„Donnerstag?"

„Richtig. Welche Schuhgröße haben Sie?"

„Vierundvierzig, was hat das mit dem Donnerstag zu tun?" Er sieht mich ungläubig an. „Ich habe das Mädchen nicht angegriffen. Erst gestern wurden zwei obdachlose Männer von solchen Typen wie dem, der meine Schuhe geklaut hat, erstochen. Ich halte nichts von ..."

„Beruhigen Sie sich bitte. Erzählen Sie uns nun von dem Mann. Haben Sie sein Gesicht gesehen?"

„Nein", seine Antwort wird von einem kaum wahrnehmbaren Kopfschütteln begleitet. „Er trug ein Kopftuch wie die Cowboys und eine schwarze Mütze. Er sagte: mach keene Fiesematenten und deine Funzel aus."

„Was?"

„Ich sollte keine Faxen machen und die Taschenlampe ausschalten", wiederholt Herr Stutz.

„Ich habe es schon verstanden, aber hat er genau so zu Ihnen gesprochen?"

Der Befragte nickt stumm. „Ja“, sagt er dann.

„Und dann?“

„Er drückte mir das Blatt gegen die Brust. Und wollte, dass ich das in den Briefkasten von Igel schiebe. Igel ist ein prima Kerl, er war das nicht, er spricht auch kein Sächsisch, er ist ein zugewanderter Tscheche.“

„Sie haben noch etwas. Das sehe ich an Ihrer Mimik, ich verspreche Ihnen, wenn Sie mir das verraten, wird diese Tat für Sie keine Konsequenzen nach sich ziehen.“

Der Mann schnieft und zieht den Schleim die Nase hoch. Er ist um die Fünfzig, der Überfall hat ihm ganz schön zugesetzt. Er zögert wieder und wirft seinen Kopf in den Nacken, dann greift er in die Innentasche seines khakifarbenen Regenmantels. Die rechte Hand zur Faust geballt, wartet er einen Augenblick lang, dann legt er sie auf den Tisch und spreizt die Finger auseinander.

Karl nickt Edgar zu. Der Film gefriert zu einem Standbild.

„Das sind eure Beweise, die mich überzeugen sollen, dass wir den falschen geschnappt haben?“ Die Vene an Krauts rechter Schläfe schwillt so stark an, dass sie jeden Moment platzen könnte.

„Nein“, höre ich meine belegte Stimme. Ich tausche mit Edgar einen vielsagenden Blick. Er schaltet ein anderes Gerät ein. Einen Overheadprojektor.

„Können Sie auf diesen beiden Bildern etwas erkennen?“, frage ich wieder ruhig, nun mit klarer Stimme.

„Was möchten Sie mit dieser dämlichen Frage implizieren? Ja, ich sehe zwei Hasenpfoten, und? Der dunkle Tupfer auf der rechten Kralle deutet darauf hin, dass es ein- und dieselbe ist“, entfährt es dem Kommissionsleiter.

„Edgar, können Sie die Vergrößerung wieder verkleinern?“

Das Bild auf dem Overheadprojektor wird gegen ein anderes ausgetauscht.

„Wie Sie sehen können, handelt es sich auf dem rechten Bild um den Sanitäter, die Hasenpfote hing an seinem Schlüsselbund, den er um die Gürtelschleife an einem kleinen Schloss trug.“

„Ich fasse es nicht. Mit welchen Nichtigkeiten möchten Sie denn noch aufwarten?“ Kraut sieht auf seine Uhr. „Die nächste Pressekonferenz findet morgen statt, was soll ich den Menschen da draußen sagen? Auch ich habe Vorgesetzte.“

„Herr Helm kann kein Sächsisch, er ist Deutsch-Pole, zwar hier geboren, aber die Wurzeln seiner Eltern sind in Polen.“

„Wie bitte?“ Kraut schlägt sich beide Hände vors Gesicht.

„Edgar, bitte den zweiten Film.“ Jetzt ist Karl an der Reihe.

Ein anderer Film wird gestartet. Jetzt sitzt Herr Helm im Vernehmungsraum. Zwischen seinen Fingern dreht er unschlüssig eine Taschenlampe. Der Blickwinkel ist ein anderer. Ich kann beide Personen gut erkennen. Karl führt die Befragung. Er verschränkt die Arme vor der Brust und lehnt sich weit nach hinten. „Machen Sie die Funzel an“, fordert er sein Gegenüber auf, ohne die Taschenlampe direkt anzuschauen. Herr Helm zieht die Stirn kraus und starrt auf die Taschenlampe. Als er die Augenbrauen wieder senkt, bleiben auf seiner Stirn rote Striemen zurück.

„Was wollen Sie von mir? Ich habe doch schon alles zugegeben“, winselt er.

„Wo ist Ihre Tochter?“, fährt Karl fort und nimmt ihm die Taschenlampe weg. „Und machen Sie bloß keine Fiesematenten.“

„Was soll ich tun?“ Die Verzweiflung ist in sein Gesicht wie eingekerbt, die Falten sind tief und zerfurchen sein aschfahles Gesicht. Die Aufnahme endet abrupt.

„Das müsste reichen.“ Karl hebt die Hand. „Welche Informationen haben wir?“, spricht er in die Menge.

„Die Tochter ist bei seiner Mutter in München. Wir haben es überprüft. Wir haben Frau Helm angerufen, und sie hat es uns bestätigt“, sagt ein älterer Polizist.

„Was haben wir noch?“ Krauts Miene entspannt sich wieder. Ein anderer Uniformierter berichtet davon, was sie in Herrn Helms Garage alles sichergestellt haben.

Ich schweife in meinen Gedanken ab und gehe näher ans Fenster. Ich habe noch etwas in petto, aber ich warte auf eine kurze Info. Benjamin hat versprochen, sich zu melden.

Kapitel 68 (Der Henker)

Liana winselt. Meine Frau schreit mich an. Ich schlage ihr ins Gesicht. „Du sollst einfach die Klappe halten. Ansonsten werde ich auch dich vor den Zug werfen. Du bist eine verlogene Schlampe. Ich bin hier der Mann im Haus." Sie schweigt. Ich wähle die Nummer meiner Ex. Sie geht nach dem zweiten Freizeichen ran. Ich habe ihren Mann davon überzeugt, dass es für sie alle besser wäre, wenn er die Bullen glauben lassen würde, ihre Tochter sei in Sicherheit bei ihrer polnischen Oma in München. Er redete mehrere Minuten lang auf seine Mutter ein. Irgendwann willigte sie doch ein.

„Ja", ertönt Miriams flackernde Stimme im Hörer.

„Hallo, lange nicht gesehen."

„Wer ist da?"

„Ich, dein Mann."

„Stephan?"

Ich lache laut auf. „Nein. Ich bin es, Wolfgang."

Sie atmet in den Hörer.

„Hör mir genau zu, Miriam. Wirst du observiert?"

„Was?"

„Wirst du von den Bullen überwacht?"

Sie zögert. „Seit gestern nicht mehr. Mein Mann, was hast du mit ihm gemacht?" Ihre Stimme geht in ein Schluchzen über.

„Dasselbe, was er mit mir gemacht hat. Er hat mir alles genommen, und du hast ihn dabei unterstützt. Jetzt hör mir genau zu, du Schlampe." Ich drücke das Handy fest gegen Lianas Gesicht. „Da ist deine Mami, willst du ihr etwas sagen?"

„Mami", greint das Mädchen.

„Liana, mein Liebes", weint Miriam in mein Ohr. „Aber, sie ist doch bei meiner Schwiegermutter, hat die Polizei gesagt, und Anna hat mir selbst am Telefon ..." Langsam geht ihre Stimme in ein panisches Schreien über.

„Halt deine dumme Fresse und hör mir jetzt genau zu."

Ich warte, bis sie sich halbwegs beruhigt hat. „Es geht so: Du gehst jetzt nach unten und machst genau das, was ich sage. Ich möchte, dass du den Hinterausgang benutzt. Du fährst mit dem Bus zum Hauptbahnhof. Hast du mich verstanden?"

Sie schweigt.

„Hast du mich verstanden, du dämliche Kuh?" Ich ziehe Liana an den Haaren, bis sie laut zu weinen beginnt.

„Ja, nur tu meinem Kind nicht weh."

„Die Verbindung darf nicht unterbrochen werden. Sobald die Leitung tot ist, stirbt dein Kind. Ich werfe es einfach aus dem Fenster."

„Neein!", schreit sie so laut, dass ich den Hörer von meinem Ohr nehmen muss.

„Also gut. Du sagst mir Bescheid, wenn du dort bist." Ich lege das Telefon auf den Couchtisch und scrolle den Bildschirm nach unten. Das letzte Video hat mehr als Zehntausend Klicks.

Kapitel 69 (Johannes)

Noch immer in Gedanken versunken, gehe ich alles durch, was ich an Informationen gesammelt habe. Ich sehe Karl und mich vor dem eisernen Tor stehen. Es war gestern. Ich wollte nochmal zum Schrottplatz. Einer inneren Eingebung folgend zog es mich die ganze Nacht über dahin. Ich wollte mich erneut umschauen, um mich davon zu überzeugen, dass wir nichts übersehen haben.

„Was willst du da noch finden, Doc?“, fragte Karl und grüßte einen alten Herrn. „Guten Abend, sind Sie Herr Kranich?“

„Senior. Was wollen Sie hier? Haben Ihre Kollegen etwa nicht schon genug Schaden angerichtet?“

„Tut uns leid, aber Ihr Sohn, er ist nicht ganz unschuldig an dem ganzen Dilemma“, entgegnete Karl ruhig.

„Das ist eine Schande.“ Der alte Mann drehte an seinem Schnurrbart. Seine Stimme klang matt.

„Das ist übrigens ein guter Freund von mir, Doktor Hornoff, er ist Psychologe“, stellte mich Karl dem alten Mann vor, der eine zerschlissene Latzhose trug.

„Das ist mir egal, mein Sohn ist ein schwuler Junkie, dagegen hilft keine Medizin. Nehmen Sie sich das, was Sie brauchen, und machen Sie, dass sie hier wegkommen. Ich werde den Laden dichtmachen und verkaufen."

„Und was ist mit Ihrer Tochter?", sagte ich und sah den Mann ernst an.

„Eine Frau soll den Haushalt führen und Kinder gebären", lautete die knappe Antwort.

„Darf ich mir Ihren Hund ausleihen?", wechselte ich das Thema, weil mir klar war, dieser Mann lässt sich nicht etwas von einem wie mir sagen.

„Da kommen Sie zu spät. Der Dreckskōter hat mich ins Bein gebissen. Er wird morgen eingeschläfert. Sehen Sie sich das nur an." Er zieht an seinem rechten Hosenbein und zeigt mit seiner knorrigen Hand auf einen frischen Verband. „In die Wade hat er mich gebissen, der Dreckskōter. In die Wade."

„Warum?"

„Was weiß denn ich. Ich wollte ihn vom Hof verjagen, da ist er durchgedreht. Er wollte sich verstecken, da habe ich ihn am Schwanz gepackt und ... ich weiß, das war dämlich von mir, aber ich war gestern betrunken, und das habe ich nun davon."

„Wo hat sich Jack Brown versteckt?"

„Wer?" Der Mann kratzte sich am Hinterkopf. Er hat eine Glatze, die er mit seinem dünnen Haar vergeblich zu kaschieren versuchte, indem er es von allen Seiten zur Mitte gekämmt hat. Eine Windböe erfasste seine Haarpracht, hektisch strich er die Strähnen wieder glatt.

„Der Hund, wo wollte er sich denn vor Ihnen verstecken?"

„Ach der, ich kann's Ihnen zeigen, aber nur wenn Sie mir versprechen, Ruhe zu geben und mich nicht mehr aufsuchen.“ Er sah zu Karl und wippte ungeduldig auf den Fußballen.

Karl überlegte nicht lange. „Das hängt ganz von dem Fall ab“, sagte er schlicht.

Der alte Mann schüttelte enttäuscht den Kopf und ging uns voraus. „Hier“, sagte er dann matt, nachdem wir eine gute halbe Stunde zwischen den Autowracks herumgegeistert waren. „Aber ich habe keinen Schlüssel. Sehen Sie das Loch unter der Tür? Da wollte er durch“, sprach der Mann und schnalzte mit der Zunge.

„Was ist das für ein Schuppen?“, wollte Karl wissen und zündete sich eine Zigarette an.

„Keine Ahnung. War vor meiner Zeit“, scherzte Herr Kranich, ein schräges Lächeln rutschte über seine blutleeren Lippen. Sein Grinsen gefror, sobald sein Blick zu Karl rüber gewandert war. „Da war früher eine kleine Werkstatt. Eigentlich eine Garage für das Auto, welches ich für meinen Sohn gebaut habe. Es steht jetzt dort.“ Seine runzlige Hand, die von dunklen Leberflecken übersät war, deutete den Schienenstrang entlang in eine Richtung, die zum Büro führte. „Aber er ist nie damit gefahren.“ Enttäuschung lähmte seine Zunge.

„Hm“, war alles, was Karl von sich gab, dann machte er einen Schritt mach links und griff nach einer Stange. Er wog sie abschätzend in der Hand. Zog an seiner Zigarette und ging auf die Tür zu. Nach einem einzigen Schlag flog das kleine Schloss aus der Halterung. Der Hieb war so präzise gesetzt, dass man meinen könnte, der große Mann hätte es vorher fleißig geübt. Achtlos warf er die Stange zu Boden und zog an der verbeulten Tür aus Metall. Die rostigen Scharniere quietschten.

Kapitel 70 (Johannes)

„Wir haben Reste von Blut und andere menschliche Körperflüssigkeiten sicherstellen können“, reißt Karls Stimme mich aus meinen Gedanken und bringt mich zurück in den großen Raum. „Auch haben wir eine Sprühdose gefunden. Eine leere zwar, aber das ist nicht entscheidend. Auf der Oberfläche haben die Jungs von der Spurensicherung mehrere Fingerabdrücke entdeckt. Das Insektenspray spielt in unserem Fall eine entscheidende Rolle, weil wir davon ausgehen, dass der Gesuchte an einer Acarophobie leidet, sprich: Er hat Angst vor Insekten, vermutlich insbesondere vor denen, die stechen, das ist aber wie gesagt nur eine Vermutung.“

Ein einzelner Ton unterbricht Karls Plädoyer. Edgar entschuldigt sich leise und hält sich ein Handy ans Ohr. Er nickt nur. „Die Fingerabdrücke von der Sprühflasche stimmen nicht mit denen von Herrn Helm überein, auch nicht von den Beschäftigten der Firma Kranich“, setzt er uns in Kenntnis.

Nun vibriert auch mein Telefon. Ich werfe einen kurzen Blick aufs Display. Eine einzige Nachricht erscheint darauf: ‚Wir haben ihn‘. Auch dieses Mal entscheide ich mich dazu, den Raum zu verlassen, ohne dafür vorher eine Erklärung abzugeben.

„Sie haben bis Morgen um zwölf Uhr Zeit“, ruft eine Stimme hinter mir her, „sonst fahren Sie bis zu Ihrer Rente Streife.“ Sie gehört Kraut, die Drohung gilt aber nicht mir.

„Doc, warte!“ Karls tiefer Bariton bringt mich dazu, stehen zu bleiben.

„Was ist in dich gefahren, wir können ... verdammt“, flucht er, als er noch zwei weitere Männer erblickt, die den Raum verlassen. Lars und Edgar schließen sich uns an. „Und jetzt? Ich weiß, dass du nicht der Typ bist, der an einem überheblichen Geltungsdrang leidet, aber kannst du mir wenigstens erklären ...“

„Weißt du, wo dieser Kerl wohnt?“, unterbreche ich ihn, weil mir zu viele Gedanken durch den Kopf rasen und ich wieder an die frische Luft muss.

„Ich weiß es.“ Lars öffnet eine schmale Ledertasche und fingert ein Notizbuch heraus. Er blättert mit gefurchter Stirn darin herum. Als er fündig wird, liest er die Adresse vor.

Erneut vibriert mein Handy. Eine weitere Nachricht, aber dieses Mal ist es eine SMS von einer unbekannten Nummer.

Ich überfliege sie, gleichzeitig bemühe ich mich, daraus einen Sinn zu ziehen. Die Botschaft ist lückenhaft und voller Tippfehler. Ich kann mir darauf keinen Reim machen, nicht sofort, aber dann ergeben die Worte doch einen Sinn.

Ich Hautbahnhof, Trauer hat Dochter, Fesnter Tot, er sei ich bitte Gilfeee

„Karl, wir haben keine Zeit zu verlieren.“ Ich renne durch den schmalen Gang nach unten zum Parkplatz.

Wir bleiben an einem der Parkplätze stehen.

„Lars, du und Edgar, ihr fahrt bitte so schnell wie nur möglich zum Hauptbahnhof. Der Zug muss angehalten werden. Ich glaube, das Unglück, das sich vor drei Jahren ereignet hat, wird sich heute wiederholen. Du weißt doch, welche Station es war?“

Er nickt. Karl schreibt hastig etwas in seinem Notizbuch auf und reißt das Blatt energisch heraus. „Dieser Mann wird dir weiterhelfen. Du gehst ganz nach unten zur U55 und dann nach rechts. Wir beide waren dort schon mehrmals. Sie führt ...“

„Ich weiß, wohin sie führt“, sagt Lars leise und klopft Edgar sacht auf die Schulter.

Ich schreibe eine Nachricht an meinen Bruder. Wir steigen in den Wagen. Der BMW rast davon. Ich hoffe nur, wir kommen nicht zu spät. Karl brüllt Anweisungen in sein Handy, er mobilisiert alle Einheiten, auf die Gefahr hin, dass er für diese eventuell falsche Entscheidung, gefeuert werden könnte.

Kapitel 71 (Der Henker)

„Du hast viel zu lange gebraucht!“, brülle ich Miriam an.

„Nein, bitte, ich habe, der Empfang, hier unten war der Empfang schlecht ... ich musste nach einem freien WLAN suchen, mein Datenvolumen ist bald verbraucht, und du wolltest ja eine Videoübertragung, jetzt bin ich wieder da“, stammelt sie in den Hörer.

„Kennst du dich mit Facebook Live aus?“, will ich von ihr wissen, weil sie allem Anschein nach die Wahrheit sagt, die Verbindung war tatsächlich nur für wenige Sekunden unterbrochen.

„Nein, ich weiß es nicht.“

„Lüg mich nicht an!“ Jedes Wort klingt wie eine Drohung. „Du warst erst gestern online. Du bist oft auf Facebook. Mit Live-Streaming kennst du dich auch sehr gut aus. Wenn du jemand angerufen hast, lernt deine Tochter fliegen. Du hast zwei Sekunden Zeit, um online zu gehen. Halte die Kamera so, dass ich alles sehen kann. Hast du mich verstanden? Ich mache keine Späße.“ Um den Sinn meiner Worte zu verdeutlichen, kneife ich das Kind in die Schulter, es weint.

„Bitte, nein“, flennt Miriam. „Nein, bitte ...“ Ihr Flehen erstickt in einem Weinkrampf.

„Ich zähle bis zehn, danach will ich deine Visage auf dem Bildschirm haben. Online, für alle sichtbar. Dann wartest du einfach auf mein Kommando.“

Meine Frau ist wieder da. Ihre rechte Wange ist leicht angeschwollen. Mein Ausrutscher tut mir jetzt schon leid. „Bitte entschuldige, Schatz, aber ein Mann muss manchmal zu drastischen Methoden greifen, um seine Frau zu züchtigen, sonst wird sie ihn womöglich noch verlassen, weil er zu weich geworden ist.“ Sie nickt. Ich schließe sie in die Arme. Sie duftet so gut. „Bald ist alles vorbei und wir werden wieder für uns allein sein. Wo ist unsere Tochter?“

Sie deutet auf Liana. Auf einmal riecht ihr Haar nicht mehr so gut. Der Duft kratzt in meinem Hals. Die Wohnung wirkt kleiner. Alles um mich herum beginnt sich zu drehen, auch die Möbel. Mein Zuhause erdrückt mich, weil auch die Wände sich bewegen und aufeinander gleiten. Wie die Backen eines Schraubstocks. „Was passiert hier?“, flüstere ich.

Meine Frau hebt den Kopf. Sie blutet aus der Nase, ihr Haar bekommt graue Strähnen.

„Was passiert mit mir, Schatz?“

Sie zuckt nur die Schultern und lacht mich an. Ihre Lippen sind weiß und rissig. Ihr Mund zahnlos und schwarz. Ich habe vergessen, meine Tabletten zu nehmen, fällt es mir siedend heiß ein.

„Wolfgang, was soll ich jetzt tun?“, will die blöde Kuh von mir wissen. Ich starre auf das Display und sehe Miriam, wie sie sich an mich wendet.

„Bleib da, wo du bist“, kommentiere ich und krame in einer Schublade, weil ich vergessen habe, wo ich die Tabletten hingetan habe.

Schweiß bildet sich auf meiner Stirn, aber auch im Nacken und auf dem Rücken. Wie ein Leichentuch umhüllt mich die Schockwelle und lässt mich zappeln wie einen Junkie auf Entzug. Ich muss so schnell wie möglich an die frische Luft.

Kapitel 72 (Johannes)

„Wir sind da“, sagt Karl und deutet auf ein mehrstöckiges Haus.

Eines der Fenster steht offen. Ich sehe einen Mann auf dem Balkon. Er schaut nach unten, ohne uns zu sehen. „Siehst du den Mann im zweiten Stock?“ Ich strecke den Arm aus.

Karl nickt.

„Er kratzt sich an der Augenbraue und schreit jemanden an. Der gleiche Tick wie bei dem Sanitäter auf dem Video. Karl, bleib hier. Frau Helm hat ein Fenster erwähnt.“

„Ich habe eine bessere Idee“, schneidet Karl mir das Wort ab und geht zur Eingangstür. Er drückt auf alle Knöpfe, und tatsächlich summt der Türöffner sofort. Er drückt die Tür mit der Schulter auf. Wir rennen nach oben. Karl bleibt im ersten Stock stehen. Verharrt für einen Moment, um sich neu zu orientieren und geht dann nach rechts. „Bringe ihn dazu, zurück in die Wohnung zu gehen, ich erledige den Rest“, sagt Karl über die Schulter.

Mit rasendem Herz klopfe ich gegen das dunkle Türblatt. Ich höre die gedämpfte Stimme des Mannes. Er redet mit jemandem. „Aber bitte, Schatz, nein, es ist bestimmt wieder die Nachbarin, geh einfach ins Schlafzimmer. Ja, ich sage ihr, dass du nicht da bist. Und nimm die Tochter mit. Ich sage ihm, dass sie schläft. Ich habe gesagt, du sollst ins Schlafzimmer gehen. Sofort“, brüllt eine Männerstimme, dann geht die

Tür auf. „Was wollen Sie?“, will der Hausherr von mir wissen. Etwas an seinem Blick lässt mich Ungutes erahnen.

„Mein Name ist Doktor Hornoff, und ich möchte Sie davon überzeugen, dass alles, was Sie jetzt tun, sehr wichtig für uns alle sein kann. Bitte, lassen Sie mich herein, damit wir ganz in Ruhe miteinander reden können.“

„Verpiss dich!“ Das Weiß seiner Augen ist rot. Er blinzelt wie ein Junkie.

„Bitte, lassen Sie mich rein“, starte ich einen zweiten Versuch. In der Wohnung geht etwas klimpernd zu Bruch. Der Mann ist verwirrt und dreht sich kurz um. Ich nutze den Augenblick der Unachtsamkeit und drücke die Tür auf. Ein stechender Gestank nach faulen Eiern und verdorbenem Essen schießt mir in die Nase. Der Mann rennt in ein anderes Zimmer und taucht mit einem Mädchen auf, das er in seinem rechten Arm hält. Er umschließt sie mit der Armbeuge um den Bauch. Ihre Arme und Beine hängen schlaff nach unten.

„Sie schläft“, sagt er. Ich stehe in einem quadratischen Raum, aus dem ich durch genau vier Türen ungehindert in andere Räume gelangen kann, weil sie alle aus den Angeln gerissen wurden. Neben einer der Türen, durch die ich die Küche sehen kann, hängt ein gelber Zettel an einem Nagel.

„Diese Herzen, die hat Janina früher gern gemalt, nicht wahr?“ Meine Stimme klingt sanft, trotzdem zittert sie. Der Mann ist gefährlich, weil er anders tickt als gewöhnliche Killer, er hat nichts zu verlieren. Er hat Wahnvorstellungen. Noch gerade eben habe ich ihn sich mit seiner Ehefrau unterhalten hören. Doch kann ich niemanden sonst hier ausmachen.

Er wirft einen hastigen Blick auf sein Telefon. „Geh zu den Gleisen und dreh dich mit dem Rücken zum Abgrund“, blafft er und taxiert mich dann finster. Ein Speichelfaden hängt wie eine Perlenkette aus seinem Mundwinkel.

„Sie müssen leiser sprechen, sonst wecken Sie womöglich noch Ihre Frau.“

Er schaut ins Schlafzimmer, dann wieder auf sein Smartphone. „Bleib da, wo du bist“, warnt er mich, weil ich einen winzigen Schritt auf ihn zu gemacht habe.

Ein Foto an der Wand, das Glas hat einen Riss, dem Rahmen fehlt eine Ecke. Auf dem leicht vergilbten Bild erkenne ich Herrn Trauer, er ist da mindestens zehn Jahre jünger, und seine Tochter, Janina. Beide halten einen Tennisschläger in der Hand. Vor Janinas weißen Schuhen liegen drei rosa Tennisbälle.

Wolfgang Trauer gibt mit dem Daumen einen Text ein. „Sie hat es nicht anders verdient. Sie wird den gleichen Tod sterben wie meine Tochter“, plappert er mit feuchter Stimme. Seine Unterlippe bebt.

„Bitte, hören Sie mir kurz zu.“ Ich hebe beschwichtigend die Hände.

„Nein, verdammt. Alles, was ihr wichtig war, war mein Geld.“

„Möglich, aber nicht sie war für den Tod Ihrer Tochter verantwortlich.“

„Aber ihr Ex.“

„Das stimmt. Er ist festgenommen worden und wird dem Richter vorgeführt, er wird seine gerechte Strafe bekommen."

Er lacht bitter auf und spuckt auf den Boden. „Kann denn Ihr Richter auch mir meine Tochter zurückgeben? Ha? Ich höre Sie nicht."

„Bitte tun Sie nichts Unüberlegtes. Das Kind kann nichts für die Untaten seiner Eltern. Ich verstehe Sie voll und ganz, Ihr Groll ist gerechtfertigt, auch kann ich nachvollziehen, warum Sie für sich eine Welt erschaffen haben, in der Sie eine Frau haben und womöglich auch ein Kind."

„Geh sofort ZURÜCK!", kreischt er. Speichel fliegt aus seinem Mund. Ich folge seinem Blick und erstarre. Eine Gestalt schaut mich ängstlich an. Ich erkenne die Frau wieder. Das Foto habe ich in Karls Wohnzimmer gesehen. Das ist die Eisverkäuferin, die seit mehreren Monaten gesucht wird. Sie hat eine Tochter, die geistig behindert ist.

„Bitte, helfen sie mir", wispert sie flehend und voller Verzweiflung. Sie presst ein Kind an die Brust, nein, kein Kind, eine Puppe. Ihre Augen sind stumpf, die Wangen tief eingefallen, an den Armen hängt die Haut schlaff herunter. Dunkles Blut ist unter der Nase und dem linken Mundwinkel zu einem zackigen Fleck vertrocknet.

„Bitte, lassen Sie diese Frau gehen. Sie hat eine Tochter."

„Wir haben ein Kind, sehen Sie das etwa nicht? Und reden Sie nicht so laut. Sie ist krank. Liana ist krank geworden, weil die Erzieherinnen im Kindergarten zu blöd sind, um auf die Kinder aufzupassen. Leg dich ins Bett, Schatz, und deck dich zu.“ Seine Stimme hat auf einmal einen sanften Ton angenommen. Seine Brust hebt und senkt sich wie ein Blasebalg. Die Augen füllen sich mit Tränen. „Ich möchte, dass Liana wieder gesund wird.“

Die Frau gehorcht ihm nach einem kurzen Zögern.

„Ihre Vorstellung von Liebe entspricht nicht der Vorstellung von Bianca. Sie liebt Sie nicht, sie hat Angst. Ihre Welt, in die Sie flüchten, ist nur eine Illusion. Aber das hier, das, was in diesem Moment passiert, ist das wirkliche Leben. Sehen Sie nicht, wie sie leidet? Wenn Bianca nicht baldmöglichst was zu essen bekommt, stirbt sie. Bitte, Sie machen da eine schwierige Phase durch. Ich kann Ihnen dabei helfen, aus diesem Zustand herauszufinden. Nur müssen Sie mir vertrauen. Schauen Sie.“

„Nein, nein, nein“, presst er durch die Zähne. Speichelblasen bilden sich auf seinen Lippen und zerplatzen. In seinem Ton schwingt etwas mit, das mich sehr beunruhigt. Er lebt in zwei Parallelwelten. In einer, die nur in seinem Kopf existiert, findet er Zuflucht, dort ist er glücklich, aber er kann sich dort nicht ewig aufhalten.

Er ist wahnsinnig, konstatiere ich, bleibe jedoch ruhig.

Ich greife in die Innentasche meines Jacketts. „Diesen Zettel habe ich auch.“ Ich zeige ihm das Post-It, das ich aus der Wohnung von Miriam Helm habe mitgehen lassen. „Diese Herzen hat Janina gemalt, nicht wahr? Das ist ein kleines Andenken aus der glücklichen Phase ihres

Lebens. Auch sie hat Sie geliebt, ihren Vater, meinen Sie nicht, sie wäre traurig, wenn sie Sie so sehen würde? Auch das hier." Ich hole ein Foto heraus. „Sehen Sie. Janina war immer glücklich." Er starrt auf das Bild, auf dem seine Tochter ihn anlächelt. Noch mehr Tränen fließen über seine unrasierten Wangen. „Sie leiden und haben Kummer. Aber das kann man mit Hilfe einer Therapie wieder in Ordnung bringen. Dass die Zeit alle Wunden heilt, ist eine Lüge, aber die Schmerzen können erträglicher werden. Sie brauchen Hilfe, und ich könnte Sie auf diesem Weg zur Besserung begleiten."

Er schluckt. „Aber haben wir nicht alle einen an der Klatsche?" Er klingt auf einmal ganz anders.

„Ja, natürlich", räume ich ein.

Doch sofort wird sein Blick wieder eisig. Ich muss an die Eiswürfel in den Augenhöhlen der Toten denken.

„Ich habe mein Kind geliebt. Janina wollte sterben. Sie sagte, sie wolle so nicht mehr leben. Ihre Augen brannten wie Feuer und waren trotzdem kalt wie Eis."

„Können wir uns nicht darüber unterhalten, ganz in Ruhe?" Ich lasse den Blick durch das unaufgeräumte Wohnzimmer schweifen. Überall hängen Bilder von Janina. Dann schaue ich zu einem der Fenster. Es ist von einem Fliegengitter geschützt, die beiden anderen auch, so wie auch die Balkontür.

„Haben Sie schon mal Blumen auf das Grab Ihres Kindes gelegt?", will er von mir wissen. Der Mann klingt wieder nüchtern. Er ist bei vollem

Verstand. Seine Frage bringt mein Herz zum Stolpern. Zum ersten Mal finde ich nicht sofort eine passende Antwort. „Sehen Sie, Doktor, wie wollen Sie mit mir darüber reden, wenn Sie nicht wissen, wie es sich anfühlt, ein Kind zu verlieren?“ In seinen Augen liegt abgrundtiefer Schmerz. „Janina hatte nur einen Wunsch, sie wollte für zwei Wochen nach Schweden, mit mir allein. Zwei Wochen, in denen wir in einem roten Haus wohnen würden, um uns herum nichts als Wald und die Berge. Und jetzt ist sie tot, sie ist tot, tot, tot, tot. Ich habe zweimal zusehen müssen, wie sie starb. Beim zweiten Mal war es dann endgültig. Sie ist in meinen Händen gestorben. Als sie meine Anwesenheit gespürt hat, lächelte sie mich an. Ihre Glasaugen erinnerten mich dabei an dieses scheiß Eis mit den zwei verschrumpelten Rosinen.“ Er macht seiner Wut Luft, indem er gegen eine leere Bierflasche tritt, die klimpernd davon fliegt und im Badezimmer mit lautem Klirren zerbirst.

Dann wirft er mir das Telefon zu und stürzt zum Balkon. Ich renne ihm hinterher und stelle mit Entsetzten fest, dass alles zu spät sein könnte. Ich habe dieses Mal versagt. Ich sehe hastig auf das Display. „Spring jetzt“, lautet sein letzter Kommentar, und tatsächlich schauen mehr als tausend Augen dabei zu.

Miriam Helm steht vor dem Rand, hinter ihr sehe ich die Gleise. Sie lässt sich tatsächlich fallen. Grelles Licht nimmt den ganzen Bildschirm ein, dann sehe ich nichts mehr. Ich höre nur menschliche Schreie und das Kreischen von Rädern.

Als ich den Blick abwende und das Telefon fallen lasse, erkenne ich einen Schatten hinter der Balkontür. Ich stürze darauf zu.

Kapitel 73 (Der Henker)

Ich bin dem Doktor entwischt. Ich stehe auf dem Balkon, doch dann kommt ein dunkler Schatten auf mich zu, wie aus dem Nichts. Er packt mich an den Haaren und wirft mich zu Boden. Im selben Moment begreife ich, dass ich Liana nicht mehr über die Brüstung in die Tiefe werfen kann. Eine winzige Perle aus Gold baumelt um ihren Hals an einer Angelschnur, es war die letzte. Eine große Faust landet mitten in meinem Gesicht und knipst mir das Licht aus. „Das hast du mehr als verdient, Bürschchen", höre ich die Stimme des Riesen und verliere endgültig langsam das Bewusstsein. Ich greife im letzten Versuch der Verzweiflung in meine Hosentasche. Die Garnrolle rutscht zwischen meinen Fingern hindurch und rollt über die warmen Kacheln. „Damit hast du ihnen also die Augen zugenäht, du krankes Arschloch", höre ich die raue Stimme über mir. Ein weiterer Schlag trifft mich an der rechten Schläfe, während ich versuche, mich auf die Ellenbogen abzustützen. Dieser Fausthieb knipst mir die Lichter aus. Ich knalle mit dem Hinterkopf hart gegen den Boden. Ein riesiger Schlund, wie das Maul eines Monsters, tut sich unter mir auf, und ich falle hinein.

Kapitel 74 (Johannes)

Drei Tage später

Wir schauen uns erneut das Überwachungsvideo an. Benjamin und ich sitzen auf der Terrasse, vor uns steht sein Laptop auf einem Klapptisch.

„Wir haben die Videos gefunden“, sage ich leise.

„Welche?“ Auf Benjamins Frage folgt ein irritiertes Stirnrunzeln. Oliver sitzt uns gegenüber und ist in ein Buch vertieft.

„Die von den Opfern, die Wolfgang Trauer ins Netz gestellt hat.“

„Und wo?“, will Benjamin wissen.

„Im Internet, wo denn sonst. Er gab jedem einzelnen Abschnitt einen Titel. Die sind so brutal, dass sie wiederum unrealistisch wirken. Verstehst du? Die Zuschauer dachten, es handelt sich um gestellte Szenen.“

Benjamin schweigt. „Nichts ist gnadenloser als die Realität“, sagt er dann lächelnd und zugleich unendlich traurig. „Und die Augen?“ Benjamin hüstelt. Diesmal ist die Pause, die folgt, etwas länger.

„Er hat sie mit einem angespitzten Löffel herausgeschnitten. Auf diese Idee ist er gekommen, während er einer Eisverkäuferin dabei zugeschaut hat, wie sie gleichmäßige Kugeln aus der Eismasse geformt hat. Das Vanille-Eis hat ihn an tote Augen erinnert, weil die Eisverkäuferin sie mit je einer Rosine verzierte. Ihr Name ist Bianca."

Wir schweigen wieder. Meine Gedanken driften zu dem Augenblick zurück, als ich untätig zusehen musste, wie Karl Liana am Beinchen festhielt und seine rechte Faust ihr Ziel in Wolfgangs verdutzter Miene fand.

Dann muss ich an Samanthas letzten Tage denken. Sie und Stephan Helm hat Wolfgang Trauer bei sich im Keller festgehalten, und keiner der Nachbarn hat etwas davon mitbekommen. Er hat den Raum schalldicht isoliert. Wir haben ihre Augen, ihre und die von anderen Opfern in einem Einmachglas gefunden, hermetisch versiegelt. Der Keller glich einem Labor und Gruselkabinett in einem.

Stephan Helm stritt zuerst seine erste Tat strikt ab und schob alles, was er davor zugegeben hatte, auf seinen desolaten Gemütszustand. „Ich war traumatisiert", wiederholte er immer wieder. Hätte Benjamin das eine Video nicht gefunden, in dem man deutlich erkennen konnte, wie er den Rollstuhl auf das mitgebrachte Stück Pappe gestellt und in einer scheinbar unschuldigen Geste die Bremse löste, wäre man nie darauf gekommen, dass er den Tod seiner Tochter gewollt hat. Später, nach einer mehrstündigen Befragung, gab er schließlich zu, dass er an das Geld wollte, welches er für Janinas Tod von der Lebensversicherung bekommen hätte. Auch zeigte er uns ein Video, in dem Janina ihren Wunsch aussprach, dass sie nicht mehr leben wollte. Aber das entschuldigte in keinster Weise sein Vergehen.

„Jetzt", ertönt Benjamins Stimme und reißt mich aus meinen Gedanken. Mein nach innen gekehrter Blick klärt sich allmählich. Ich sehe auf dem Bildschirm, wie Miriam nach unten fällt. Die versammelte Menschenmenge verdichtet sich um sie herum. Wie eine Tierherde.

Handys werden gezückt. Nicht einer wagt es, sich zu rühren. Mit einem Mal kommt Bewegung in die Menge. Drei Gestalten schieben die Gaffer auseinander. Einer überragt die meisten um eine Kopflänge. Wie ein Eisbrecher bahnt er sich den Weg frei. Sein rötliches Haar verrät seine Identität. Oliver. Er ist auch derjenige, der ohne viel nachzudenken nach unten zu der verletzten Frau springt, gefolgt von Lars. Edgar steht oben und hilft den beiden dabei, Frau Helm zu bergen. Kurz bevor der Zug sie erreicht, reicht Edgar den beiden die Hände und zieht sie nach oben. Die Menge klatscht und feiert die Helden.

„Oliver ist der Beste", scherzt Benjamin und zwinkert seinem Pfleger zu. Olivers Gesicht bekommt dunkle, tiefrote Flecken der Scham. „Und wie geht es dem Mädchen?", wendet sich mein Bruder wieder an mich.

„Karl bekam Liana in letzter Sekunde zu fassen, sie hing schon mit dem halben Körper über der Brüstung. Irgendwie war es dem großen Polizisten gelungen, über den Balkon der Nachbarn nach oben zu klettern. Er fackelte nicht lange und schlug Wolfgang Trauer bewusstlos. Das Mädchen und ihre Mutter befinden sich momentan im Krankenhaus, der Mutter droht ein Prozess wegen Mittäterschaft."

Das laute Schreien eines Kindes zwingt uns beide aufzuschauen. Cristina brüllt wie von Sinnen und rennt mit erhobenen Fäusten auf mich zu. „Der blöde Jack will meinen Flummi fressen", schreit sie hysterisch und verpasst mir mit ihrem Schuh einen Tritt gegen das Schienbein.

Tatsächlich trottet Jack Brown gemächlich auf uns zu. Zwischen seinen Zähnen steckt der kleine Chihuahua. Der Chihuahua knurrt. In dem kleinen Maul hält er einen rosa Tennisball.

„Aber das ist nicht sein Ball", nehme ich die Dogge in Schutz.

„Aber Flummi wollte auch mal damit spielen", verteidigt Cristina ihren Wadenbeißer. Die kleinen Fäuste in die Seiten gesteckt, schürzt sie empört die Lippen. In ihren dunklen Locken stecken mehrere welke Blätter und zwei dünne Zweige, ihre linke Wange hat einen dünnen Kratzer.

„Jack, aus", sage ich knapp.

Der große Hund gehorcht und spuckt Cristinas Flummi aus. Das Fell des winzigen Chihuahuas ist am Rücken nass und glänzt von zu viel Sabber.

„Igitt, Flummi, wie siehst du denn aus?" Cristina streckt angewidert die Zunge raus und läuft zu einer kleinen Gießkanne, als Flummi sie sieht, nimmt er Reißaus. Cristina folgt ihm.

„Du schuldest mir übrigens noch hundert Euro, mein lieber Bruder", höre ich Benjamins lachende Stimme. „Ich habe Jack Brown in letzter

Sekunde vor der Todesspritze gerettet. Auch hat er den Mörder erkannt, habe ich recht? Das war dein Plan, dieser Stephan Helm hat Schiss vor großen Hunden, das wolltest du mit Jack Brown bezwecken. Oder hast du den Hund ins Herz geschlossen, und alles das, was ich da gerade eben aufgezählt habe, ist nur eine faule Ausrede, damit du das schlaue Tier behalten kannst?"

Das stimmte, Benjamin und Oliver waren beim Tierarzt und haben Jack Brown vor dem Tod gerettet. Ich hole mein Portemonnaie aus der Hosentasche und fische zwei Fünfzig-Euro-Scheine heraus, die ich jedoch Oliver und nicht meinem Zwillingsbruder in die Hand drücke. Er beäugt mich verdutzt. „Das ist für Sie. Laden Sie Nadine zu einem netten Abendessen ein. Sie mag auch Zitroneneis."

„Was ist aus der jungen Frau geworden?" Benjamin wartet auf eine Antwort.

„Bianca ist ein psychisches Wrack. Ob sie es jemals zurück in die Normalität schafft, wage ich zu bezweifeln. Sie hat immer noch die Puppe bei sich und lässt sich nicht mehr von ihr trennen. Er hielt sie im Keller eingesperrt und drohte ihr an, bei jedem Vergehen ihre Tochter zu töten. So leicht kann man Eltern manipulieren und einschüchtern. Irgendwann hatte er sie gebrochen." Ich schließe kurz die Augen und schweige, weil ich einen Moment zum Verschnaufen brauche.

„Danke, Doktor Hornoff", unterbricht Oliver die Stille. „Bis später, Benjamin, ich habe mir jetzt eine Pause verdient", sagt der sympathische Pfleger, stopft sich das Geld in die Brusttasche seines Poloshirts und winkt meinem Bruder zum Abschied.

„Und was machst du heute noch?“, lächelt mich Benjamin an.

„Ich werde Sonja davon überzeugen müssen, dass Jack ab heute zur Familie gehört. Schließlich war es ihr Wunsch, jemand an ihrer Seite zu wissen, der seine wahren Gefühle unverhüllt zum Ausdruck bringt. Komm, Jack“, sage ich. „Aber wehe, du beißt jemanden, dann wird mir nichts anderes übrig bleiben, als Cristinas Flummi auf dich zu hetzen.“ Jack hebt beide Ohren, doch dann reißt er sein Maul weit auf und gähnt.

„Wir sehen uns morgen, Karl hat uns zum Essen eingeladen“, ruft Benjamin uns hinterher. „Die Rechnung geht auf seinen Vorgesetzten“, lacht mein Bruder.

Auch ich kann mir ein zufriedenes Lächeln nicht verkneifen. In Polizeihauptkommissar Krauts Beisein wird mir das Essen besonders gut munden, denke ich im Stillen und mache mich auf den Weg zu meinem Haus, in dem ich hoffentlich von meiner Frau mit einem warmen Lächeln empfangen werde. Dieser Gedanke wirkt auf mich ungemein beruhigend. Die grässlichen Bilder in meinem Kopf verblassen allmählich, ich freue mich auf ein paar Tage Ruhe.

Ende

24350429R00214

Printed in Poland
by Amazon Fulfillment
Poland Sp. z o.o., Wrocław